U0065259

作者不詳　ミステリー作家の読む本

作者不詳

推理作家的讀本

上卷

三津田信三

瑞昇文化

將本書獻給已故的宿院的祖母，
以及法蓮的祖母

目次

杏羅町

明明對自己而言應該是會不可思議地感到愉悅暢快的場所，但是在察覺到之前，意識就已轉向了別的事物、絕對無法與之邂逅。我認為這樣的場域是存在於這個世界上的。

置身於那個場域之中，就感覺除了自己之外、周遭所有事物的時間都彷彿停滯不動了。被這樣的幻想所禁錮的世界，應該也位處在這世上的某個角落吧。

因人而異，那可能是繪畫中所描繪的風景、照片所捕捉的一部分景緻、或是電影和電視畫面中的街道一隅，類型大概五花八門吧。然而，如果是繪畫或照片的話，比起其他的作品還能看得久一些。至於電影或電視的場合，畫面在心裡萌生「咦？」的感受之前就已經飛逝而去了——這不禁讓我覺得，那種只能邂逅、平時連意識都無法察覺到的場域，就在這個世界的某個地方等待著自己。

遺憾的是，大多數人在還未知曉有那種地方存在的情況下，就走完了自己的一生。就算他們察覺到了，也難以發現它的所在。我們有時會看到彷彿被什麼給附身、持續踏上旅程的人，那不正是在尋求只屬於自己的歸屬、無意識地徬徨徘徊所導致的嗎？

只不過，想尋找的東西往往就近在咫尺。於是，我就這樣幸運地與杏羅町相遇了。

奈良縣的杳羅市——這是個以私鐵[1]終點站為中心發展的繁華街區，在它的不遠處，杳羅町就靜靜地佇立在那裡。即使是自己出生、成長的土地，但是直到成年又再經歷了數年的歲月，我卻依然不知道這座城鎮的存在。

當時已經從大學畢業四、五年左右的我，從出社會就任職的京都D出版社旗下的業務部調往編輯部，負責企劃、編輯一些不太感興趣的專業書籍。

雖然我從以前就喜歡書，但是並沒有特別想成為編輯的念頭。只是同樣都是上班的話，從事跟自己喜歡的東西有關的工作應該會比較好吧，於是我就抱持這種極為消極的動機進了公司。即便我喜歡推理懸疑的題材，不僅會閱讀、同時還會寫作，但無論是進入推理懸疑類型的出版社、還是成為推理作家，這些都是我完全沒有想過的事情。

這並不是自謙自己缺乏才華——但我原本就不認為自己有這種才能——而是這個世間並沒有簡單到光靠喜歡的事物就能謀生。這是從雖然年紀還輕卻極為冷靜的自身想法所得出的結論。

而且關西地區這裡本來就沒有專攻推理懸疑類型的出版社，但更重要的原因是出版社並不多。所以我便想著什麼領域都沒關係，總之先從事跟書籍相關的工作就好。因此我之所以會進入這間出版社，不過就是這裡所涉及的領域要比其他的專業出版社或書店等處更加豐富罷了。而且

①由私人企業所營運的鐵路運輸公司與其路線。

雖然是隸屬不同的公司，但同一個體系之下還設有印刷公司，或許這也是讓我覺得有點意思的要因吧。

跟這樣的我相比，我的朋友們可就出色許多了。和我交情最深厚的飛鳥信一郎總是把「我要成為高等遊民」這種不知所云的話掛在嘴邊，就連工作也沒去找過。他從學生時代開始就持續把自己翻譯英國、美國怪奇小說的譯稿賣給出版社，而且雖然沒跟我說過詳情，但好像還開始做起了文學研究。此外，即便還是沒告訴我，但他似乎也在默默地撰寫推理懸疑或怪奇幻想題材的小說。看在旁人的眼中這或許是種馬馬虎虎度日的生活方式。不過，對於對當事人知之甚詳——能夠認同他的才華——的我來說，我認為信一郎確實看清了自己要走的道路。至少跟我相比，他過日子的方式還更加積極。

另一位友人祖父江耕介，光是倚靠從學生時代就持續投稿推理懸疑類型雜誌的這份「實績」，就果斷地前往東京了。當然那些東西其實並沒有什麼幫助，實際上還是要在完全陌生的土地上從零開始努力。不過他認為「出版相關的工作肯定還是要去東京的」，所以就這樣毫不遲疑地遠赴東京。雖然也可以說他這樣很輕率，但是耕介跟信一郎一樣都很清楚自己想要做的事情到底是什麼。而且對於為了達成目標應該如何進行，也經過了一番深思熟慮。

然而看在周遭的大人們眼裡，找了份工作還成為正式職員的我，看上去才是最正經規矩的吧。不管怎麼想，因為他們兩人都難以光靠這些謀生、無法充分獨立生活，所以就某種意義上來說，這樣的看法倒也算是正確。

不過，我覺得當時的自己似乎對某種事物抱持著無法遏止的憧憬。到了現今再次回想起這件事，我會認為那種憧憬或許是對信一郎和耕介所萌生的自卑感投射吧。

自己隸屬於公司這個組織，每個月都能領到薪水，安安穩穩地度過每一天。他們兩人雖然都在做著自己喜歡的事，但絕對無法說是能自食其力的狀態。然而過了幾年以後，這兩個人肯定能憑藉自己的才能和努力，在他們選擇的道路上成為出色的專業人士吧。那我又如何呢？就只能成為一個緊緊抱著受薪上班族立場不放的人而已嗎？

這絕對不是幻想，也並非妄想。當時的我就已經將三個人未來的樣貌給看得清清楚楚了。所以也無可奈何地認為自己就只是個膽小鬼。

或許是察覺到友人這種羞愧的想法吧，當時信一郎像是想起什麼似地這麼對我說道。

「你以後會成為作家喔。」

飛鳥信一郎是個奇特的男人，明明是在關西土生土長的人，卻似乎從很久以前就不怎麼口出關西腔了。「我就是說標準語而已嘛，這對電視世代[2]的人來說並不是什麼困難的事吧。」他本人對此也是一副理所當然的態度。但是口音和東京人相比還是有所差異，所以很難從中判斷他是

②意指從小就在有電視的環境中長大，成長過程中廣受電視節目影響的世代。

哪裡出身。在關西度過小學、中學、高中時期，而且說著一口東京腔調卻沒被人欺負、安然度過校園生活的人應該不存在吧，所以他的口音可能並沒有那麼正統。相較之下，祖父江耕介就算到了東京之後也完全沒有要改掉關西腔的感覺，反而還更加打磨精鍊了。到最後，就只有我一個人被他們兩人的口音給影響，甚至連說話方式都失去了主體性。

總而言之，如果耕介用關西腔對我說：「你啊，以後會當作家。」或許我就不會當真了。但是當信一郎用獨特的語調說出「你以後會成為作家喔」，就讓我感受到一股難以平靜的奇特氣氛。

確實，我在學生時代曾推出過同人誌，而且還寫過三部曲的推理小說。雖然出社會以後時間變得很瑣碎，但我依然有持續在寫寫東西。只不過那些作品都難登大雅之堂，這一點我自己最清楚不過了。所以面對信一郎的這番話——這些毫無根據的說法——讓我稍微有些不滿。要說寫小說這件事，你自己不也是在做嗎——甚至還不明不白地發起脾氣。

而且，他還經常用那種不知真偽各占幾分的語氣這麼說道。

「能成為日本的艾勒里・昆恩[3]的，就只有你了。」

他說的這番話當然不是因為我寫的是非常具有邏輯性的本格推理創作。而是因為我的父親是退休前階級官拜警視正的警察。所以如果我成為推理作家的話，那就跟艾勒里・昆恩和其父昆恩探長一樣了，就只是因為這個理由而已。

昆恩什麼的不過就是個壞心眼的玩笑——而且說到底，比起昆恩我還更喜愛亨利・梅利維爾爵士[4]。但話是這麼說，其實我也不想變成他那樣的身材和性格——雖然我覺得不應該隨隨便便就對人說什麼會成為作家之類的話，但另一方面，卻又忍不住心想「這傢伙該不會是認真這麼覺得的吧」。所以即使嘴上批判著這種完全不負責任的說話方式，但是對當時的我來說，內心的某處肯定也將他的這番話當成一種依靠了吧。

在受困於被朋友們拋下的氛圍那段時日，一旦到了假日，我就經常漫無目的地在杏羅的街道上隨意漫步。那裡存在著小學、中學時代來來去去的懷念風景，還有經歷超過二十年的人生才初次映入眼簾的情景。

信一郎打趣地把我的這種散步稱之為「亂步」。有時候他也會跟著一起「亂步」，但我們大多在途中就分開走了，從來沒有一次是到最後都還一同行動的。原因在於「亂步」時，是以「亂步者」當下想往哪個方向前進的這股衝動為最優先考量。即使我想要踏進某條小巷，但如果信一郎不這麼想的話，我們就只能在那裡分道揚鑣。這便是所謂的「亂步」。

不過，當時我希望在這種漫步中獲得的東西，就像是萩原朔太郎[5]的作品《貓町》裡的敘事者經歷。與其說是在散步的時候刻意產生方位上的錯覺，更正確的說法是讓自己朝著現實風景的另一側展開旅程，也就是「某個四次元世界——景色背後的真實」這樣的想像。主角為了實現這

③由佛列德瑞克・丹奈和曼佛瑞・李這對表兄弟共同創作的經典系列作品偵探，同時也是他們的共用筆名。

④有「密室推理之王」美譽的推理作家約翰・狄克森・卡爾筆下的人物。與基甸・菲爾博士同為卡爾作品代表性的偵探角色。

⑤明治19年（１８８６年）出生於群馬縣的詩人兼小說家，有「日本近代詩之父」的美譽。中學時期與同儕共同推出同好雜誌《野守》並發表短歌。主要詩集創作有《吠月》、《青貓》、《貓町》、《純情小夜曲》等作品。

樣的旅行，付出了極其感人的努力，這樣的描寫讓我產生了無限的共感與憐惜。

就在我持續著這種要說是散步也好、徘徊也好、抑或是徬徨也罷的「亂步」時，就這麼抵達了杏羅町……

杏羅町還留存有過往城下町[6]的影子。但這裡並不是原本就真的有座城池，而是以寺院為中心形成的寺町。連綿不斷的寺院圍牆和民宅之間錯綜複雜的小路所組成的街道，就宛如極為精巧的電影佈景，或是不存在於現實之中的和風迷宮。有幾間民宅展現了重要文化財般的氛圍，其中還能時不時地窺見令人驚嘆究竟是何時創立、外觀古典的茶屋等商店。因為道路狹窄的關係，這裡幾乎沒有車輛通行，就連走在路上的行人都很稀罕。照理來說，這本該是個洋溢著「觀光客蜂擁而至也不奇怪」這種氛圍的場所，但肯定是沒有被收錄在觀光導覽的關係吧，四周都見不到類似的身影。

最初造訪這裡——不對，應該說是誤打誤撞踏入這裡的時候，真的頓時讓我有種時空錯亂的感覺。過去那些在ＮＨＫ的少年電視劇系列裡看過、於ＳＦ作品登場的主角身邊所發生的事情，現在不就實際在自己的身上出現了嗎？如此可笑的想法，也在這時從腦海中一閃而過。

當然，那裡是位於現實世界的杏羅町某處。不過對於當時的我而言，確確實實是身處於異界之中。這也令我不禁感受到自己是在偶然的情況下踏入了存在於異常空間中的奇特街道。

那一天，我只是確認了場所就回去了。還沒有踏入那個城鎮就直接返家，或許是因為抵達杏羅町的時候已是日暮時分的關係，但是真正的原因，或許是因為覺得若是直接涉足那個城鎮，眼前的一切就會開始崩解。明明某些地方是勾起懷念與甜美鄉愁的風景，但卻在別的層面潛伏著能窺見其扭曲的光景。如此特別的世界，會因為自己的行動而遭受蹂躪。我強烈地感受到這一點。

那個時候的杏羅町，果然是另一個杏羅町吧。又或許是那時的我正做著白日夢，然後在夢裡以異域之人的視角看著杏羅町的關係吧。

在那之後，每進行幾次「亂步」，我就選擇前往杏羅町一次。之所以不是每次都造訪，是因為這是個好不容易才發現、讓我非常在意的場所，我擔心自己會早早就厭倦了。

然而，這完全就是杞人憂天。倒不如說被出去幾次才造訪一次的飢餓感給束縛，反倒讓我萌生了欲求不滿的感受。後來才終於從數趟裡前往一次，演變成每兩趟就去一次。到最後，原本毫無目的的「亂步」本身，儼然成為意味著杏羅町漫步的同義詞。

我所擔心的厭倦感並沒有出現。反而是讓我產生了別的擔憂，煩惱著自己究竟有沒有充裕的時間去踏遍城鎮的每一個角落。當時我不過是二十五歲左右，但杏羅町的街道對我而言就是這麼有魅力。美麗也好、繽紛也罷；富含情緒也好、洋溢風情也罷。那種感覺都和前述的這些感受有所不同。我覺得那不是幻想，也不是耽美。就如同我最初所提到的，那樣的感覺就是除了自己之

⑥日本過去以領導者的城池或據點為中心形成的一種外圍都市型態。成為據點政治、軍事防衛、商業經濟體系的一環。其中有許多都成為近代都市發展的雛形。

外、周遭一切事物的時間彷彿都停滯不動了。或許會有人認為這很恐怖也說不定，但至少對我來說，那是令人心情舒適的，甚至還想要永遠置身於其中。它就是個會讓我這麼認為的場域。

像這樣開始造訪杏羅町之後，也記不得到底過了多久，我發現了一間舊書店。若是問我因為出差等場合前往其他縣市時感到最開心的事情是什麼，我想沒有比在空檔時間發現舊書店這件事更令人欣喜了。正因為如此，當我得知這個杏羅町裡有一間舊書店的時候，真的感到雀躍無比。

先前之所以會忽略這間舊書店，是因為它位處一條小巷的深處。仔細一看，就發現相當於小巷入口的一旁牆壁上掛了塊有著醒目木紋的招牌，上面手寫著「古本堂」這個一目了然的店名。只不過比起一間間的民家和商店，街道的整體風貌還更加吸引我的目光，所以這麼重要的招牌才沒有映入我的眼簾。直到某一個時刻，它才猛然竄進了我的視野。

踏入小巷後筆直地向前走，就在盡頭處看見了一扇門。那是往旁邊一拉便會喀啦喀啦作響的玻璃拉門。店內有如鰻魚的床鋪⑦那樣細長地往深處延伸。如果沒有這扇門的話，或許就會給人一種小巷就這樣繼續往下蔓延的錯覺。進入店內，左側那面牆主要陳列著文藝書籍的單行本，右邊那面牆則是國文學、史學、心理學、民俗學等專業書籍的架子。有個像是店主、看不出年紀的男子坐在盡頭處，而且只能看到他的左半身。這是因為店裡在那邊出現了一處U字形的折返，然後再次回到另一個如同鰻魚床鋪般的店內空間，最後連接到通往另一條小巷的門扉。也就是說，U字的兩個頂點處各設有一扇門。

然而，這兩扇門連接的小巷無論怎麼延伸都沒有交會。更令人感到訝異的，就是它們分別通往不同的場所。這簡直就是和宛如迷宮般的杏羅町極為相襯的結構。這和江戶川亂步愛用的那種明明是同一間屋宅，但前面和後面卻連接了不同的區域——町的名稱也有所不同——的詭計很相似，弄清楚是這種結構的時候真的讓我相當開心。實際上，最初我踏進的小巷所連接的區域叫杏羅町米道，而另一邊的出入口則是通往杏羅町家中這個地方。順帶一提，在那個U字形折返後的店內空間裡，左邊那面牆擺了新書[8]、右邊那面牆則是文庫本。

我是後來才知道這間店會不定期發行一本名為《古本堂通信》的冊子，上頭的LOGO就配置了一個U字。封面設計成LOGO搭配兩條巷子所連接的地名、店鋪的所在地、以及店內空間的格局。這對於遠道而來的顧客來說還具備地圖的功用。看來無論地址上寫的是杏羅町米道還是杏羅町家中，郵件好像都能送到這間古本堂。真的是很有意思的一間店。

在那之後，我便開始頻繁地造訪古本堂。雖然這裡擁有豐富的推理懸疑和怪奇幻想類型書籍也是原因之一，但說到底我還是被這間店的構造給吸引了。

後來我和古本堂的店主神地先生也開始有了互動。雖然絕對不是那種彼此聊到天南地北的情況，但我們會針對各自讀過的書分享感想。不管什麼時候來到店裡，這裡始終都門可羅雀。客人

⑦意指入口這一面寬度狹窄，內部深邃的建築物或空間。
⑧日本的一種書籍開本格式，尺寸約為172×106㎜左右。

少到偶爾看到像是中學生的女孩望著文庫本的書架，頓時還會不自覺地感到訝異。這間店到底是怎麼經營下去的啊？雖然會對此感到不可思議，但舊書店只要有某些特殊的專門領域，就不愁沒有顧客上門。因為還有不少舊書商可是連間店鋪都沒有，所以或許我只是在操不必要的心吧。

關於這間舊書店的事情——不如說是整個杏羅町的存在，我連對飛鳥信一郎都保密了。一開始誤入杏羅町的時候就是這樣、發現這間古本堂的時候也是如此。原本我是想要立刻告訴他的，不過一旦真的碰面了，就會想著「過段時間再告訴他吧」、「下次有機會再說吧」、或者是「下次直接帶他來一趟好了」——不知為何，就這樣一而再、再而三地順延了。我想把這裡當成自己專屬的天地。會不會是這種狹隘的心眼在作祟呢？後來我才意識到，在因為隱瞞這件事而感到內疚的同時，卻還是從中萌生一種類似快感的情緒。肯定是因為這個緣故，才讓我遲遲開不了口吧。

之後的契機有些無趣。信一郎久違地提出想要一起去「亂步」，於是我們便結伴同行。不過，當時的我雖然想著要「亂步」，雙腳卻自然而然地朝著杏羅町而去。於是我就在不知不覺中把信一郎給帶到了那裡。

我不清楚信一郎對這個城鎮抱持著什麼樣的感想。或許只是覺得還可以的程度吧。即便如此，好像也不需要多做說明，他就理解了我為何會對這個地方如此地鍾情。

這樣的信一郎也對古本堂一見傾心了。他立刻就成了常客，即便只有他自己一個人也會往這裡跑。就這樣，幾個月的時光過去了。

某一天，神地先生從店內深處拿出了一本書想讓我們看看。當時這位舊書店店主也已經深知信一郎和我的喜好，所以認為我們兩個應該會感興趣，才把這本書給拿了出來。

那是一本名為《迷宮草子》、文庫本規格的書籍——真要提的話還有些難以啟齒，但這就是本裝訂手法拙劣的同人誌。無論怎麼看都是出自於外行人之手——沒錯，就是如同字面的意義那樣，是本讓人覺得應該是靠著手工一本、一本製作出來的刊物。話雖如此，從裝幀風格和內容的版面來看，都意外地顯露相當程度的品味。主要就是這樣的能力和裝訂成書的技術可說是雲泥之差。那張應該花了不少金錢和工夫製作的皮革封面，恕我直言，完完全全就是失敗之舉。包覆整本書的皮革並沒有妥善地延展，反而出現無數的皺褶。

信一郎當下翻了內容，瞬間就意識到這是一本非常奇妙又特別的書籍，於是就用毫無名氣的同人誌等級的破盤價格買下來了。和我聯絡的時候，就連他都出現了罕見的興奮口吻。這絕對不是一本普通的書。他那高昂的情緒一股腦地傳達到我這裡。

在那之後，信一郎和我就陷入了圍繞著《迷宮草子》這本奇怪的書籍所衍生的奇異讀書體驗之中。奇特至極——話是這麼說，但關於細節的部分已經記不太清楚了。即使到了現在，我們還是不知道**那些**究竟是不是現實中真的發生過的事情。那是相當強烈的體驗，但也是只留下淡薄記憶的體驗——這些從腦海的深處、從深處再繼續往下深入的深淵底端，緩緩地、一步一步地接連復甦了。

讓這段十多年前的模糊記憶甦醒的契機，是我在去年夏天付梓出版的《忌館・恐怖小說家的棲息之處》完成後就臥病在床的時期。

就我個人來說，那份原稿就是為了和**那個屋子**裡所發生的種種事件訣別而撰寫的。但是完稿之後，我的身體狀況就一下子垮掉了。之後我的主治醫師讀完了《忌館》，便用與其說是生氣、還更像是詫異的態度訓斥我：「光是碰上那種事件就已經是個大問題了，你竟然還像是要回憶那段體驗似地寫下原稿，這怎麼可能不出事。」後來他也給出忠告，叫我不管是為了工作還是興趣，推理懸疑、恐怖、怪奇幻想等領域的東西最好都不要讀、不要寫也不要去看到。要我好好地療養身體，讓精神得以休息一下。

事實上，我自己也有想過要悠悠哉哉地度過一段時日。公司那邊積存了不少特休，所以這並不是什麼問題。進入冬季後，《和風恐怖叢書》的企劃也會減少，因此不會對工作方面造成什麼影響。睽違已久回一趟老家，和信一郎碰個面、天南地北地聊個痛快似乎也不錯呢——就在我這麼想的時候，和《迷宮草子》有關的記憶片段，僅有分毫、極其細微地從腦海的深處浮現了……

就像是當初一篇、一篇閱讀《迷宮草子》的時候那樣，記憶也一點、一點地甦醒……當我反應過來時，自己已經再次置身於發生在十多年前、時至今日已經完全沉入腦海深處、被驅趕到遙遠之地的事件之中。

最後，即使已經被告誡不要讀、不要寫、不要去看到跟推理懸疑或恐怖、怪奇幻想等類型有關的東西，但我還是開始逐漸回想起當時的情況。

或許是因為把那個屋子的恐怖體驗記錄下來的這件事成了導火線，才因而解開了其他駭人記憶的封印吧……

不，與其說是記憶的封印被解開了，倒不如說是記憶本身——不對，說得更正確一點，感覺是某種偽裝成記憶的恐怖存在、以撼動人心的氣勢排山倒海似地洶湧襲來……

簡直……簡直就像是……被逼著去閱讀發狂的人在病房內的藍白色牆壁上所寫下的離奇故事。沉浸於這樣的氛圍之中，記憶逐漸甦醒了……

《迷宮草子》

這本書確實不是單純的同人誌……

迷宮草子

迷宮草子　創刊號　＊　目次

第一章 「霧之館」

依武相

那個少女，究竟是誰呢……

在我獨自一人像這樣在房間裡發呆、回想起**那個時候**的體驗時，我的腦海內肯定都會出現一個宛如鏽蝕的橙色和混濁的白色激起了漩渦、悄然無聲的世界。

我沉浸在那個儘管鮮明卻又顯得模糊朦朧的悄然彩色世界，不經意地將視線轉向窗外，就在這個時候，另一側出現了一個生鏽般的橙色世界。

光明與黑暗兼具的奇妙世界——

白晝與夜晚相對的二重世界——

沒錯——那個時候的我，正身處在步步逼近而來的逢魔時刻⑨當中。

◆

逢魔時刻正在靠近。

被清晨的薄霧罩之後，那些曾在陽光的照耀下閃閃發光的新綠，現在就像吸了過飽的水分那樣、看上去黑漆漆的。從樹木枝葉間隙中透出的殘照，就像是生鏽的橙色，與周圍瀰漫的霧氣那半睡半醒的乳白色相互混合，顯現出一個迷幻般的彩色世界。

置身於其中的我，無法理解剛剛看到的究竟是什麼，於是就這麼呆站在那裡。不，我看到的確實是個孩子，而且是個身穿白色和服的小孩。不過不知道對方是男還是女。

那個時候，我因為擔心自己是不是在山裡迷了路而感到焦慮不安、於是正朝著四周張望。在某個鬱鬱蒼蒼、生長茂密的樹林暗處，那個孩子就站在那裡。就在孩子的身影突然在視野中浮現的瞬間，我猛然嚇了一跳。但那個孩子卻在轉瞬之間就消失得無影無蹤，讓我的背脊立刻竄過一陣惡寒。

也不知道為什麼，在那個當下我也領悟到自己完完全全就是迷路了。雖然心裡想著不要隨便輕舉妄動，但身體卻不由自主地跑了起來。甚至連肩上背的背包被樹枝勾到了也不管、就這麼拚命地在如同獸道般的山路上拔腿狂奔、不顧一切地想逃離那個地方。

等到回過神之後，我已經跑到了一棟洋館的前面。

◆

那是以在英格蘭北部經常能看到、被稱為半木骨造⑩的木造結構所興建的屋子。雖然用洋館來稱呼，但其實是個小巧雅致的建築，不過它在霧氣中所浮現的身影，卻充分地醞釀出那種氛圍。

⑨意指傍晚天色昏暗、處於晝夜交接的時刻。日本文化的觀念中相信此時容易碰上魔物或重大的災厄。

⑩ Half Timbering 様式。名稱來自於牆壁（磚頭、石材、灰泥等材質）與木造結構各半的建築形式，亦有一説認為是源自木造部分有一半露出建築本體的樣貌呈現。

即便我當下有些茫然，還是在不知不覺間像是被什麼給吸引似地打開了那小小的鐵門、踏進了洋館的腹地內。

走近一看，建築物的外裝部分施加了北方型特有的裝飾木造骨架。高高的凸窗宛如雕塑般妝點了洋館的整體立面。仰望鋪著石板的屋頂，我一邊看向那由斜向格子或菱形圖樣所組成的柱子、一邊踏進了庭院的深處。

因為周遭被濃霧給壟罩，再加上暮色逐漸低沉，所以在此之前我並沒有發現洋館的後方有一片寬廣的湖泊。這座湖到底有多大啊？即使再三凝神也無法用雙眼確認。只能看到那漆黑的水面，正像是生物那樣在呼吸。

「在這種山裡……」

就在我嘴裡不自覺地喃喃自語時，身後傳來了怯懦的聲音。

「是誰……」

我嚇了一跳，整個身體當場便僵住了。

「不、不好意思。我擅自闖進來了……」

我立即出聲道歉，但是人卻沒有同時向後轉去。因為沒有聽到任何回應，這也讓我的身體更加動彈不得了。

畏畏縮縮一段時間後，總覺得這樣下去也不是辦法，於是我就這麼維持著僵直的姿勢，用遲鈍的動作戰戰兢兢地回過頭去。

在深沉極速加重的黑暗之中，因為建築物透出的光源而顯現的霧氣粒子，正緩慢地在周遭漂浮著。雖說時值春天，但這裡是寒冷的山中地區，包圍洋館的霧氣彷彿正在吸走體溫，感覺身體越來越冷了。

然而，有個宛如把那片霧氣當成衣物穿在身上的少女，現在就站在我的面前。她的懷裡抱著一隻黑貓，雙眼直勾勾地凝視著我，就這樣佇立在那裡。

「你應該不是村子裡的人吧？」

和少女四目相接的瞬間，感覺就像是要被她的雙眸給吸進去了。別說是把視線給移開了，眼下就連想好好地開口說句話都辦不到。

「其、其實我……」

少女那不知道焦點落在何處的雙眼一個勁地盯著我看。那副模樣簡直就像是鮮少看到人類、甚至無法明確理解我的存在，洋溢著不可思議的妖異感。

雖然語無倫次，但我還是盡可能努力說明。

「其實我正在縱走朱雀連山的霧岳，不知道在什麼時候迷路了……然後，就在偶然的情況下走到這個家的前面。」

少女依然面無表情，也不知道到底有沒有聽進我說的話，將頭微微傾向一邊。經過一段難以形容的沉默後……

「請往這邊走。」

繞過了剛才穿過的庭院，少女把我帶進了洋館。

來到玄關後，就看到一條走廊像是要橫切這棟長方形建築物的短邊、筆直地延伸出去。打開位於走廊中段左手邊的門，裡面似乎是一處兼具餐廳和客廳機能的寬敞大廳。

背對門扉，右手邊的牆壁裝設了暖爐，它的前方擺了張用餐的桌子。左手邊則是面向庭院的大窗戶，那裡還擺設了會客用的家具組。

說到照明，就只有窗戶旁那盞帶燈罩的檯燈，以及暖爐的火焰而已，所以整個空間看上去昏暗朦朧。簡直就像是直接把逢魔時刻給封印在這裡的感覺，非常夢幻——不過也有些恐怖——看起來就是如此。會萌生這樣的感受，或許是因為我在無意識之間對這棟洋館顯露了憧憬和不安兩種矛盾情緒的關係吧。

雖是如此，但是當暖爐中溫暖的火焰映入眼簾後，情緒也漸漸趨於平靜了。和少女面對面在沙發坐下之後，我也終於能夠詳細說明自己迷路的前因後果。總之，當下必須先讓對方知道我並不是什麼可疑的人物。

和少女交談的過程中，我才意識到自己完全搞錯了方向。原本我打算選擇經由朱雀神社參道沿途的登山口來通過霧岳，再抵達鬼戶牧場的路徑，但最後竟然是朝著完全相反方向的神神櫛里那邊走去。據說這裡距離神神櫛村還有一個半小時到兩小時的山路路程。

「現在這個時間也到不了山腳的村子了。今晚就請留宿一宿吧。」

少女這麼說著，臉上首度出現了微笑。

方才為了說明自己的事情而竭盡心力的我，這時才再次凝視著被檯燈光源照亮的少女面容，楚楚可憐的樣貌也讓我內心不禁為之悸動。

在濃霧中相遇的時候，那種難以用言語形容的妖異氛圍至此已經消逝得無影無蹤了，但那對相當特別、無法確定焦點的水靈雙眸依然充溢著謎。可愛的臉龐之中能窺見若隱若現的神祕妖異，即使感受到這種不平衡感裡頭潛藏著某種危險，但我心裡再清楚不過了，自己已經無法自拔地被這個人所吸引。

少女表示要準備晚餐，接著就從剛才我們進來的那扇門走出去。

變成孤身一人之後，我突然又再次感受到寒意。正當我要穿過大廳、打算再靠近暖爐一點時，就聽見走廊那頭傳來微弱的說話聲。

我可不是在偷聽喔。

心裡雖然這麼想，但是被勾起好奇心的我還是悄悄地打開了門，只把頭給探向走廊、豎起耳朵仔細聆聽。談話的內容幾乎都聽不清楚，但似乎是因為我的事而起了爭執的樣子。

對了。雖然少女提議要我住下來，但是我還沒有跟這個家的人打聲招呼呢。

眼下還是去一趟那個位在深處的房間，把我的情況給說清楚比較好。然而就在我的腳邁向走廊後，一個想法也跟著油然而生。

這戶人家，到底為什麼要住在這種深山裡呢？

她們究竟是什麼人啊……當這個疑問竄過腦海的同時，兩條腿突然就動彈不得了。就在這個時刻，我第一次感覺到不明所以的恐懼。

沒過多久，因為察覺到有人正朝著這邊來的氣息，頓時讓我焦慮起來。這突如其來的狀況好像解除了魔物施加的咒縛，雙腳才終於能自由動作。我連忙坐回沙發上，裝成一副從頭到尾都沒離開那裡的樣子。

門那邊突然亮了起來，只見少女捧著一個擺了幾盞燭台的托盤出現了。

「或許會讓您感到不便，這裡的主燈大概在兩、三天前就不會亮了。」

少女將燭台放到餐桌上，接著招呼我入座。只不過，這時有兩件事讓我萌發了奇怪的感覺。首先是我們兩個人所坐的場所。這張長方形的餐桌是長邊和暖爐平行的擺設方式，少女和我面對面、分別坐在兩處短邊。這個場面就好像會在外國的老電影裡出現、只有兩個人出席的晚宴什麼的。

接著令我在意的，就是燭台的擺放方式。總計有四盞，其中兩盞就擺在我的左右兩側，另一盞擺在和暖爐相反測的長邊正中央，而最後一盞則是擺在少女的旁邊。乍看之下就像是隨意擺一擺而已，但是這種欠缺均衡的配置也帶來了一種難以言喻、令人不舒服的異樣感。

燭台的擺放方式莫非有什麼意義嗎？

這些都是我隨意猜測的。例如這或許是為了在餐桌上描繪出類似五芒星那種帶有意涵的形狀。雖然就連自己都覺得這種想法實在太愚蠢了，但就是怎麼也無法一笑置之。大概是現場詭譎的氣氛所導致的吧。

突然回過神來，就發現對面的少女正用那雙水靈的眼睛直盯著我看。就像是要讀取我腦袋內的訊息一樣、視線一個勁地注視著這邊。如果不是現在這種情況，或許我會誤以為這是少女的思慕心意吧。

不，並不是毫無可能。絕對不是自作多情，我可以從少女的眼神窺見近似戀慕的情感。說得更正確一點，簡直就像是第一次見到自己以外的人類……這樣的憧憬情愫，毫無疑問就蘊含在其中。

過了一段時間後，有個像是少女奶奶的老婦人從房間深處現身了，開始著手餐桌的相關準備。

「啊，晚、晚安。冒昧到府上打擾，給您添麻煩了。」

我立刻從椅子上起身，低下頭去打招呼。

只不過，老婦人不僅一句話也沒有說，甚至連看都沒看向我這邊一眼。根本就是無視我、默默地排列著餐具，最後就這麼走出了大廳。

直到老婦人的身影消失之前，我一直訝異地呆站在那裡，而且還一度認真思考是不是剛才自己有什麼失禮的言行舉止。但是看向少女後我就知道自己誤會了。她輕輕地搖搖頭，臉上浮現出感到抱歉的表情。看樣子我對老婦人來說就是個「不請自來的客人」。

既然如此，我就要趁可怕的人不在這裡的時候，偷偷向少女打聽她的家人以及這棟洋館的事。結果，老婦人彷彿是看穿了我心中的盤算，立刻就端著盛有濃湯的鍋子出現了。接下來我們就開始用餐。

我告訴她們自己是文學院的大學生，因為被東城雅哉的小說給吸引才來到了朱雀地方，接著逐漸將談話內容轉往跟這塊土地有關的事情，還有少女本身跟家族的話題。

不過，只要稍微觸及到跟少女相關的問題，她就立刻變得支支吾吾的。再不然就是老婦人會突然對少女說話，很明顯就是要打斷我。最後勉強能得知的事情，就是少女的名字叫做沙霧，這個家就只有她和老婦人兩個人於此度日。這是我的推測，老婦人大概是傭人，用比較傳統的說法，就像是侍奉公主的奶媽那樣的存在。當然，公主便是這個少女了。

總之已經不必擔心要在野外露宿了，雖然還是不太清楚，但是對自己究竟身在何處也稍微有所了解。不過我也對這個充滿謎團的洋館和迷人的少女沙霧，還有與她有著奇特關係的老婦人萌生了難以抑制的好奇心。

可是，如果只是被老婦人打斷話題就算了，感覺沙霧本人也不太想談起那些事。總之，現在必須收斂單刀直入的提問，就在這裡暫且打住吧。之後再來想想辦法製造跟沙霧兩個人獨處的機會。

晚餐就在這種尷尬的氛圍中進行著。明明已經餓了，而且餐點也並不難吃，但就是很難把那些料理吞進肚子裡。老婦人並沒有一起用餐，而是專注地服侍沙霧。她還是一樣沒有對我說過半句話、也一次都沒有看向我這邊，這種情況下會讓人食不下嚥也是理所當然的吧。

用餐結束後，我向沙霧打了招呼便去了趟洗手間。雖然確實是想方便，但是想看看這棟洋館裡的模樣並調查一下的心緒還更加強烈。

來到走廊上立刻確認到的結果，就是相當於洋館右翼的部分——也就是和寬敞大廳位處相反側的空間——設有廚房和浴室等，可以知道是和日常生活相關的區域。雖然我有些愧疚地偷看了感覺像是老婦人使用的房間，但也因此確認了自己對她身分的推測。

我回到了大廳，這時卻不見沙霧的身影。

就在我想著要找找看她去了哪裡的時候，就在餐桌的另一側看到她蹲在暖爐前方的身影。

「你覺得冷嗎？」

我邊靠近她邊詢問，但是她依然維持著相同的姿勢，不發一語。

真奇怪……就在我這麼想的時候，沙霧突然起身了。她文風不動，就這麼站在那裡。接著她顫抖著肩膀、戰戰兢兢地緩緩轉頭。

就在視線和她對上的那個瞬間，雞皮疙瘩立刻爬滿了我的頸部。

因為那個表情明顯交織著驚愕和恐懼。不光只是這樣，在此之前她都是用那彷彿沒有聚焦、魅惑無比的雙眼看向我，但現在眼睛卻一動也不動地凝視著這邊。

我也沒有出聲，宛如在希臘神話中的怪物戈爾貢的注視下被石化一般，一直站在原地。

我們兩個就這麼互相對視著，感覺已經過了很長一段時間，但實際上大概只有二、三秒而已吧。和方才起身的時候一樣，沙霧迅速地轉過身去，就這麼走向大廳的深處，最後從通往左翼的那扇門離開了。

這、這是怎麼回事啊……

完全搞不清楚狀況，我也不知該如何反應。然而，這時我突然感受到某種氣息，便轉向了後方，只見那扇通往右翼的門無聲無息地被關起來了。

咦……

這個時候，我突然感受到莫名的恐懼，正以洶湧的聲勢朝著自己逼近。

難道沙霧是因為看到我身後的**某種東西**，才會露出那樣的表情嗎？

剛浮現這個想法，一陣顫抖就迅速地爬過背脊。如果真的在我身後看到了什麼……不，是看到誰的話，應該就是那個老婦人了吧。可是，就算那個老婦人真的站在我後面好了，沙霧又為什麼會那麼害怕呢？

到底是怎樣的景象……她究竟看到了什麼……

我的腦海中浮現了一個極為不祥的畫面。手裡拿著大把出刃菜刀⑪的老婦人，悄悄地潛行到我的身後，接著緩緩地舉起了那把凶器。根本就是不可能出現的景象。

這裡是安達原⑫的一間屋子，而那個人就是鬼婆。這根本不可能嘛……

被自己的想像嚇得瑟瑟發抖，怎麼想都太可笑了。只不過，從腳趾頭一路攀爬上來的寒氣，即使靠近暖爐似乎也沒有那麼容易消解。

再加上暖爐左側那扇通往洋館左翼的門，現在正咧開了漆黑的大口。如果持續看著那片黑暗，感覺就會出現穿著白色和服的小孩、嘴裡呢喃著「過來呀、快過來呀」。

打從踏入這棟洋館之後，其實並沒有發生什麼特別的事情。的確，無論是少女還是老婦人都有些奇怪的地方，但毫無疑問的，她們兩個都是普通的人類，並不是什麼蟠踞在深山裡的怪物。她們為迷路的自己準備了食物、還讓我借宿一晚。明明實際情況就是這樣，但為何心中的不安會高漲到這種程度呢？

不對，不要自己欺騙自己了。這種情緒很明顯就是恐懼，是對於不清不楚、真相未明的存在

⑪日式菜刀的一種，過去主要是為了處理魚類食材而設計的料理刀。

⑫安達原的鬼婆是日本相當知名的傳說，棲息在安達原岩石屋裡的鬼婆會襲擊留宿的旅人並以他們的血肉為食。相傳她是侍奉公家千金的奶媽，為了到了五歲卻還不會說話的小姐，她聽信占卜者的說法開始守在安達原的岩石屋襲擊孕婦，只為取得未出生嬰兒的膽來治病。沒想到有一天竟因此殺害了自己的親生女兒和外孫，因此發狂化為鬼婆。

所抱持的恐懼。雖然具體的事件一個也沒有發生，但是那不可思議的氣息、詭異的氛圍、扭曲的空氣等雙眼不可視的異變，恐怕自己已經在無意識之間接收到了。因此，即便大腦很清楚什麼狀況也沒有，但內心就是無法平靜下來。現在的我，就是對潛伏於這棟洋館裡的某種東西感到畏懼。

這麼一來，就只能去把**那個**給查個清楚了。

我在暖爐前下定決心後，就邁開步伐前往沙霧身影最後消失的洋館左翼。

門的另一頭是一個小房間規格的空間。正面能看到一扇門，左側有通往二樓的樓梯一路延伸。月亮不知是何時升起的，淡淡的月光正從二樓的窗戶照進來，所以勉強能看清楚一樓的狀況。

我沒有絲毫遲疑就走上了樓梯。不知是什麼緣故，我確信沙霧的房間就在二樓。不，在這個念頭萌生之前，我覺得頭頂上那散發妖異氣息的月光就已經在指引我方向了。然而另一方面，爬樓梯時那唏咻、唏咻作響的沉重摩擦聲，聽起來就像是這棟洋館本身在呢喃著、警告自己不能再繼續往前走。

爬完樓梯後，出現了一條往左右延伸的走廊。從面對庭院的窗戶望向天空，只見彷彿浸過墨汁般的漆黑雲朵遍布各處，只能從些微的縫隙中窺見月亮的容貌。

仔細觀察這條微暗的走廊，右手邊再往前一些就到盡頭了。往左手邊走一小段，就看到一個從門縫透出光亮的房間。走到底的話似乎還有一扇門，但這時月亮剛好被雲層給遮掩，所以沒辦法確認。

我來到第一扇門前稍微觀察了一下裡頭的情況。但是安靜無聲，什麼聲音也沒聽見。就在我豎起耳朵仔細去聽的過程中，竟不自覺地害怕了起來。就像是要擺脫這樣的恐懼，我下定決心敲了門。

然後在我打算連續敲個幾下、但是第一聲「叩」才剛響起之後，房間裡就傳來「請進」的回應。

簡直就像是在等著我找上門一樣，頓時讓我嚇了一跳。不過我還是不顧一切地打開了門。

這是一間十疊左右大小的西式房間，應該就是沙霧生活起居的空間吧。這個房間裡沒有洋館擁有的那種獨特的厚重感或神祕感，能夠感受到有人在這裡生活的氣息。但若是拿來跟與沙霧同年齡層的少女的房間相比，還是帶給人一種異樣的印象。

其中一個理由，就是房裡有一面被大量書籍給占滿的牆壁。我自己也喜歡書，而且也擁有相當程度的藏書，但是眼前這個數量也太不尋常了。像沙霧這種年紀還能被稱為少女的女孩，如此可觀的書籍冊數或許只能用異常來形容了。

「你的書真的很多呢。」

因為太過驚訝，所以我相當自然地開口了。根本就不像原本還在煩惱進了房間後到底該如何向她攀談。

沙霧身穿雪白的洋裝，坐在窗邊的床鋪上。她還是用那種雖然迷人卻帶有些許不安的眼神看著我。

在好奇心的驅使下，我有些忽略她的存在、晃晃悠悠地來到書架的前面。不知不覺地開始凝視著那些書的標題。

驚人藏書量之中的七成，是古今東西的文學、推理和ＳＦ作品。剩下的三成則是精神醫學、異常心理學之類的書籍。這裡頭既有正統的神祕領域書籍，也能看到一些缺乏可信度、內容幼稚的東西，越觀察越令人感興趣。這些書全部都按照古典作品從上段開始排起、越往下作品也越新的方式依序陳列。這應該是她個人的整理方式吧。

雖然有很多事情想問問沙霧，但時機真的到來卻又不知道要問什麼、又該如何問起。而且現在看到了她的藏書，我身為愛書人的那一面也開始顯露了。

「啊，這本書！」

當我意識到這一點時，就已經以這些書籍為話題聊了起來。

起初還面露不安的沙霧，也因為話題來到了自己讀過的書而漸漸放了開來。不知不覺中，我們兩個已經開始熱烈地談論起對各式各樣作品的世界所進行的論述、感受、想法，以及從中催生出來的樂趣。

就在話題告一段落、沙霧開始沖起咖啡時，我便下定決心開口問她。

「你們為什麼會住在這種深山裡呢？」

只是沙霧好像沒有聽見，而且還極為唐突地回問。

「晚餐的時候，您曾經提到東城雅哉的話題，他有一部名為《夢寐的殘照》的作品，不知道您知不知道？」

因為她的口吻相當自然，所以我反射性地回答。

「嗯嗯，我看過。」

但感覺她的表情似乎蒙上了一層陰影。

「即使在東城的作品之中，這部也是幻想性和耽美性特別強的作品。我很喜歡。印象中這部作品也是以朱雀地方為舞台的。」

「是以朱雀神社的二人巫女傳說為題材。」

「沒錯。那是東城運用自己獨特的解釋，成功地描繪出一個出色又帶有些清淡感的幻想故事。」

雖然沙霧迴避了我剛剛的疑問，但我卻不覺得反感。倒不如說，我對於自己竟然能順應她的話題也感到不可思議。

「那部作品，您覺得應該怎麼解釋？」

不知原因為何，她提問的表情看上去相當認真。

「不管怎麼想，那都是 Doppelgänger⑬吧。」

「真的會發生那種事嗎？」

「我也不清楚……不過Doppelgänger是德國的傳說，同樣的現象在英國稱為『Double』、印度好像叫做『Ka』，似乎不完全是人們創作的故事。至於日本的話，這個是被稱為『生靈』吧。」

是我多慮了嗎？沙霧的臉色好像有些鐵青。會閱讀推理懸疑或神祕學類型書籍的她，應該不會對這種話題感到害怕才對……

又聊了一段時間後，我準備要告辭了。雖然她說要幫我準備房間，但因為我自己有帶睡袋、就待在那個有暖爐的大廳就可以了，所以婉謝了她的好意。

因為想道聲晚安，我再次把視線轉向沙霧。這時她那楚楚可憐的身影又令我心跳加速。那身白色洋裝明明沒有任何的裝飾，但那種簡潔感恰巧更能襯托出沙霧的魅力。我想房內那個衣櫥裡頭一定也放了和她同年齡層的少女們會喜歡的衣物吧。即使是掛在旁邊牆上的那件黑色服飾也只有顏色不同而已，設計和白色這件可說是大同小異。

這麼說實在害臊，但我還是第一次對女性的衣服產生興趣。當然，心裡在意的還是穿上這身衣服的人吧——

就在我準備踏出沙霧的房間時，頓時察覺到走廊上有某種氣息。不，我覺得那說穿了就只是一種感覺而已。

我覺得有些古怪，就打開門並且把頭探向走廊。就在這個瞬間，脖子上的汗毛全都聳立起來。

昏暗的走廊上，有個身穿白色洋裝的少女站在那裡……

我慌亂地把頭轉回房間內，確認沙霧確實還在裡面。她好端端地坐在椅子上，人還待在方才我們聊天時的那個圓桌旁邊。她當然沒有經過正擋在門口處的我，所以根本不可能在走廊上出現。

我趕緊再把視線轉往走廊，可是兩、三秒前才看到的少女就這麼消失了。

對著一臉疑惑的沙霧再次說了聲「晚安」後，我就來到走廊上。頸部一帶還殘留著寒意，但我還是為自己打氣、在沒有月光的陰暗走廊上邊摸索邊往前走。

我一路來到樓梯這邊，突然又想起先前在山裡遇到的那個身穿白色和服的小孩，兩條手臂瞬間爬滿了雞皮疙瘩。於是我便從那裡連滾帶爬地下了樓梯，回到那個寬敞的大廳。

大廳裡除了暖爐的附近一帶仍被減弱的火焰給照亮之外，其他地方已是漆黑一片。我從背包裡拿出睡袋，接著在暖爐旁攤開後就迅速鑽了進去。不管怎樣，只要想到自己正被睡袋給包覆著就稍微安心了一些。或許暖爐的溫度也有幫上忙吧。

覺得身體好疲憊。畢竟一整天都待在山裡面，迷路後還做了一堆無意義的行動。然而我根本睡不著，腦袋還很清醒。我的思緒無論如何都還是會想起那個在山中碰到的小孩以及站在走廊上

⑬意指尚在人世者出現和本人一模一樣的分身，被他人或自己親眼所見，或是同時在不同地方被目擊的神祕現象。

的少女。當然，還有沙霧。

那個小孩和剛才的少女，是這個世界的人嗎……

我問了自己好多次。然而，時至今日，我都還沒有碰過**那個世界的東西**。山中森林裡的小孩、這個家二樓走廊上的少女確實都是存在的。可是，他們到底是什麼人呢？還有這兩個人之間會有什麼關係嗎？

朱雀的二人巫女傳說……

和沙霧的談話在此刻浮現了。

該不會……那個就是所謂的「Doppelgänger」嗎？

如果真是這樣的話，雖然小孩的身分還無法釐清，但是走廊上的少女應該就是沙霧的分身了。提到「Doppelgänger」事件史上的知名人物，就是艾蜜莉．薩吉⑭了。沙霧的情況難道跟她一樣嗎？

睡魔依然沒有到訪的跡象。於是放棄睡覺的我便從睡袋裡爬了出來，在面向庭院的那扇窗戶旁的沙發上坐下。我從窗簾的縫隙往外窺視，因為眼睛已經習慣黑暗了，所以能隱約看到庭院裡的樣子。只不過視野範圍只有僅僅兩、三公尺而已，再過去就是黑暗籠罩的世界了。定睛凝視著那片漆黑，就覺得這正是我當下的精神狀態。

這個狀況持續了多久呢？就在我想著差不多該回到睡袋裡的時候，就聽見屋子發出了某種聲響。於是我還是坐在沙發上、只豎起耳朵仔細去聽。唏咻、唏咻……確實有什麼聲音。才剛剛心想這到底是什麼聲音啊，下個瞬間就立刻反應過來了。

那是踩在樓梯上的聲音。

而且透過聲音的移動，就能知道是某個人正在走下樓梯。那一刻，我整個人像是被鬼壓床一樣、臉就這麼僵硬地朝著那扇通往洋館左翼的門。我口乾舌燥，劇烈跳動的心跳聲清楚到讓人覺得相當吵雜。

最後，我意識到門要被打開的氣息，有某個人走進了大廳。與此同時，還感覺有股寒氣就這樣悄悄地潛入。這會是我的錯覺嗎？

那個人沒有從暖爐前面走過，而是繞過餐桌、好像是往右翼那邊走去了。即便如此，當那個人通過暖爐的正對面這一側時，快要消逝的火焰在那個瞬間照亮了這個過路者的側臉。

這不是沙霧嗎……

毫無疑問，在黑暗中突然浮現的就是她沒錯。我好像一口氣散失了全身的力氣，筋疲力竭地沉入沙發中。

「你也還沒睡嗎？」

---

⑭法國籍教師，曾經多次在授課時出現分身現象，也因為這個問題屢次更換服務的學校。是 Doppelgänger 的代表性範例之一。

從直到方才都還能感受到的緊張感之中被解放的我，從沙發上站了起來。正準備朝著她走過去的時候，身子就僵在原地、無法動彈。

少女沒有停下腳步。她完全無視我的問話，就這樣穿過通往洋館右翼的門離開了。

是那個少女……我在二樓走廊看到的那個少女出現了……

我把睡袋拿到沙發的旁邊，然後在盡可能遠離大廳那兩扇門的地方攤開，硬逼著自己入睡。然後要自己什麼也別去想，不對，是拚命讓自己去想一些完全無關的事情。

經過一段時間，又聽見了左翼那個方向傳來了「唏咻、唏咻」的詭異聲響。

該不會……我把頭也鑽進了睡袋，並連忙塞住了耳朵。接著我努力讓腦袋盡可能放空。只不過，同樣的念頭還是一次又一次地浮現出來，怎麼也無法消除。

那個少女一整晚都會像那樣來來去去地反覆走動嗎……

◆

隔天是個晴天。

明明天都快要亮了我都還沒入睡，但是卻完全感受不到睡意。或許是因為身上還殘留著那種異常緊張感的緣故吧。

然而，我對這座神祕的霧中洋館的印象，竟然在一夜過去之後出現了極大的轉變。昨晚看上去仍被謎團所壟罩的這棟建築，等到再次在陽光下看到它的模樣，就只是一座老舊的洋館而已。姑且不提建築地點過於偏僻這一點，倒也不是看不出這是間喜愛珍奇事物之人擁有的別墅。

只不過，我萌生了這樣的感受，或許正是落入**對方**陷阱的證明也說不定呢。該不會隨著日出東昇，這棟洋館也跟著用厚厚的面紗把自身的真實面貌給掩蓋起來吧？所以現在才會讓自己看起來就只是個普通的建築物。

這個想法連我自己都認為很瘋狂。可是，我總覺得還是不能輕忽大意。

和改變樣貌的洋館一樣，沙霧給人的印象也起了變化。看到坐在大廳沙發、沐浴在從窗外灑進室內的陽光之中的她，昨晚的妖異感已然銷聲匿跡，並從某些地方洋溢出幻想虛無的風情。但是，那無法找到詞彙形容的魅惑眼神依然沒有改變。不如說在明亮的環境裡被她這麼凝視著，更讓我像是個純情少年般為之動心。我無論如何都不覺得這樣的魅力是少女時期特有的存在，也完全不認為這會隨著年齡增長而消逝。毫無疑問，這肯定是只有她才擁有、極為特別的力量。

老婦人和昨晚一樣完全對我不理不睬，只是默默地準備早餐。即使是這樣，桌上還是擺出了兩人份的餐具，所以應該有準備我的餐點才對。在等候備餐的這段時間，沙霧為我說明洋館周遭環境的地理位置。這時有件事讓我很高興，就是她勸我要不要再留宿一晚。我當然立刻就答應了。不，應該說我非常希望她開口要我再住下來。

沙霧在用完早餐後又做了三明治，還把咖啡倒入保溫瓶內，就出門到洋館的周圍一帶散步。但令我訝異的是，明明先前才剛告訴我附近的地理環境，但是稍微遠離洋館之後，她好像就搞不清楚狀況了。感覺她應該也不清楚實際的路線吧。

我拿出地圖，以神神櫛村的所在地的鄰近範圍為基準點，一邊參考沙霧的說法、一邊確認洋館的所在位置。昨天因為時值傍晚到入夜的交界，是無法看清四周環境的時段，而且還有因為擔心迷路的不安所造成的心理壓力，但是今天就完全沒有迷路的疑慮了。

我們邊走邊聊著形形色色的話題，沙霧也不時露出笑容。雖然並不帶有嬉鬧的感覺，但是她偶爾會露出像是在盤算怎麼惡作劇般的微笑，這還是我第一次看到她展露和年紀相符的舉止。不過話是這麼說，她也不像昨晚談論書籍話題時那麼健談，非要說的話，就是她大多數時間都是在聽我說話。

不過，光是像這樣和沙霧一起漫步在朱雀的大自然之中，我就已經相當滿足了。感覺根本不需要什麼言談。或許是因為這個關係，我也漸漸不再開口了。沙霧她會不會跟我抱持著相同的感受呢？

霧岳的水源流向神神櫛村便形成了狐無川，我們抵達河灘後，時間剛好來到中午。河灘上有一塊巨大的岩石，我們就在上頭擺出了午餐。像這樣外出的話，就不必忍受老婦人的無視、也不必帶著尷尬的情緒用餐。而且還能和沙霧兩個人單獨相處。我傾聽著讓人心情愉悅的潺潺流水聲，彷彿產生了原本就是和沙霧一同來朱雀地方旅行的錯覺。

即使冰雪融化後已經過了數日，但狐無川的水卻依舊是冰冷到浸泡十幾秒就會讓手指麻木的程度。我再次體會到自己被朱雀連山給深深擁入懷中的真實感。沙霧似乎是很久沒走這麼遠了，臉上帶有一絲疲憊。即使是這樣，她還是因為冰涼的河水而興奮到喊出聲來。

這個時候我們已經幾乎沒有交談了。明明昨晚還天南地北地聊得那麼融洽，但是到了今天一起外出散步時，卻覺得如果想延續對話都還得勉強開口。但這樣的不自然在過程中也逐漸消失了。到了最後，即使什麼話都不說也不會覺得難受，我們兩個人的相處就是如此自然，而且彼此似乎都懷有同樣的感受。不，至少我個人是這麼認為的。

我絕對無法說自己是擅於和他人相處的類型，現在竟然能像這樣迅速地和女孩子親近起來，就連我自己都不敢置信。更不要說是開始對這個人萌生超越親近的情愫了——

儘管如此，我也不能說自己對昨晚那個少女毫不在意。只是和沙霧待在一起的時間越長，我也逐漸不會再去回想那件事了。可是，昨晚我確實兩度用這雙眼睛看到那個既像是沙霧、卻又不是她的少女。再怎麼對沙霧傾心，也無法否定自己親眼所見。而且只要看著沙霧的面容，就會時不時地在腦海中浮現。那個少女的身影，和沙霧重疊了……

重疊……雙重……雙身……

假使「Doppelgänger」現象真的存在的話，那麼可以認為是沙霧的身上存在著容易觸發它的條件嗎？

據說看到自己分身的人就會在不久之後死去。意思就是，我們也可以說它是死期將近之人身上會出現的現象。沙霧的身體有些瘦弱，絕對不是那種健康活潑少女的印象。話雖如此，倒也不是憔悴到會讓人感受到死亡陰影的那種樣子。就這層意義來說，她不過就是個隨處可見的普通女孩罷了。還是說，其實她罹患了什麼疾病，只是我不知道而已？實際上她就是在那座洋館裡調養身體嗎？

對了，沙霧曾看過那個少女嗎……

這個問題比什麼都還要關鍵。可是，我也不能單刀直入地問她。那麼到底該怎麼向她確認才好呢？「你曾經見過自己的生靈嗎？」根本不可能這麼問吧，而且還會讓沙霧懷疑我的精神是不是出了什麼問題。

不，那種事情根本不可能存在於這個世界上。更不可能發生在日本。

在日本這裡？在這個朱雀地方？二人巫女的傳說……

還是說……還是說，這其中有某種超越人類認知的力量在運作嗎？

不過，這個宛如純潔無瑕之物的少女，是絕對不可能和那些奇怪的現象扯上關係的。我就是如此強烈地認為。雖然這其實一點說服力也沒有，而且根本毫無道理，就連我自己都為之愕然……

原本我的心情無疑是在自己經歷的奇怪事件，以及對似乎與其有所關聯的少女所抱持的情感之間搖擺不定的。可是，現在的我已經很明確地傾向了其中一方，而且還傾斜過頭了。

走回洋館的歸途，時間花得比我想像中的還要短，畢竟是已經走過一次的路了。還有就是早上是在周遭一帶散步，而回程則是直接順著原路回去的關係吧。

到達洋館後我沒有進門，而是在庭院裡四處閒逛，或許是因為我還想再和沙霧獨處一段時間吧。可是她看起來好像很疲倦的樣子，於是我就問她要不要去大廳裡休息一下。雖然那個老婦人會破壞氣氛，但是我也不想太勉強沙霧。

沒想到沙霧卻邀我到洋館後面的湖泊那裡走一走。我自然是開心得不得了，於是就跟在她的後頭、繞到建築物的後方。

昨天晚上還沒有注意到，現在來到後面才發現有間船舶小屋。問了一下，才知道這裡只有一艘幾乎沒有在使用的小船。我走進小屋，確認那艘小船雖然老舊但依然很堅固，還可以繼續使用。於是我馬上上船，並伸出手把沙霧帶到後面的座位上。我面對她坐下，慢慢地搖動兩支槳、把船從小屋划向湖中。

在岸邊時看起來帶有透明感的湖面，越接近湖中央，也隨之漸漸增添了深綠色。因此，雖然身處湖中，但是卻感覺像是在茂密生長的蒼鬱樹林裡前進。

從湖泊這裡眺望洋館又是另一種面貌。早晨時遮掩起來的真實面容，繞到後方再定睛一看，似乎又再次浮現出來了。視線落在被謎一般的霧氣給圍繞的洋館，與此同時我也專心地划著小船。只要專注地凝視，包覆洋館的面紗或許就會脫落了。就在我心裡這麼想著的時候，就看到二樓右邊的窗戶似乎出現了什麼東西。

人影……

我連忙定睛凝神。右邊的窗戶，就是沙霧房間隔壁的那一間。那是昨晚造訪她的寢室時，在陰暗走廊的深處看到的那扇門後面的房間。

可是，那裡應該不會有人……

我停下搖槳的雙手，再次仔細地看著那邊。結果，這次清清楚楚地看到窗簾的縫隙間露出了老婦人向外窺視的臉。因為距離洋館還有一段距離，所以無法確認老婦人的表情。不過，肯定還是用那張毫無表情的臉看著這邊，不會錯的。一想到這裡，截至目前的快樂氣氛就在瞬間煙消雲散，立刻被一股烏黑的不安感給沾染。

「您累了嗎？」

幸虧沙霧誤解了我的變化。

「有一點，不過沒關係的。」

還好她的位置背對著洋館，我連忙蒙混過去，然後一口氣把小船划到湖泊的中心。之後我收起船槳，讓小船自由自在地載著我們漂動。就這樣什麼也不做、專心一意地等候自己內心的動搖平復下來。沙霧什麼也沒發現，就只是露出靦腆的微笑看著這邊。而我也不發一語地望著她，不安的感受也就這樣一點一滴地消退了。這個時候，我的內心突然閃過一個想法。

我和她就這樣隨意在湖上漂泊，直到日暮西沉。這時湖面漫起了水霧，也開始起風了，烏雲也跟著覆蓋了天空。

我們趁著還沒下雨回到洋館內。沙霧好像真的累壞了，說了句「到晚餐前我想休息一下」，就直接返回二樓的房間。

我心想機會就只有現在了，就走向正在用抹布擦拭餐桌的老婦人。

「我想跟您請教一下。」

什麼反應也沒有。雖然在預料之中，但老婦人真的是完全無視我的存在。她看都沒看向我這邊一眼，繼續一語不發地擦著餐桌。

「是關於沙霧小姐的事情。」

老婦人的肩膀微微顫動了一下。見狀，我也鼓起勇氣繼續說道。

「我只是個外人，而且現在還受到府上的關照，但我還是直截了當地跟您請教了。」

「……」

「沙霧小姐有姊姊或是妹妹對吧？而且她們是雙胞胎……」

剛才聽到我說出沙霧的名字就不禁有所反應的老婦人，不知道是不是因為現在已經做好了準備，又回復先前那種宛如面具的表情。無論再怎麼觀察她的神情都一無所獲。不過，截至目前為止的發展都在我的預料之內。關鍵的部分現在才要開始。

我轉向了通往左翼的那扇門。

「沒辦法了。那麼我只好直接去問問沙霧小姐了。」

說完之後就邁開腳步。當然，這只是做個樣子讓老婦人看看罷了，然而就在這一刻，那個瘦小的身體突然爆發出無法想像的力量、緊緊扣住了我的手腕，差一點就要讓我放聲大喊。

「您、您怎麼了？」

「……」

「請您鬆手。」

「沙霧小姐，有一位名叫砂霧（さぎり）的姊姊。」

老婦人用手指在餐桌上寫出了「砂」這個字，然後身影迅速地消失在洋館的右翼。

雖然我有思考一些計畫，但沒想到事情的發展竟然這麼順利。剛才在湖泊那邊想到的解釋雖然很唐突，不過老婦人居然如此乾脆地證實了我的推測，這一點才更令我感到吃驚。沒想到「去問沙霧」這句話這麼有效。這兩個人之間莫非真的存在我這種外人難以參透的關係嗎？也是因為這個緣故，老婦人對於跟沙霧有關的事情才會這麼竭盡全力吧。

此刻一閃而過的提示，就是在這片土地上流傳的二人巫女傳說。那個傳說很明顯就是跟

「Doppelgänger」有關的傳承，也就是一個人變化出第二個人這個現象。現在我所做的只不過是逆向思考而已。假使沙霧只有一個人，那些狀況就無法被解釋；倘若沙霧是兩個人的話，那就存在合理的解釋了。

一開始待在暖爐前的少女也好、第二次站在走廊上的少女也罷、第三次穿過大廳的少女更是如此，她們都不是沙霧，而是砂霧。或許砂霧就是住在洋館二樓深處、那個位於沙霧寢室旁邊的房間吧，而且可能還罹患了併發夢遊症的心理疾病。

我還是不清楚這對姊妹是基於什麼緣由才會住在蓋在這種地方的洋館裡。是當事人的問題，還是家庭方面的問題，我都沒有足以判斷的情報，而且似乎也不該繼續深究。我只不過是個路過此地的旅人。現在仔細想想，好像也能理解老婦人那頑固的態度其來有自了。老婦人在照顧姊妹倆生活起居的同時，也守護她們不被這個世間給接觸。不對，或許該說她是拒這個世間於千里之外的看守者吧。

我覺得不該太過深究，但另一方面自己無論如何也希望能拯救沙霧。只是，我到底是要從什麼東西的手裡把她救出來呢？沙霧並沒有訴說自己的遭遇、也沒有向我求助。然而現在我卻一個人在這邊窮緊張，這不是太可笑了嗎？

不知不覺中，外頭已經被夜幕給籠罩了，還開始下起了雨。聽著雨水落在庭院草木上的聲響，我也做了一個決定。

不管沙霧身處在什麼樣的情況，只要她不希望繼續下去，我就會想辦法把她救走。假使她表示維持現在這樣就好，但只要我判斷現在的狀況明顯很嚴重，就會硬把她給帶出去。

明明對具體的狀況根本就一無所知，但我仍然像是在暗示自己似地於內心不斷地呢喃著。

這一天的晚餐比昨晚更加讓人不適了，或許是因為我太過在意老婦人的存在吧。但對方根本就沒打算和我有什麼互動，完完全全就只有我自己介意而已。也是基於這個原因，我想要趕快把餐點給吃完。

總覺得沙霧好像也察覺到我的感受了。她也迅速地把東西吃完，然後對我說道。

「我們上二樓去吧。」

爬完樓梯，我的視線就不禁被吸引到走廊的深處、也就是沙霧房間隔壁的那扇門。

砂霧就在那扇門的另一頭……

沙霧她究竟是懷抱著什麼樣的想法和那個奇特的姊姊一同生活的呢？她們兩人的關係不好嗎？彼此不交談嗎？不會一起吃飯嗎？還是說，砂霧的狀況已經嚴重到連這些日常生活的行為都不可能進行了？

待在沙霧的房裡，我們一邊傾聽逐漸變大的雨聲、一邊跟昨天一樣聊起書的話題。相對於昨晚不論領域、話題圍繞著所有的書籍，今晚我們主要談的是古典派的偵探小說。

其實我想問的，是砂霧的事情、家庭的事情，還有沙霧個人的事情。但是面對如此開心地聊著偵探小說的她，我到底該怎麼開口才恰當呢？明明吃晚餐前就已經下定了決心，事到如今卻怎麼也問不出口。

不過，過了好一會兒後，我仔細看看沙霧的臉，這才意識到她的臉色有些蒼白。原本還以為她晚餐前都在休息，應該已經恢復疲勞了，但事實上並非如此。這或許是因為身體原本就沒有那麼健康的關係，所以今晚我還是慎重一點，差不多該告辭了。

外面的雨下得更加激烈了，風勢也隨之變強，感覺就是暴風雨即將到來的景象。照這個天氣來看，明天早上大概是無法動身了，所以我決定到中午之前先觀察一下情況。我這麼告訴沙霧後，她便提議在天氣轉好之前，我們就繼續待在這個房間裡一起讀書。

如果明天暴風雨來到這個區域的話，或許還能再留宿一晚。我在心裡告誡自己，這是救出沙霧的最後機會了。

不過，我在離開房間之前，做了一個和這個重大決心有些背道而馳的小小惡作劇。沙霧正朝向書架的方向，應該是準備挑出明天要看的書吧。我便趁著這個空檔把放在床頭的座鐘鬧鈴設定在早上六點半。因為她平時好像都在七點半左右自然醒來，所以明天早上她一定會大吃一驚的。雖然是個愚蠢的惡作劇，不過沙霧她肯定從來沒有被別人戲弄過的經驗吧。

這一晚我還是睡在睡袋裡。為了不被夜遊的砂霧影響，我今晚改睡在大廳的窗戶旁邊。到了明天，沙霧就會……我想著想著，就這麼入睡了。

◆

隔天早上，我睜開眼睛後看了看手錶，正指著七點十二分。原本我想要早一點起床的，看來好像睡過頭了。

沙霧應該已經起來了吧。還是說又睡回去了呢？

原本我計畫在六點半去一趟她的房間，然後再笑嘻嘻地看著她那睡眼惺忪的臉。錯過這個場面真是遺憾啊，不過想像一下沙霧發脾氣的樣子，我就忍不住笑了出來。

昨晚的暴風雨到了清晨似乎就減弱了，現在只飄著小雨。不過陰暗的天空還是遍布著烏雲，很難斷定雨勢會不會突然又轉強。

我折好睡袋之後就直奔二樓，然後敲了敲沙霧的房門。不過什麼回應都沒有，於是我再次敲起門。

哈哈，這就是我玩了鬧鈴惡作劇的報應嗎？

我想沙霧現在應該正在氣頭上，所以才無視我的敲門吧。

「你起床了嗎？我要進去囉。」

打了招呼後，我便將門打開。這個瞬間，我的腦袋就如同字面意義那樣、完全一片空白。儘管陷入了這樣的狀態，但實在很不可思議，我竟然還能在這種時候冷靜地注意到三件事。

第一，是桌子上擺著兩杯冒著熱氣的咖啡。第二，掉在地上的鬧鐘正在響。然後是第三，沙霧倒在床鋪旁邊的書架前。

「沙霧……」

我像是要叫醒熟睡的她似地輕聲低語著，宛如碰觸易碎物那樣、小心翼翼地把人抱起來。雖然身體還有溫度，但我知道她已經死去了。不，應該說是頓時領悟到的。她的後腦勺有傷口，掉落在地上的座鐘也沾染了黏稠的血。

沙霧身旁有一張倒下的椅子，卡斯頓・勒胡的《黃色房間之謎》和E・C・班特萊的《褚蘭特的最後一案》就被它壓在下面。她應該是想和我邊喝著咖啡邊讀這兩本書吧。在她準備這些的時候，被某個人從後面用座鐘攻擊了。

到底是誰……不，是砂霧吧！

雖然我是睡在大廳的一角，但如果是那個老婦人前往二樓的話，我應該會注意到的。想要在不讓我察覺的情況下去到沙霧的房間，就只有砂霧能辦到。

可是砂霧是在什麼時候做出這種事的？因為座鐘的鬧鈴還在響，所以一定是六點半以前。這麼一來，當時沙霧應該已經起床了才對。或許是因為昨晚太疲憊了，所以沒有睡好的關係，然後就在提早起床、開始挑書的時候……

不過，假設是這種情況的話，那咖啡到底又是誰泡的呢？現在還冒著熱氣，就是才剛泡好沒多久的證據。

該不會是砂霧吧……

在這個剛殺害自己的妹妹、凶器座鐘的鬧鈴還在響的房間裡，還能心平氣和地泡咖啡嗎？難道砂霧直到剛才都還在這個房間裡？然後一聽到我上樓的聲響後就連忙逃回自己的房間嗎？

瘋了……這實在太瘋狂了……

殺了沙霧以後，又在這個房間停留了超過四十分鐘，甚至泡起了咖啡。而且還是自己和沙霧兩人的份，她連已經喪命的妹妹都準備了咖啡。

雖然只是我自己單方面的想像，但我先前還為此感到憐惜、認為砂霧應該是罹患了輕微的心病吧，然而這完完全全都是我的誤解。像這麼危險的人，就算再怎麼把她隔絕在遠離人煙的場所好了，但怎麼能只丟給一個老婦人和妹妹去照顧就放著不管呢。

現在這種情況，也只能跟砂霧面對面把事情給弄清楚了。如果過於輕忽的話搞不好會被她攻擊，但我還是必須得去找她。

我輕輕地讓沙霧躺回地上後，把手擱在彷彿萎縮到無法使力的膝蓋上、慢慢地站起身來。凝視著她一段時間後，我才靜靜地打開門、來到了走廊。就在這個時候，有股寒意一點一點地從腹腔深處湧出，雙腳也微微發顫。我好想往右轉跑下樓，然後逃出這棟洋館。

不行！必須要做個了斷！

我竭盡全力鼓舞自己，然後慢慢朝著走廊的深處前進。

最後，我終於來到了砂霧的房門前面，但這時才意識到自己完全沒有帶任何能用來防身的物品。原本還想著要去找個類似的東西，不過只要離開這裡，或許我就會直接逃跑了。總覺得自己會因此無法提起勇氣、然後再次回到這個房間前面。

算了，管不了這麼多了！

我隨即握住了門上的手把，然後一口氣打開、就這麼衝進砂霧的房間——

下一個瞬間，我發出了不成聲的喊叫。

◆

外頭的雨還在淅淅瀝瀝地下著。遠方響起了沉重的雷鳴聲，淒厲雷雨到來的徵兆充斥了周遭環境。

我忍受著因寒意而顫抖不止的身體與偏頭痛，在沙霧房間的地上蹲了下來。她已經被安放到床鋪上了，整個身體被毛毯給蓋著。

接到我的通知後，老婦人露出了駭人的表情、朝著二樓奔去，接著就把自己關在房間裡好一會兒，而我就留在走廊上等待。最後終於走出房間的老婦人什麼話也沒說，就在這樣的天氣離開洋館，不知道到哪裡去了，應該是要找些什麼人過來吧。只不過對現在的我來說，這些都已經無所謂了。

這個房間、這棟洋館，到底發生了什麼……

砂霧的房門敞開著，裡面的結構和沙霧的房間完全相同。不只是格局，就連家具都擺設了同樣款式的東西。只不過，這個房間裡積著厚厚的塵埃。不管怎麼看，那都是很久沒有人住在這裡的狀態。

在那之後，我徹底探索了這棟建築，但到處都感覺不到砂霧存在的氣息。除了沙霧跟老婦人，完全找不到有她們以外的第三個人在這裡生活的痕跡。

到底是怎麼一回事……

在暖爐前搭話的人也是、在二樓走廊看到的人也是、在夜裡通過大廳的人也是，我所遇見的人其實並不是砂霧嗎？即便不是刻意為之，但那難道不會是砂霧與沙霧兩姊妹在扮演同一個人嗎？

還是說，從頭到尾根本就不存在砂霧這個人？但如果真是這樣的話，我所見到的砂霧，毫無疑問就是沙霧了。可是她為何會顯露那種態度呢？沙霧會不會是刻意在我面前一人分飾兩角？

為什麼？目的究竟是為了什麼？

該不會老婦人口中的砂霧，其實就是我眼前的這個沙霧？她是沙霧的另一個人格……她擁有雙重人格嗎？

不對，這不可能。才不會有這種事。

至少我在二樓走廊看到那個女孩的時候，沙霧確實就待在房間裡。更何況，假使沙霧真的一人分飾兩角，那麼殺害她的到底會是誰呢？還有，又是什麼人在那之後泡了咖啡的？

不過……可是……這棟洋館裡並沒有其他的人了。

二人巫女的傳說……是真實存在的嗎？

回過神來，我已經一路逃出了洋館。

星期一

起霧了……

我正在加班時——應該不存在能讓編輯準時下班的出版社吧——前輩一如往常地邀我去喝酒，就在這個時候，飛鳥信一郎打了電話給我。

因為他幾乎不會打電話來公司找我，於是我便問他有什麼事情。

「總之，你今天回家前先繞來我家一趟。」

至於要做什麼也沒提，說完這些就把電話掛了。因此，他罕見顯露的無可奈何語氣，就一直令人不快地在我耳邊縈繞。

「女朋友打來的電話嗎？」

我就這樣承受前輩和同事們的群起嘲弄，在比平時還早的時間踏上歸途。

開始起霧了——不，應該說我在私鐵的終點站杏羅站下車，然後穿過北町商店街、接著從某所戰前就是名門的女子大學前面的坡道走下去時，才在途中意識到起霧的狀況。

雖然有照明，但也只有相隔一段距離才出現一盞的路燈，其餘的就是女子大學和它對面的女生宿舍窗戶透出的少數室內燈光，微弱地照在延伸的坡道上，就只是能模模糊糊地看到眼前的路正在往下的程度而已。走在這條坡道上的只有我一個人，周遭只響起了還沒聽習慣的皮鞋踏地聲。

我和信一郎在前天、也就是星期六的晚上才剛碰過面。新的一週才剛開始，他會有什麼事呢？

雖然覺得疑惑，但我還是很在意他那繚繞在耳際的聲音。即使是這樣，我依舊沒有加快腳步，還是慢條斯理地走下坡道。應該是因為內心某處還是覺得不會是什麼大不了的事情吧。

就是這個時候——當我反應過來，四周已經起霧了。

往年的一月至二月時，杏羅地區在太陽西下後就會變得非常寒冷，但是起霧這種狀況就很罕見了。位於坡道前方的十字路口處，好像能看到什麼朦朧的東西在蠢動著，才剛心想「應該是霧吧」，瞬間就被乳白色的粒子給包圍了。霧氣從坡道下方一股腦地蔓延上來的情景，感覺就像是把洪水造成河水逆流的畫面去除聲音那樣。坦白說還真的有點嚇人。

我並不是因為起霧而感到害怕，而是因為這裡是在城鎮之中，而不是深山，那種像是燃起拍電影用的特效煙霧、讓周遭一帶被霧氣籠罩的不自然感，令人感到有些不舒服。而且霧氣還像是生物那樣蠢動、從坡道的下方一路爬升到這裡來。霧氣這種東西，不是應該會慢慢地湧現嗎？

有段時間我都手足無措地站在原地。不過也不能一直站在這裡，所以就開始慢慢地在黑暗之中邁開步伐，準備繼續走完剩下的坡道。突然，霧氣中冒出了一個人。好像是個穿著皮外套、樣子像是是學生的男子，就在快要撞在一起之前，我們互相錯身躲開了。

「嘖，喝醉了嗎……」

對於這個丟下這句話就走人的男子，我原本想回敬些什麼。

我才沒喝酒勒，霧這麼大，我有什麼辦法。

之所以會把話給嚥回去，是因為我告誡自己，沒有必要在碰到這種大霧的時候還多惹什麼麻煩事。還有，我是成年人了、也不是學生了。我想心裡多少也帶有這樣的想法。

當我終於來到了女子大學校地邊界的十字路口，從乳白色的霧氣中露臉的交通號誌黃燈，就像是個正眨著眼的單眼妖怪。入夜之後，這裡的號誌就會自動轉為閃爍燈號。這也是因為交通量在這個時間會一口氣大減的緣故吧。

我正要通過行人穿越道，突然就有一陣「轟隆隆」的聲響從右手邊進逼而來。接著，一輛車以驚人的速度從瞬間停下腳步的我前面飛馳而過。經過我的瞬間還響起了「嘰嘰嘰嘰」的急煞聲，看來似乎是直到快要撞上之前都沒有注意到我的存在。

現在霧這麼濃，他還開得這麼快，而且這裡是號誌閃爍的十字路口耶。這傢伙也太糟糕了吧。

我在心裡怒罵剛才擦身而過的男子和現在這輛車的駕駛，穿越了十字路口。

從這個地方再往前走，就是還留有過去城下町風情的廼摩杜町，延續了杏羅町古樸的街景。只不過在這個晚上，町家⑮特有的蟲籠窗⑯也被濃霧給遮掩，看都看不見。該不會霧氣已經一路蔓延到屋頂之上，把整個城鎮都給包覆起來了吧。

通過迺摩杜町之後，稍微走一段路便來到標有「穗紗橋」之名的石橋。走過這座橋後，聖紀天皇陵就坐落於右手邊。那塊區域現在像是突然就從霧氣裡冒了出來，感覺就好像原本走在草木茂密的森林裡，然後眼前瞬間就出現了寬廣的小草原。

只有那裡沒有霧氣籠罩。從天皇陵關閉的正門向裡頭望去，鋪得很美麗的石子路筆直地朝著黑暗之中延伸過去。在它的彼端，就是一片黑漆漆、像是包覆整座陵寢的森林，看上去就宛如一隻巨大的烏龜坐鎮在此地。

只有天皇陵和附近一帶沒有起霧啊……

我不清楚箇中原因。不過好像萌生了一種難以言喻、近似於敬畏的情緒。這裡流動著靜謐的空氣，我覺得應該是屬於安全的區域吧。

可是我也不能一直停在這裡不動。於是我帶著依依不捨的心情，離開了正門前。接著我就直接繞到天皇陵的左側，踏上那條鋪設在西邊的低矮土堤下、散發泥土氣味的小路，踩著不穩的腳步前進。

此時，霧氣立刻就圍繞了我的全身，這感覺很像是在熱帶雨林裡那種高濕度的空氣中漫步。

⑮江戶時代的町人（商家或職人）居住的住商混合都市型建築。內部為複合式格局，區分為生活空間與營業用空間。蓬勃多元發展後甚至形成了所謂的町家景觀與町人文化，為都市景觀與建築風情營造帶來了深刻的影響。

⑯常見於町家二樓的通風、採光用固定式窗戶。因為呈現縱向的柵欄狀形似蟲籠而得名。由於也很像竹編的蒸籠「蒸子」，因此也有人寫成「蒸子窗」。

不過這裡當然不存在什麼熱氣。被像是深深透入骨肉的寒氣給包圍，我不禁覺得有點呼吸困難。

自己好像並不是身處在霧氣這種自然現象之中。更像是肉眼看不到的水滴粒子其實是由無數的微生物所化成，然後我的身體就浸泡在那種真相未明的生物聚集體裡面……僅僅只是呼吸，謎樣的微生物就一口氣從鼻子、嘴巴侵入體內……我已經被這種令人生厭的感受給束縛了。

天皇陵旁邊的小路繞出了一個大大的弧形，眼前只孤零零地佇立著一盞寒酸的路燈。這裡平常並不是什麼可怕的場所，而且和通過穗紗橋再順著路往下走相比，這條小路其實算是捷徑，所以我才會選擇走這邊。不過或許是因為路很狹小的關係，讓霧的密度顯得更濃了。現在霧氣遍布四周，連腳邊的狀況都看不清楚。

我沿路撥開霧氣穿過小路，就抵達了廉峰町。這是在天皇陵西側開展而出的小鎮，有條坡道由南向北延伸而上。在這條長長坡道左側上方的小山頂端，平時可以看到燈火通明的建築物，因為那一帶有夜班職員駐守的氣象觀測站。可是那裡的燈光現在看起來模糊又微弱，因為霧真的太大了。我家就在觀測站大門的附近，不過我沒回家就直接走過去了。

爬完坡道後又走了一段時間，眼前的路在這裡分出兩條。往右轉，就會剛好繞到天皇陵的北側，也就是相對於正門的另一頭。這裡又再次出現了坡道。來到這附近，除了名為「真如寺」的寺院之外，其他就只有稀稀落落的民宅，讓人覺得三十分鐘前那熱鬧喧囂的車站前景象好像都是假的一樣。雖然現在這裡依然也彌漫著似是被狐狸之類的東西給迷惑的氛圍，但今晚特別不同。

無論走到哪裡，都是乳白色的霧、霧、霧、霧、霧……全都只有霧氣而已。

坡道一帶屬於竹暮町，右手邊的民宅全都背對著天皇陵而建，而飛鳥家就位處於接近中間區段的位置。

我拉開門栓後，就像是在走自家後院那樣迅速穿過主屋旁邊的庭院，直奔偏屋。信一郎從孩提時代就和奶奶一起生活，不過奶奶在他上了高中以後就搬到主屋去了。原本是為了讓老人家悠閒度過晚年生活而建的偏屋，一開始就成了祖孫倆的住處，現在只剩下孫子還待在這裡。當然，信一郎的雙親都還健在，而且是親生父母，所以他可以說是奶奶帶大的孩子。這情景就宛如井上靖[17]筆下《雪蟲》裡的洪作身處的世界。不過信一郎告訴我洪作不是住在偏屋，而是倉庫裡面，他對於這一點還滿羨慕的。

打開偏屋的門後就是一條延伸的走廊。左邊是面向庭院的緣廊一側，而右邊從入口開始，依序為盥洗室、廁所、六疊房間、八疊房間、然後又是一間六疊房間，因為原本是要讓長輩度過晚年生活的空間，所以全部都是鋪設榻榻米的和室。信一郎把第一個六疊房間當作書庫、八疊房間用於書齋兼起居室、最裡面的六疊房間則是作為寢室使用。

「喂，這霧也太大了。」

⑰小說家、詩人。曾以《鬪牛》獲得芥川賞肯定，並於1976年獲頒文化勳章。《雪蟲》（しろばんば）是他的半自傳式長篇小說，與《夏草冬濤》、《北之海》並稱為井上的私小說三部曲。

我通過走廊，在打開八疊房間拉門的同時也打了招呼。但沒有任何回應。往裡頭一瞧，只見文机⑱前的飛鳥信一郎側身盤坐在座椅子上、凝視著那本《迷宮草子》。

或許是被奶奶帶大的關係，信一郎擁有與實際年齡不相襯的和風愛好。平常在家裡大多是穿著和服，所以對他而言，即使偏屋內的所有房間全都是和室也不是什麼問題，倒是書架和文机等家具都是為了配合和風氛圍而擺設的。

「應該是天氣異常吧，新聞報導什麼都沒提嗎？」

我在火鉢旁的座椅子上坐下，再次向他提起外面那片異常的霧氣。不過信一郎還是一樣什麼話也沒說。

看來要我下班後先過來一趟，應該是有重要的事要談。我開始有點擔心了，就把話題轉到關鍵的部分。

「話說——」

「沒有起霧。」

信一郎輕聲說道，視線依然落在《迷宮草子》上頭。

「啊……」

「根本就沒有起什麼霧喔。」

剛和抬起頭來的他四目相對，瞬間我便恍然大悟了。事情並不單純。

「這是什麼意思？」

「發現起霧、而且還親眼所見的就只有我們兩個而已。」

「你說什麼……」

「我到了傍晚才注意到有霧氣出現。因為我從中午開始就在翻譯山謬・宋達克的短篇作品《兩根柱子》，所以不清楚霧是在什麼時間冒出來的。後來吃晚飯的時候我就問了大家，這麼大的霧是中午過後就已經出現了嗎——」

信一郎用認真的眼神凝視著我的眼睛。雖然不曉得他的用意是什麼，但我們已經認識好多年了，於是我便輕輕點了個頭，示意他繼續說下去。

「結果他們說根本就沒有起霧。我問了我爸媽、問了奶奶、還問了明日香，每個人都說沒有什麼霧。」

明日香是小信一郎一輪、歲數相差很多的妹妹。問題是他現在究竟想要表達什麼呢？

「當然，這不可能是全家聯合起來對我惡作劇。不過慎重起見，我又分別去找奶奶和明日香再問了一次同樣的問題。可是答案還是一樣，沒有起霧……」

「……」

⑱用於閱讀或書寫的傳統日式矮桌，規格方面是能直接坐在地面或搭配座椅子（有椅背但沒有椅腳、直接擺在和室中的地板或榻榻米上的日式室內椅）使用的高度。與後面提及的火鉢（某些款式附有設置抽屜的基座）都是和室房間常見的風情。

「而且還說什麼『你還好吧』、『哥哥，你是不是又看了什麼奇怪的外國恐怖書籍啊』。結果反而讓她們開始擔心我了。」

這還是今天晚上第一次看到信一郎露出微笑。只不過，那硬扯出來的不自然微笑，和他那張皮膚白皙、某些部分帶有女性特質的面孔很不相襯。

「那麼其他的地方也……例如那個氣象觀測站也沒有發現這場霧嗎？」

「觀測站也好、一般的杏羅地區居民也好，除了我們兩個以外就沒有其他人看到這片霧了。」

啊！這個時候我才恍然大悟。所以那個差點跟我撞上的學生模樣男子，還有從我身邊快速駛過的汽車駕駛，對他們來說這場霧根本就不存在嗎？或許看在他們的眼裡，我就是個從漆黑夜路突然冒出來的男人，還有突然闖進十字路口的行人，反而是我這邊的舉動還更加危險吧。

「可、可是，為什麼會這樣……」

我茫然失措地看著信一郎，他不發一語地遞出了《迷宮草子》。

「這是……」

雖然接下了書，但我還是一臉疑惑。

「買下這本書的時候，不，應該是買下之前，古本堂的店主就跟我提起了一些事。」

信一郎從座椅子上站起身來，然後又坐到文机旁邊的書架前，突然開始說出讓人難以置信的話。

「據說這本名為《迷宮草子》的同人誌在舊書業界也是少數內行人才知道的書。外觀製作品質粗糙，內容也都是收錄一些不知道是小說創作還是執筆者的體驗談之類的故事，所以當然沒有什麼作為舊書方面的價值。只不過，若是說到它為什麼會有名，好像是因為每當人們淡忘它的時候，它就會在市場上出現。以這類同人誌的情況來說，不可能只印刷、裝訂一本而已。起初最少也會印製個一百本吧。可是會買的應該也只有熟識的人，而且隨著時間過去，剩下的庫存被處理掉的可能性就會更高。像這種出版品，舊書店是不經手的，所以最後應該是落得和舊報紙一起被當成回收物處理的下場吧。話雖如此，如果被某些喜歡特殊東西的舊書店店主免費接收，倒也並不奇怪。所以我覺得應該還是會有幾本在市場上流通。」

「或許吧……」

「可是啊，不可思議的事情來了。從來沒有人看過這本書同時出現兩本或以上。據說業者的書籍目錄裡也從未出現過同時登記有兩本的情況。」

「這種書會被收在書籍目錄裡面嗎？」

「因為有我們這種喜歡稀奇古怪東西的人啊。實際上這本書也是因為這一點才賣掉的。但即使是這樣，過了一段時間後它一定會再次出現在市場上。某個舊書店的——我們就稱他為A氏好了——這個人是這麼認為的。有某個人持有《迷宮草子》的庫存，然後每賣掉一本，他就從庫存裡再放一本出去。」

「原來是這樣啊。」

「正好，A氏也入手了一本《迷宮草子》，然後賣給了收藏家。他認為這麼一來就會有另一本流入市場了，沒想到過沒多久就再次收到貨了。雖然還不到奇珍異本的程度，但確實是稀有品沒錯。原本只能賣給極少數的收藏者，但現在已經變成行家會想要的書了。覺得僥倖的A氏正感到欣喜，可是當他再次仔細看看手上這本《迷宮草子》，立刻就嚇傻了。」

「為什麼？」

「他發現手上這本就是自己先前賣出的那一本。」

「繞了一圈又回來了嗎？」

「這本書並不單純，所以讓A氏覺得不太舒服，於是就轉手給我了——古本堂的店主是這麼告訴我的。」

「意思是說，這是一本存在某種緣由的書嗎？」

我心想這會不會有點過度解讀了。按照A氏的想法，每當賣出一本給某人後，就會有一本庫存被流通到市場上。這樣的話，同一本書再回到自己的手裡不過就是單純的偶然吧。可是我說出自己的看法後，信一郎搖了搖頭。

「我認為這個想法很合理。起初A氏也是這麼想的，然後他就跟同業之中曾收過《迷宮草子》的人都打聽了一下。結果，不管是哪個人經手的好像都是**同一本**。」

「怎麼回事……」

「就像你現在看到的，這近乎是手工製作的工法。在細節部分就可能出現各種不同的特徵。然後他們每個人都記得其中的一部分。」

「……」

「在出讓這本書之前，A氏自己也先調查過了。他想查清楚這本《迷宮草子》到底是在什麼樣的情況下企劃和編輯的，但是最後還是毫無斬獲。一般來說，想調查書籍的話有兩種方法。雖然在你面前說這些像是在班門弄斧啦，其實就是去詢問出版書籍的出版社，或是想辦法聯絡作者本人。」

「嗯。」

「不過這本書上沒有作者的名字。嗯，畢竟是同人誌嘛，這也無可奈何。雖然還有個應該是出版方的『迷宮社』，但實際上這間公司並不存在。A氏畢竟也是吃這行飯的圈內人，所以即便是那種超小型的地方出版社，他至少也會對公司名稱略有耳聞，可是他卻完全沒有聽過這間出版社。保險起見，他也在同業那邊問了一圈，不過還是沒有人知道。最後剩下的方法就是翻一下版權頁，然後詢問負責印刷、裝訂的廠商了。只不過經手印刷和裝訂的基本上都是承包業者，也很難從這條線追溯到著作方。」

「確實沒錯。這不太容易呢。」

「話是這麼說，但如果是同人誌的話，執筆者之一就是刊物的代表人，甚至身兼製作方的情況也並不罕見。而且這個人直接跟印刷、裝訂廠商接洽的可能性也滿高的。於是A氏就想順著這條線去追查——」

這個時候，信一郎的樣子看起來有些恍惚。感覺像是聽見了某種奇特的聲響，現在他正微微歪著頭、側耳傾聽。

「喂……」

我喊了一下，他才猛然回過神來。

「喔——所以A氏就準備翻到《迷宮草子》的版權頁，結果這個部分完全沒有裁切，紙張之間並沒有裁斷。喏，你翻開看看。」

我確認手中的《迷宮草子》，確實在最後一台出現了裁切失誤，頁與頁之間相連在一起，看起來就像是袋子那樣。

一般而言，書籍的一頁，並不是一開始就依照版型裁切出單獨一張紙。舉個例子，某本四百頁的書，製作時其實不是用總頁數一半的兩百張紙來裝訂製成。在並非特殊書籍的前提下，會以一大張紙的其中一面作為八頁、另一面也作為八頁，然後摺疊起來做出十六頁的份。這十六頁就稱為一台，而一本完整的書就是由好幾份這樣的一台集結而成。也就是說，先在一大張紙的正反面進行印刷，接著再摺疊成一頁的大小，然後一台、一台依照頁碼順序排列，最後就完成了一本書。因此，構成正反各八頁內容的時候，這時每頁的排列並不是實際的頁碼順序，而是在後續的摺疊階段才會形成正確的順序。所以一開始就要預先規劃摺疊後的格式，進行稱為落版的頁面排序作業。這個部分很難光用說的解釋清楚，可以實際試著把一張長方形的紙張摺成四摺看看就能明白了。順帶一提，如果是一本兩百二十四頁的書，就是224÷16＝14，所以就是用十四台來製作書籍。

只不過，如果是以摺疊來製作一台的場合，就會出現形成袋狀的相連部分，這會造成無法翻頁的問題。所以將好幾台集合起來構成一本書之後，就必須對書背相反側名為「書口」的部分，以及「地」這個書本直立時相當於下端的部分進行裁切。有些書偶爾會出現邊角處前後連在一起的問題，就是因為裁切時有某一台稍微偏離等裝訂時的瑕疵所導致的。嚴重一點的就會出現袋狀部分被完整保留的情況。

事實上，原本就存在一種刻意不裁切書口的書籍裝訂方法，就是所謂的法式裝訂。讀者在閱讀的時候，必須邊用拆信刀一頁一頁裁開再閱讀。這完全不是能在通勤的電車裡讀的書，但卻是能品味閱讀奢華感的雅致書籍。

《迷宮草子》就是在最後一台的部分出現了所謂的法式裝訂狀態。大概是因為手工進行裝訂的關係，才會出現這樣的錯誤吧。

「這樣的話，把它裁開不就好了。」

我給出了理所當然的回應。

「我覺得……他是沒辦法裁開。」

但信一郎的回答卻很耐人尋味。

「為什麼？」

「應該是……害怕吧。」

「……」

「當人們遺忘這本書的時候，它就會突然在舊書市場現身。而且好像都是同一本。這也就意味著買下這本書的人後來都接連把它脫手。只能這麼判斷了。」

「說得也是。」

「完全不具備舊書層面的價值，卻還是特地去收購這種書，那些買家肯定都是熱愛珍奇事物的人。結果這樣的人竟然這麼輕易就把書給脫手，這也太奇怪了。A氏自己也是這麼認為的。他兩度入手《迷宮草子》的場合都是家人代為處理藏書家持有的書。其實這種收書管道並不稀奇，因為就算本人喜愛收集這些，但是家人對此可能毫無興趣。如果當事人過世了，這些收藏就不過只是佔空間的無用之物。因此以家人的立場來看，當然會想全部都處理掉。」

「因為對彼此來說，都是跟自身無關的事嘛。」

「嗯，像這種情況，家族裡頭多半沒有懂得舊書價值的人。如果家人不了解，比較有良知的舊書商通常都會仔細說明。可是，通常對方都只想盡快處理掉這些東西而已，並不是想藉由出清從中牟利。以舊書商的立場來說，就可能因此碰上意料之外的奇珍異本。相對的，那些不值幾個錢的書也必須一起收購，所以也背負著某種程度的風險。嗯……不過這些都不重要。問題在於A氏兩次收到這本書的情況都不是因為藏書家本人過世，而是他們都失蹤了。」

「失蹤……」

「對A氏而言，比起那兩家人要出清藏書的理由，他當然更在意藏書的內容，所以當時他並沒有詢問對方想把書處理掉的原因。然而，就在跟這本書有關的詭異傳聞傳到他那裡後，A氏好像就以確認收購的書籍為理由，和那兩家人取得了聯繫，然後趁機委婉地問了一下。所以他才因此得知這兩個藏書家後來都下落不明了。」

「可是，就算他們真的失蹤好了，會因為這樣就立刻把當事人的藏書轉讓出去嗎？」

對於素不相識的這兩家人，我突然感到有些憤慨。

「一般情況下或許還不至於如此，但是收藏舊書可不是什麼普通的小嗜好而已，看在旁人眼中那可是宛如異世界般的領域。這兩位都可說是狂人等級的藏書家，或許在失蹤之前就已經讓家人覺得相當困擾了吧。」

「這倒是沒錯。」

「後來A氏也試著調查了他能力所及的範圍。簡單來說，就是《迷宮草子》出現在市場上的來龍去脈。然後他又發現了兩個案例，都是這本書就混在待處理的藏書裡，情況完全相同。」

「可是，這在舊書業界裡也不是什麼稀奇的事吧。還是說……這兩個案例的持有者也都下落不明了嗎？」

「喔，這點就不清楚了。」

「這樣的話……」

「我想是吧……」

信一郎這麼回道，但感覺絕對不是單純的應對附和。如果真是這樣就好了——感覺他想表達的就是這個意思。

「那麼，總結來說，你想說的事情到底是什麼？」

他的樣子跟平常不太一樣。對此我百分之百能肯定，還用近似責難的語氣質問。若是問我為何要採取這樣的說話方式，硬是要給個說法的話，或許是因為我對此感到恐懼吧。

「《迷宮草子》這本書存在某些隱情——古本堂的店主想告訴我的就是這件事吧。還有你也知道，雖然我是喜歡這樣的東西，但也談不上是相信。所以我就把它買下來了，因為感覺還滿有意思的。」

「……」

「我在前天、就是星期六的時候買下了這本書，然後馬上把你找來對吧。當時你讀了〈霧之館〉這篇故事。它作為體驗談有一點可怕、作為小說雖然具有幻想性，可是又有美中不足的地方。你說完這樣的感想後就回家了。」

「是啊。」

「然後星期天過去，時間來到星期一——霧就出現了。」

「……」

「其他人都看不到、只有我們兩個能看到的霧，就這麼冒了出來。」

「喂喂，怎麼可能有這種蠢事……」

「對啊，怎麼可能有這種蠢事——但它真的發生了。雖然不清楚其中的明確因果關係，但事實上就只有我們兩人的身邊起霧了。如果要說因此聯想到什麼的話，就只有這本書了……這個推測如何？」

我像是要推出去似地把《迷宮草子》還給信一郎。

「我現在做個假設，就只是假設喔。如果出現這場奇怪的霧是因為我們看了這本書的話，那就不要繼續看下去，直接把它處理掉不就好了？」

「那麼，我們兩個也都會失蹤嗎？」

信一郎輕聲喃喃自語。

「怎、怎麼可能……」

「這說來的確很荒唐。雖說荒唐，但如果這本書真的只有這麼一本的話，又該怎麼解釋？」

「欸？」

「如果這本書真的就只有這麼一本，再假設曾經持有它的人最後全部都下落不明了。你覺得能從中釐清什麼事情？」

「是什麼啊？」

「讓人失蹤的原因。」

「原因……」

「說得更精準一點，就是可以確立能判定是原因的假設。」

「是怎樣的假設？」

「會不會是因為大家都沒有把這本書讀到最後，才因此失蹤的。就是這樣的假設。」

「原來是這樣啊。因為最後一台的頁數沒有被裁開……也就是說，還沒有任何一個人讀完這本書。」

「沒錯。」

「可是，你怎麼判斷這真的跟持有者的失蹤有關？」

「當然不可能知道那種事。只不過，從我們現在身處的處境來看，也只能做出這樣的推論了。」

原本應該是要一笑置之的言論，竟然會被飛鳥信一郎這個合理主義者推測到這樣的程度，對此我感受到了極大的衝擊。

「這、這樣的話，你先在這個禮拜把書看完，然後再借給我，我會在週末把它一口氣看完。這樣就沒問題了吧。」

「不，或許那樣已經太遲了。」

輕輕嘆了口氣後，信一郎將身體靠在書架上。

「最後一台還是沒裁開的狀態，所以沒有任何人看到最後應該是可以確定的。只不過，或許並不是他們沒有讀，會不會是沒辦法讀呢？」

「咦？」

「雖然想要看下去，但是卻沒辦法看。該不會是閱讀過程中發生了什麼，才讓他們無法繼續往下讀……」

「像是什麼狀況？」

「例如，起霧了……」

「你、你的意思是，閱讀者本身會承擔讀完作品的影響……」

「沒錯。確實就是『怎麼可能有這種蠢事』的情況呢。」

「這、這樣的話我們不就慘了嗎？即使只看了一點點，就已經無法再回頭了吧。」

「不過這終究只是無法用常識去理解的假設而已。」

可是，現在不管是我還是信一郎，似乎都已經被逼進了不得不承認那種荒誕無稽的假設或許正是事實的處境。

原因在於，不久之前有某種朦朧模糊的東西，開始在面向走廊的紙門上頭的毛玻璃另一側悄悄地蠢動著。

「信一郎——」

「喔，時間過太久了嗎。」

「你說什麼？」

「聽好了，已經沒有時間了。我現在要說完剩下的假設，總之你先仔細聽著。」

他離開書架那邊，再次回到我的正對面。

「我覺得光是把內容讀完是不夠的。隨著閱讀者一頁一頁看下去，被讀完的作品所影響的程度就會更劇烈，或許會讓人沒辦法持續到最後吧。」

我決定不去追問是要持續什麼了。

「所以，每一個持有過這本書的人都沒辦法讀到最後的部分。那麼，這該怎麼辦才好呢？我認為應該就是要將謎團解開了。」

「你說解謎嗎？」

「其實我昨天也讀完了第二個故事。這一篇不像是一開始那篇幻想性的經歷，比較近似於某個事件的回憶錄。不過仔細想想，其實〈霧之館〉也可以說是屬於那種體裁的故事。我覺得其餘的故事大概也都類似這種情況吧。」

「也就是說，類似尚未解決的懸案紀錄那種東西嗎？」

「硬要這麼歸納的話，就是這麼回事。」

「所以，只要能解開那些謎團就好了？」

「嗯啊。」

「那，如果沒辦法解開的話……」

信一郎在空中擺動著雙手、臉朝著天花板，做出了表現升天的肢體動作。

「就是這麼荒唐——的世界。可是啊，總比像現在這樣坐以待斃還來得好。你看看這個地方。」

他邊說邊指著《迷宮草子》封面的某一處。

「確實是手工很粗糙的皮革封面沒錯，怎麼了嗎？」

「這是外行人的手藝吧。皮革本身很骯髒，而且沒有好好拉伸。所以皺紋的部分**看起來很像是**某種東西。」

「嗯？看起來像什麼？」

「你看，在這裡。」

信一郎再次指向的地方，確實有處好像能看成平假名的紋路。

「是『と』和『け』……嗎？」

「應該沒錯。」

「可是，這很明顯只是製作時出現的瑕疵吧。不過就是過程中不小心弄出來的皺紋、恰巧看上去很像是文字而已。而且只有『と』和『け』也搞不懂意思啊。」

「起初我也是這麼想的。那你現在看看另一面。」

「什麼……」

我趕緊翻面，視線掃過了封底的每一個地方，這次立刻就發現了類似的紋路。

「『な』還有『い』……嗎？」

「連在一起──就是と、け、な、い」

「解不開──無法解開這本書的謎團。是這個意思啊！」

信一郎輕輕點了個頭，一臉要安撫人的表情。

「就像你剛剛說的那樣，這只是製作過程的瑕疵，然後碰巧可以這麼解讀而已。」

「可是……」

「嗯，總之你先聽我說。我覺得這大概只是普通的皺紋而已。然而，如果把我們截至目前討論過的諸多細節也一併評估的話，即便只是看上去很像，但放著不管似乎也不是什麼好選擇。假使真的是因為我們讀了這本書，才引發了常理無法釐清的某種威脅——話說我覺得惡意這個形容還更加貼切——而不得不置身於這種處境的話，我想也只能積極活用可以從這本書裡面擷取到的所有資訊了。」

「話是這麼說……可是這也表示如果我們就這麼接受了這個充滿惡意的訊息，根本不用開打就勝負已定了。不就是這個意思嗎？」

「如果你要把它解讀成『解不開』的話。」

「那還能怎麼解釋？」

「構成『解開』意涵的『とけ』和構成『無法』意涵的『ない』，分別位於封面和封底。也就是說，把它們分開來思考或許才是正確的解讀方式。」

「啊，這是什麼意思？」

「就像這樣。去『解開』吧，否則的話就會變成『沒有』——『ない』也可以這麼轉換吧。」

「『沒有』……這是在意味不存在嗎？」

「嗯啊，或許就是世間所謂的下落不明。」

一回過神來，霧氣已在不知不覺間漫起，房間裡像是充斥著香菸冒出的煙霧。現在好像已經不是能繼續討論下去的情勢了。

「那、那麼，你能解開〈霧之館〉的謎團嗎？」

「也只能試看看了。」

飛鳥信一郎像是重新打起了精神，繼續說道。

「〈霧之館〉裡面的『我』，其實只是記錄了自己所見所聞的現象而已，然後再用他的方式進行了各種推理，我覺得這一點很不錯。只不過，他本身也陷入了無法理解的事件漩渦，所以不管怎麼說，他的看法都欠缺客觀性。至於最主要的原因，就在於他對沙霧所萌生的感情吧。」

信一郎立刻提出了解釋，所以我也準備盡可能參與。

「意思是相較之下，我們可以做出更加客觀的判斷。」

「有這個希望。」

「可是，我們從這篇作品無從得知姊姊砂霧到底是存在還是不存在吧。如果沒有這個人，就沒辦法解釋各種現象了。但最為關鍵的就是完全沒有她存在的跡象。這真的讓人束手無策。」

「雖然只是推測，但我認為姊姊砂霧是真有其人，只是不在那座洋館裡而已。或許她是在完全不同的地方和父母一起生活也說不定。老婦人確實表明了砂霧的存在，但除此之外也沒再多說什麼了。不清楚是基於什麼緣故，但我認為住在洋館裡的人就只有妹妹沙霧和老婦人而已。」

「所以主角認為是姊姊砂霧的那個人，其實還是妹妹沙霧吧。可是，他在二樓走廊看到的那個少女又是怎麼一回事？」

「嗯……」

信一郎像是在喃喃自語著什麼，雙手環在胸前。

「我能想到的理由，就是他產生錯覺了。正確的說法應該要說是錯視。當時走廊是一片漆黑的狀態，他來到走廊之前，眼睛曾經凝視過沙霧的黑色洋裝。如果在明亮的場所盯著黑色的物品，之後又將視線轉往暗處的話，先前那個黑色物品的形狀就會以白色的狀態浮現出來。這是錯視所引起的視覺殘像現象。」

「可是在開門之前，他就已經察覺到走廊那裡有某種氣息了喔。」

「應該是沙霧養的黑貓吧。他在黑漆漆的走廊看向已經從他身邊走到遠處的黑貓，所以才會什麼也沒看見。而且如果走廊上的少女是活生生的人類，但卻在他立刻回頭後就消失了，怎麼想都是那個人從樓梯走下去了。這種情況下，他肯定會聽見踩踏樓梯發出的聲響才對。」

「等一下……如果姊姊砂霧不存在，謎般的少女也是妹妹沙霧的話，那麼沙霧到底是被誰殺害的？」

我已經忘掉要從《迷宮草子》的詭異現象中逃離這個最初目的了，不知不覺間已純粹沉浸在〈霧之館〉的解謎當中。

「暫且不提姊姊砂霧到底存不存在，至少人不在那座洋館裡。老婦人無法在不被主角察覺的情況下穿過大廳上到二樓，至於主角本人也不是兇手。因為如果他是兇手，就不會留下這樣的記述了。也就是說，無論是哪個人都不可能殺害沙霧。」

「但是也不會是自殺。」

「這麼一來，最後剩下的解釋就只有意外了。」

「……」

「倒下的椅子下面壓著《黃色房間之謎》和《褚蘭特的最後一案》。這些古典作品都是放在書架的上層，所以沙霧應該是站在椅子上要拿書的時候因為失去平衡摔了下來。然後她的運氣不好，後腦杓就這麼撞在座鐘上。」

「就算真的撞到後腦勺好了，會這麼輕易就死掉嗎？」

「這也是我的推測，她的心臟應該不太好吧。光是和主角散步半天，就讓她累成那樣了，我認為那就是她健康欠佳的證據。」

「你先等一下。」

話題進展得太快了，讓我頓時有些慌亂。

「確實，你現在的解釋幾乎可以說明所有的謎團……不，不對。如果沙霧的死是一場意外，但咖啡的問題還是沒有解決。而且，如果那個奇怪的少女就是沙霧本人的話，她為什麼會出現那些舉動？」

面對我近似質問的語氣，信一郎今晚第一次咧嘴笑了起來。

「這就是〈霧之館〉這篇小說裡——啊，應該說是紀錄會比較貼切——最為關鍵的部分。其實這篇紀錄的謎、也就是隱藏在其中的祕密，其實**就只有唯一一個事實**而已。而這個主角並沒有察覺到這一點。」

「唯一一個事實……」

「咖啡是誰泡的？如果不是老婦人也不是主角的話，那就只有可能是沙霧了。但如果是她泡的，等到主角進去房間的時候應該已經涼掉了才對。那個時候他再次認定姊姊砂霧確有其人，於是就把自己給逼進了死胡同。如果泡咖啡的時間沒辦法改變，那只要變動沙霧死亡的時間就可以了。也就是說，沙霧是過了七點後才泡咖啡，然後就出了意外。」

「如果是這樣的話，沙霧不就讓鬧鈴持續響了三十分鐘以上嗎？」

「這很正常，因為她的耳朵聽不見聲音。」

「什麼……」

「主角應該是誤會了。為什麼沙霧看著他的時候，雙眼顯得既水靈又特別？這就是她眼睛的焦點沒有對上主角雙眼的證據。沒錯，沙霧並不是看著他的眼睛，而是在讀他的唇語。」

「她會讀唇語嗎？」

「吃晚餐的時候，為什麼只有主角的身旁放了兩盞燭台呢？為什麼在暖爐前回頭的沙霧會那麼吃驚？晚上通過大廳的時候，她為什麼會對主角的問話毫無反應？那是因為她必須要讀主角的唇語、因為從身後被搭話讓她感到不安、因為沒發現黑暗中的主角的緣故。」

「竟然是這樣……」

「第一次見面時，她對主角的道歉沒有任何反應、在房間時無視主角的提問，全都是因為當時她的位置沒辦法讀到主角的唇語。散步的時候她一直很沉默，其實也是相同的原因。」

「所以，實際上真正發生的就只有沙霧的那場意外嗎？其餘的謎團還是祕密什麼的，都只是他自己憑空想像出來的？」

「就是這樣吧。沙霧並沒有任何意圖，是主角自己單方面把懸疑的氣氛給渲染起來。只不過，或許他在潛意識之間就已經觸及到真相了也說不定。」

「怎麼說？」

「在一開始的記述中，他曾提到『回想起那個時候的體驗時，我的腦海內肯定都會出現……**悄然無聲的世界**』。」

信一郎翻開《迷宮草子》，指著那一段給我看，然後好像已經察覺到什麼似地、視線頻頻掃過房間內的每一個地方。

「沙霧和老婦人到底是什麼人啊？」

「這就是最大的謎團喔。光是透過這篇紀錄還是無法得知真相，依舊是完完全全的未解之謎。」

他這麼說道，側臉浮現了不知該如何形容的表情。

我翻閱《迷宮草子》裡的〈霧之館〉內容，視線在某一段的描寫上停住，瞬間心裡一慌、完全失了神。

「欸，還有一個沒解釋的謎團喔。他在森林裡遇到的那個穿白色和服的小孩到底是誰啊？」

信一郎依舊環顧著四周，然後從書架上取出了一本名為《世界不可思議百科事典》的書，接著花了點時間查閱，然後讀出以下的段落。

「狸貓腹部的毛是白色的，背部的毛則是黑色。狸貓在暗處站起時，喉嚨下方的毛就像是人類的臉、腹部的毛就像是白色的衣服，看上去就像是個穿著白衣的小孩。只要人類一靠近，狸貓就會轉向後方逃走，所以看在人的眼裡就像是小孩突然消失一樣。」

飛鳥信一郎又露出了先前那種笑容，這次感覺好像有點開心。

「當然，也可以解釋成姊姊砂霧和山中的小孩都是分身啦。」

「喂喂，這樣也太讓人困擾了。」

「喔，不過感覺並不是這樣。」

恢復嚴肅的表情後，他看了看房裡的狀況就攤開了雙手。

霧氣——已經消失得無影無蹤了。

我趕緊跑到走廊上，什麼也沒有。我接著拉開緣廊那邊的門，霧已經散去了。只剩下凍人的寒氣逐漸包圍我的身體。

「散了！霧散了！」

我跑回房間，正準備要喊信一郎的時候，隨即就打住了。

他的樣子有點奇怪。露出了彷彿在豎起耳朵仔細傾聽的神情，同時頻頻留意周遭環境的情況。

「怎麼了？」

短暫的歡喜在轉瞬之間便轉為低迷的情緒，接著不安的感受再次襲上心頭。

「喔，那個，我不是說過我已經讀到第二篇故事了嗎？」

我連忙翻開《迷宮草子》，〈食子鬼起源〉這個標題映入了眼簾。他看了這一篇啊……

「那有出現什麼奇怪的現象嗎？」

「嗯……」

信一郎的舉止還是很古怪，然後把臉轉向了這邊。

「在你來我家之前不久，我就開始聽到嬰兒的哭聲了。」

第二章　「食子鬼起源」

丁江州夕

妻子過世了。

長年在住院、出院間來來去去，沒想到在擺出盂蘭盆節的迎靈火、迎接原本應該成為我們長男的孩子之前，她自己就先離開了。

醫院是個很奇怪的場所，無論患者是住院還是前往回診，對於該診療科範圍以外的疾病，是很難提前發現、防範未然的。倒不如說是因為上醫院已經習以為常了，才會忽略了新的病症，真是諷刺。當然，我非常清楚自己的要求其實很沒道理。可是，只要一想到妻子如果有到她求診醫院的其他樓層專科去看一下的話……心情就不禁變得很複雜。

如果那個孩子平安出生的話，今年就二十歲了，所以妻子好像想在今年的盂蘭盆節做一些什麼特別的儀式。但是現在已經做不到了。雖然心裡覺得遺憾，但是也無可奈何。

不僅如此，後來就連好不容易才到來的獨子朔次（さくじ），也在妻子離開的十天後因為機車事故而喪生……是的，不僅和結縭二十餘載的妻子天人永隔，我還失去了已成為大學生的兒子。唯一能慰藉的，或許就只有朔次意外身故是發生在妻子病逝之後吧。

回想起來，妻子相當溺愛朔次。不過考量到她從長男流產再到喜得朔次這段過程中的心境轉變，也就不難體會了。可是，我覺得她對孩子還是過度保護了。因為朔次是早產兒，身體比起同年齡的孩子要瘦弱許多。我自己並沒有太過在意，但是她對此就特別感到憐惜。總是表現出如果沒讓他好好地跟在自己身邊，這孩子就什麼也辦不到的態度。

正是因為有這樣的母親，所以雖然就只是聳動駭人的想法，但妻子會不會是因為無法丟下朔次就這麼離開，才把兒子也一起帶走的呢……我不禁浮現了這樣的想像。

在這小小獨棟住宅的狹窄後院裡，有一座為孩子而建的供養塔。我凝視著那裡，心裡不禁感到疑惑。自己截至目前的人生到底算什麼呢？我孤獨地度過了青少年時代，然後和妻子結婚、建立起家庭，雖然懷上了長男、卻又失去了他。後來我們努力將朔次扶養長大，並且擁有了這間小小的屋子，在公司裡也算做出一番成績。結果，妻子和兒子就在差不多的時間離世了。這樣的人生到底算什麼？不過，我無法找出答案，也不覺得會有答案。

妻子流產後，有段時間我曾經不斷地反覆思考著，擁有自己的孩子到底是什麼樣的感受呢？但是每每到了最後，就會覺得這樣的思考很空虛。我對自己說道，必須要忘記這個無法來到世上的孩子才行。可是一段時間過去後，又會被同樣的想法給禁錮，周而復始。這種內心糾葛一直繚繞心頭，但失去長男的那種沉重失落感，時至今日也逐漸變得淡薄了。

然而，不管流逝了多少歲月……從那之後已經過了幾年呢——對了，大概已經過了十九年之久了，我還是有段無法忘卻的記憶。因為十九年前發生的**那起**讓人忌諱的事件，感覺還依附在我的腦海裡、怎麼也擺脫不了。

果然在那個時候，我們夫婦倆和妻子腹中的朔次，都被食子鬼的邪氣給侵襲了吧。是那個惡鬼的魔力延續到了現在，把妻子和朔次從我身邊奪走的嗎？這麼說來，那對夫婦在那之後有懷上孩子嗎？還是說他們並沒有逃離食子鬼的咒縛呢？

現在無論是妻子還是朔次都已經不在了，身為那起事件的關係人，我想要盡可能忠實地記下當時的來龍去脈。雖然我到目前為止都沒有寫過什麼像樣的文章，但我相信留下這份紀錄，就是對妻子獻上的供養。

那是距今十九年前的夏天，和今年一樣，灼熱的空氣纏繞在肌膚上，是個炎熱到讓人渾身不適的日子。

◆

那一年的朱雀神社夏日祭典，真的可以說是災厄滿溢。

首先是祭典的第一天，有個大白天就喝個爛醉的外地人纏上了一個當地女子。男子死纏爛打地對穿著浴衣的女子表達愛意，然後半強迫地把她帶到神社的後面。但是女子對男子展現了堅決抗拒的態度，結果男子被惹惱後，竟然亮出了刀子、擋在一個帶著小嬰兒來逛祭典的當地中學歷史老師面前，接著發瘋似地搶走了這位母親的寶貝獨生子。一時之間，男子亢奮的叫喊聲、嬰兒的哭聲、以及母親的哀號聲交雜在一起，讓神社境內被喧鬧的氣氛給籠罩著。幸好在警察趕到之前，男子就被當地的青年團給制伏了。嬰兒的頭部稍微腫了個包，但還是平安無事地回到了母親的身邊。面對警方的訊問，男子表示「我打算拿這個小孩當人質，逼那個女的好好聽我說話」。這個理由實在粗糙至極。

接著，時間來到當天的傍晚，原本滴滴答答落下的小雨突然轉成滂沱大雨。在距離參道不遠處、通往朱雀連山的登山口附近，有一棵佇立在此、樹齡超過百年的老杉樹被落雷給擊中了。結果老杉樹因此倒下、完全堵住了登山道。根據一個在一之門附近經營土產店的耆老的說法，過去圍繞神社的杉樹好像也曾數次被雷打中，不過雷都是打在神社聖域的外面，像這次一樣打在聖域內真的也算罕見，而且一旦發生了這種情況，祭典期間一定會有人喪命。但是這個說法就連負責協助祭典運作的青年團都一笑置之，會放在心上的就只有當地的老年人而已。

第二天上午雨就停了，眾人都在期待著今天晚上的盂蘭盆舞活動。接近傍晚時分，當地的老婆婆嚷嚷了起來，說豎立在境內的食子鬼起源碑上頭雕刻的鬼，把在石碑旁邊玩耍的小孩給抓去吃掉了。一開始沒有人要理她，直到有一個觀光客表示：「這麼說來，我記得直到剛才都還有個小孩在石碑附近呢。」因為這番證詞，判斷小孩有可能是被綁架了，於是引發了讓警察出動的軒然大波。雖然盂蘭盆舞活動一度因此中止，但後來並沒有發現有哪個孩子不見了，所以這起事件最後就被當成老人家腦袋迷糊時的胡言亂語來處理，盂蘭盆舞活動因此順延了三十分鐘左右。然而，據說當時只有在地的老人家們依然露出了相當不安的表情。

以上這些事情，都是我在距離一之門不遠的那間名叫白狐莊的旅館、從一個喜歡閒話傳聞的服務生那裡聽來的。

朱雀是我出生的故鄉，我的老家則是在一個名為神神櫛的村子裡。因為妻子表示「我肚子太大了，不太想過去」，所以明明是在夏日祭典時返鄉，我們卻住在旅館裡。妻子在一年前左右的初產時不幸流產了。在那之後，她就反覆經歷住院、出院，即使康復後也出現了失眠的問題。當時我曾帶著她回過一次老家，結果我的母親好像對她說了什麼。雖然妻子現在能喜極而泣地說著「我又懷上孩子了呢」，但不可否認，她的精神狀況還是不太穩定。該不該在這種狀態下把她帶回老家呢？說真的我也很迷惘。

妻子在結婚後就開始做起了家庭代工。工作內容是幫大顆的橡膠球或賽璐珞製的玩具刀、面具等物品貼上漫畫貼紙。而我則是在一家製藥企業的承包公司服務，雖然當時仍是個萬年係長，但收入也足以讓我們不必為生活煩惱了。因此我也好幾次要她別做什麼代工了，特別是在流產以後，我無論如何都希望讓她遠離那些會聯想到小孩子的東西。妻子通常都會聽我的話，不過只對這件事有所堅持。或許妻子是認為，如果放棄了跟小孩有關的家庭代工，反而會讓寶寶離自己越來越遠吧。看著她在大大的肚子前靈活地貼著貼紙，還笑著表示「能繼續做這個真是太好了」，我才後知後覺地體認到，這份家庭代工其實就是一種情緒穩定劑。

造訪朱雀地方，是為了讓妻子轉換心情。所以最初的兩天主要是帶著她去一些當地的觀光名勝走走。過往即使回到老家，因為鄉下人家總是有各式各樣特有的盂蘭盆節活動，最後都是幫忙這個、幫忙那個後就結束了行程。所以這次妻子好像比我預期的更享受這趟觀光行程。到了第三天，我們終於去了最為盛大的祭典。

作為祭典舞台的朱雀神社，是開闢朱雀連山的雹岳深處而建立起來的。因此，從一之鳥居所在的目道町的一之門開始，必須得穿過綿延約兩公里長的杉木林才能抵達奧社[19]。距離神社創建還很遙遠的時代，這塊土地似乎就已經成為山岳信仰[20]的對象。至於參道周圍那些被誤以為是獸道、看上去四處分歧的小路，據說就是當時人們所留下的痕跡。

我們在一之門行了一禮就踏上了參道。門的周遭有各式各樣的攤販和賣藝行商聚集，攤子一攤接著一攤，熱鬧得很，這幅情景即使在進入參道之後也完全沒有改變。參道兩側都是密密麻麻、熙來攘往的光景，簡直就像是盂蘭盆舞活動的夜市那樣。原本境內聖域是禁止任何商業活動的，但是進入江戶時代後期便開始逐步鬆綁規矩，甚至到了明治初期據說還開放到奧之門前面。根據民俗學者藤森谷賢三（ふじもりやけんぞう）的說法，明治時代以後，朱雀地方的聖域就急速地縮減了。

我和妻子漫步在鋪設大顆礫石的參道上，同時也為她解說朱雀這塊土地的歷史。妻子像是用雙手捧著肚子般慎重地邁開腳步。

---

⑲神社形式的一種，意指位置位於比本殿還要更深或更高處的獨立神社，但祭神相同。也稱為奧宮、上宮或奧之院。通常奧社會被認為是信仰的起源地，因為所在位置或天候等原因導致參拜不便，所以另外於交通或環境便利處設立神社，後者通常有本宮、本社、里宮等名稱。

⑳源自對大自然的敬畏而產生的自然崇拜，認為氣勢磅礴並擁有資源與自然景觀的山體有神靈寄宿、存在著不可思議的力量。後來山岳信仰在日本與神道教和佛教中的密教信仰融合，形成了特有的修驗道。

「流產會成為習慣……」

在肚子日漸大起來以後，妻子就經常把這句話掛在嘴邊。這樣的思維也體現在她那慎重的步伐裡頭。當然，我也相當體恤現在身體狀況不同於常人的妻子。

從一之門往深處前進，攤販的數量也明顯開始隨之逐漸減少了。就算再怎麼解禁，展店數最多的地方還是集中在一之門周邊和奧社的境內，在它們之間的地段就顯得冷清了。如果前方和後方沒有傳來細微的喧囂聲，這裡所散發出來的就是讓人無法想像目前正值祭典期間的靜謐感。此外，因為這裡還聳立著宛如要直衝天際的杉樹林，所以參道內彷彿跟外界那讓人不快的酷暑無緣，即便像這樣持續走下去也不會出汗，非常涼爽。

我想讓妻子開心，所以帶著她隨意逛逛看起來感覺很有趣的店鋪，但自己也在不知不覺間感到樂在其中。我覺得好像再次體驗了孩提時代奶奶牽著我的手前去的夏日祭典。當時的我純粹是因為祭典而感到開心，沿著路旁杉樹擺設的攤販好像會一直連綿不斷，而且無論延伸到哪裡，我都有辦法走下去。就是這樣的心情。

一回神，我猛然發現妻子並不在身邊。連忙看了看四周後，才發現她已經先往前走了，而且是和一對帶著小嬰兒的夫婦——看上去應該比我們稍微年輕一點吧——一起走著。平時她有些怕生，所以肯定是看到小嬰兒後才忍不住向他們攀談的吧。我趕緊追上妻子，然後向那對夫婦打了招呼。

丈夫說自己姓桝尾（ますお），在東京一間綜合醫院擔任小兒科醫師，他們正準備返回位於朱雀北側的愛染地區老家，路上就順便繞過來看看祭典。

「雖然我可以說是就住在隔壁鎮上，但是大人帶我來參加朱雀夏日祭典的次數真的屈指可數，平時就只是去去附近的地藏盆㉑而已。」

桝尾這個人感覺很健談，一聽到我姓「丁江」這個罕見的姓氏，就問我是不是出身於神神櫛村，我回答「沒錯」之後，他便開始熱烈地聊起孩童時代的回憶。他的夫人把孩子抱在手上，所以現在他正推著一台只放了藍色小毛毯跟波浪鼓、看起來空蕩蕩的嬰兒車。

夫人看起來是個溫順、大方穩重的女性。他們的小孩現在是幾個月大呢？此時正安穩地熟睡著。

原本我還想著不要和夫婦、特別是不要和有孩子的夫婦接觸，不過妻子和桝尾夫人聊得正開心，而桝尾也不停地和我說話，於是我們就自然而然地結伴同行了。

「話說，您聽過食子鬼嗎？」

回憶的話題暫且告一段落，但桝尾又開啟了新的話題。

「我知道。小時候可聽多了。如果做了不好的事情就會被食子鬼抓走，然後把你從頭到腳、

㉑地藏菩薩的緣日，主要是以近畿地區為中心的儀式活動。因為地藏菩薩被認為是孩童的守護神，因此地藏盆的說法、祈禱、宴會等也可說是以孩童為中心來進行的活動。

大口大口地吃個精光。這一帶的孩子應該每個人都被這麼警告過吧。」

「不管哪個地方都是這樣，專門把類似的故事用來教育孩子。因此人們都不會認真地去思考這類傳承的內容。雖然我是醫師，不過我非常喜歡流傳在各地的不可思議故事，其中特別喜愛跟妖怪變化有關的那類故事。如果不是父親強烈要求我學醫，其實我真正想做的是民俗學研究。所以在學生時代就已經仔細鑽研過藤森谷博士的著作。」

「原來是這樣啊。」

「如果有人對您說『食子鬼真的存在』，您會相信嗎？」

從醫師這個職業和他的外表來看，桝尾確實擁有與其相符的誠懇質樸印象。然而他卻突然開始問起奇怪的問題，這讓我一時半刻不知該如何應對。

「您會感到困惑也是理所當然的。不過還請您聽聽看我的說法。」

他的臉上浮現苦笑。

「在這個地方流傳的食子鬼傳承，被認為是蟠踞在朱雀連山的一種邪鬼。很久很久以前，它們會下山來到人類的聚落抓走孩童，並且吃下他們的肉。相傳有一年，某位高僧造訪了這裡——有一種說法認為是弘法大師，但這種說法尚有疑慮——把它們一路驅趕到雹岳山腳處的岩洞，和那些在朱雀連山作亂的其他邪惡魔物一起被封印了。那裡距離朱雀神社非常近，也有人認為就是相同的場所。」

「神社創建是很久以後的事對吧。」

「當然。只是勾起我興趣的，是從山岳信仰到現在的朱雀神社創立為止，這片土地上只有這個食子鬼的傳承蘊含了較多的佛教相關內容。會吃掉小孩的邪惡鬼怪，從某個時候開始竟然轉變成能祈求孩童無病息災的對象。日本人原本就是多神信仰的民族，這一帶也留下了朱雀權現㉒的傳承，所以這樣的變化歷程其實也不難讓人接受。只不過，我總覺得食子鬼的傳說有些奇怪的地方。」

「喔，那麼關於它們真的存在這件事，又是怎麼一回事？」

雖然我也覺得這是個很有意思的話題，不過再這樣說下去好像就會變成宗教性的討論了，於是我忍不住打了個岔。

「其實我想從神道和佛教兩種角度，去解釋一個能夠作為依據、推論出那種結論的看法……」

「欸……」

「可是啊，談到那種話題徒增您的困擾也怪不好意思的。所以我就直接說結論吧，我認為食子鬼並不是魔物，有可能是動物。而且肯定是猿猴類的一種。」

㉒權現是日本神明神號的一種。意指佛教的佛或菩薩等以日本神明的形象在日本這塊土地上現身的姿態（本地垂跡思想）。

「您的意思是，有一種猿猴會吃人類的小孩嗎？」

我原本還以為會是宗教角度的解釋，所以當他提出有這種動物存在的說法時，我實在驚訝得說不出話來。

「不，其實我並不是這麼認為。如果真的存在以人類的小孩為主食的猿猴，那毫無疑問就是詭異的怪物了吧。說食子鬼是猿猴，其實也只有外觀類似而已，讓人聯想到的印象倒不如說是狼或老虎那種感覺。」

「也就是說，是肉食的野獸嗎？」

「是的。那種野獸飢餓的時候，就會下山來到村子裡襲擊孩童。於是就被人們以食子鬼這種魔物的形象流傳下來。」

「原來如此。」

我覺得姑且算是能讓我接受的論點。桝尾的表情也很認真，感覺這絕對不是他的玩笑話。但話是這麼說，這發展實在也太離奇了。

「可是，如果真的有那樣的動物存在，不是會被動物學者發現、成為引人關注的話題嗎？」

「您覺得人類對於過去在地球上發生過的事情到底理解到什麼樣的程度呢?就連對人類這種生物也還是存在著許多未解之謎。即使有一、兩種我們不知道的生物存在，應該也沒有什麼不可思議的吧。」

他那認真的態度依然未改，這恐怕是他發自內心的觀點吧，不過我還是很難完全同意這種說法。

從桝尾的態度來看似乎沒有感到不悅，反倒還流露出惡作劇般的笑容。

「您不相信對吧。」

「有傳聞說朱雀神社的寶物館裡收藏了食子鬼的木乃伊，這件事您知道嗎？好像也有人親眼看過。」

「這怎麼可能……」

「不過，也是有完全不同的解釋……」

桝尾似乎還想接著說些什麼，但是又像是突然改變主意似地轉變了話題。

「已經快要到中之門了呢。」

確實在前方一百公尺左右的地方就能看到中之門了。如同門的名稱，它位於一之門和奧之門之間的中間地帶。參道周邊的岔路都先在這裡匯集，所以該處也可說是宛如電車轉乘站的場所。只不過，最主要的門看起來頗為寒酸。因為一之門相當於玄關，曾經過多次的整修，所以外觀到了現在還是很氣派威嚴。但這處中之門仍維持茅草屋頂的樣式，上頭還長了青苔，看到這副景象可能還會誤以為是哪間廢棄寺院的山門。

因為被桝尾的話題給吸引，我竟然完全忘記妻子的存在。連忙轉過頭去，就發現她和桝尾夫人兩個一邊開心起勁地聊著、一邊慢慢地向我們走來。而且桝尾夫人還讓妻子抱著寶寶，她正拿著奶瓶給孩子餵奶。看到妻子現在的樣子，也讓我感到相當憐惜。我們等她們跟上之後，就從中之門底下走過去。

一通過這道門，兩側的杉樹就一口氣湧現，樹木的密度比先前的路段還要更高，化作一片蒼鬱的杉樹林。在此之前並沒有特別意識到的杉樹氣味漂進了鼻腔、耳際也傳來了蟬鳴聲，讓人陷入一種宛如在山路迷失的感覺。

或許是覺得食子鬼的話題讓我無所適從吧，桝尾穿過中之門後就開始聊起他任職的醫院。因為患者是小孩子的關係，比起其他科別的醫師，他的工作應該要更加辛苦吧。我因為工作性質的關係也經常進出醫院，所以我至少也能判斷作為一個小兒科醫師，桝尾應該是個有能力的男人。

只不過讓我訝異的是，他與在醫院認識的夫人是他當了介入感情的第三者才結婚的。因為是小兒科醫師的關係，他的外表看起來很溫和，所以男女情愛果真會改變一個人呢。還是說正因為他是不拘小節的性格，才能毫不猶豫地對一個剛認識不久的人提起這些事呢？

不管怎麼說，他們現在有了孩子，夫妻倆應該是處於最幸福的時刻吧。他從一之門那裡一路推過來的嬰兒車，聽說是為了寶寶特別訂製的款式。雖然現在孩子沒坐在上面，不過要在鋪著大顆礫石的路上推動感覺也很費勁。過了中之門以後雖然就沒有礫石了，但因為這裡不是修整過的道路，所以四處都能看到大大小小的石頭或樹根。如果不是為了妻子和孩子，他應該也不會把嬰兒車推來這種地方吧。

「平時我接觸小孩都接觸到有些厭煩了，所以聽到妻子懷孕的時候，我自己也沒有非常緊張。可是自己的孩子還是不一樣啊。恕我冒昧舉個不是很恰當的例子。我曾經這麼想過，即便同樣是由妻子所生、但卻是其他男人的孩子，我肯定不會關心到這種地步的吧。」

發現我的視線正注視著嬰兒車，他臉上掛著自嘲式的笑容問道。

「您現在有那樣的感受嗎？」

「這個嘛，姑且不談我的情況，但內人有些脆弱的地方，我覺得自己一定要好好扶持她。」

雖然對方對自己的事侃侃而談，但即便栦尾是醫師，我也沒打算把跟妻子有關、包含流產在內的事情都告訴他。所以我只提起為了讓妻子轉換心情，才規劃了這次的旅行等無關緊要的內容。

「對這點抱持誤解的人還不少，懷孕並不是疾病，所以適度地進行一般程度的活動是相當重要的喔。」

幸好栦尾沒有繼續深入這個話題。

我們終於抵達了通往境內的石階，而我們兩人的妻子依然走慢了。這處石階被稱為「七曲階」，如同其名，階梯蜿蜒地往上延伸，而且坡度很陡。我和栦尾等她們兩人跟上後，大家就一起爬上了階梯。

桝尾建議我和妻子一起走在前面，接著是抱著寶寶的桝尾夫人，最後由半扛著嬰兒車的他殿後。可是開始爬階梯後，雖然還是得照顧妻子，但四個人裡頭應該就屬我最輕鬆了，於是我想去幫桝尾的忙。不過他堅持要自己把嬰兒車給扛上去。應該是認為這就是父親的任務，所以不想讓其他人協助吧。

因為得扛著嬰兒車，攀爬這不知道何時才到終點、九彎十八拐的石階，就連方才還天南地北說個不停的桝尾，這時也陷入了沉默。周圍只響起四個人此起彼落的喘息聲。到後來，有時就能隱隱約約聽到上頭傳來孩子們的嬉戲聲、賣藝行商的吆喝叫賣聲、以及群眾發出的喧囂聲。

大概到了一半路程的地方，石階就像是縫上巨樹間的縫隙那般繼續綿延。這裡就是前往朱雀連山的登山道分歧點，因此周邊環境也開始漸漸變化成岩石質地的山地。後續到達境內的時候，已經進入了幾乎是在眾多奇岩之間穿梭前進的狀態。如此戲劇性的風景變化，也是這條參道的精彩景緻之一。

爬完石階之後，更為驚人的景觀就在眼前登場了。雖說是開闢山區，但也無法整頓出一個完全均等的平面。於是幾個被劃分而出的平面宛如梯田般、上下以小小的石階連結，打造出一個相當複雜的空間。這些層次分明的平面區域都屬於朱雀神社的境內。放眼各地的神社，擁有此等特別地形的境內空間可說是絕對無法再看到第二個吧。

從我們停留的最下層往上方看過去，在剛好位於中間地帶、最為寬廣的場所搭起了盂蘭盆舞活動所使用的高台，還能看到位於最上層區域前方的奧之門。即使想用最短的距離抵達奧社，都還是必須做好再爬一大段路的覺悟。而且途中經過的各層平面都蓋有各式各樣的小屋，那些用具跟材料到底是怎麼運上來的，也著實讓人感到不可思議。即使只是大略環顧，就能看到雜耍師演出、巡迴戲班、見世物小屋㉓等表演映入眼簾。負責攬客的人態度也比一之門那裡更加強硬，讓人相當懷疑到底能不能順利抵達奧之門那邊。現場就是如此洋溢著祭典應有的活力。

「等參拜回來會繞去逛逛的——」

我們用這套說詞回應上前攬客的人，總算是直接爬到了奧社。順利完成參拜之後，枡尾夫人把寶寶托給妻子，去了趟洗手間。在等待的期間，我們就上上下下、在各層之間四處參觀遊覽。

「機會難得，我們也去參拜一下食子鬼起源碑吧。」

過程中枡尾這麼提議，於是我們就爬上蓋有石碑的那一區。

「……以及，食子鬼的……」

這時，讓人在意的詞彙突然傳入耳中。立刻轉向聲音傳來的方向，就看到那裡搭了一座見世物小屋。有個在禿腦袋上綁著頭帶的男人像是攬客員在對外宣傳那樣、說著什麼「父母種下的因將在孩子身上出現果報……」這類常見的台詞。

㉓收取費用後，讓觀眾進入小屋或帳棚內觀賞奇特的表演或展示物的生意。除了常見的賣藝之外，也著重於珍奇、怪異、驚世駭俗、情色等直擊感官、吸引人們好奇的要素。其中有不少演出方式都遊走，甚至逾越了道德與法規邊緣。但也常成為掛羊頭賣狗肉、以宣傳和話術誘騙好奇者上當的斂財手法。

我忍不住靠上前去聽，他正一副真有其事地講述雙頭牛、熊男、鱗女，還有什麼蟹娘和蛇腹女等奇形異物的來歷。這個攬客員站在像是澡堂櫃台的地方，身後擺的巨大看板上面、從這一頭到另一頭都畫滿了前面提到的那些異形怪物，即便畫技拙劣，卻散發出某種駭人的氣息。

我不經意地望著看板，聽著攬客員的宣傳話術，結果當我的視線發現了**那個**的存在，就幾乎在同一時間聽到了相同的台詞。看板上描繪的異形怪物之間，裡面也有食子鬼。聽他的說法，好像能在小屋裡看到實際的本體。

桝尾不知道在什麼時候來到我的身邊，臉上浮現了意味深長的笑容。

「要進去看看嗎？」

看到他的笑臉的瞬間，我也立即回神。根本不用動腦思考，那些肯定都是造假的東西。然而持續聽著那番完全不吃螺絲的流利宣傳語，感覺自己在不知不覺間竟然也開始相信**那些東西**的存在了。

「肯定是騙人的把戲吧，不過我有點感興趣。」

即使只是須臾之間，但我還是對一度信以為真的自己感到羞恥。所以我現在也特別想強調「騙人」這個詞彙。

「見世物之類的就是種娛樂，應該會很有趣的。只不過對夫人的身體應該不太好吧。」

他展現了醫師的風範，先對我的妻子表示關心。

「啊，說得也是。」

然而令人意外的是妻子說自己也想進去瞧瞧。

「雖然熊男和蟹娘感覺很可怕，可是我想看看食子鬼呢。剛才我看到起源碑上面記載它是孩童的守護神。為了這個孩子，我想去看一下。」

妻子一邊撫摸著肚子、一邊徵求我和梆尾的同意。

「如果您先生陪著的話就沒問題了。」

或許是因為孩子的話題讓她們意氣相投，梆尾夫人這時也立刻幫著妻子說話。

「那我們大家就一起進去囉。」

梆尾把寶寶抱回嬰兒車，笑容滿面地看向我。那神情就像是在表示「反正見世物這種東西也沒什麼大不了的」。

「來喔，四位客人進場！」

我還在猶豫的時候，那個攬客員就用粗啞的聲音這麼喊著，然後動作誇張地敲響太鼓，直接強迫中獎、把我們當成客人送進去。

在入口處向一個老婦人付了入場費後，一行人就以我領頭在前、妻子在後，接著是梆尾夫人、梆尾的順序魚貫而入。記得從前確實是到了出口那邊才付費的，而且吆喝攬客的手法也更出色。

「現在奇珍異獸就要登場囉，來喔，隆重登場囉！」這樣的話術不僅能提振臨場感，也讓情緒更加激昂，然後人們就會無法抗拒地被吸引進場。還是說，那只是因為當時我還是個孩子的關係嗎？

因為從明亮的地方一下子踏進陰暗的室內，所以一開始什麼也看不見。等眼睛終於習慣之後也稍微能理解內部的情況了。小屋本身是拉開帳篷布臨場搭成的，即使想說得客氣一點也很難說這裡氣派或美觀。內部的通路像是隧道般往深處延伸，見世物就擺設在通路的兩側。這種單調的模式重複出現，感覺應該會一路延續到出口那邊吧。

不過這條通路倒是滿有趣的。或許為了最有效地運用絕對無法說是寬敞的空間，每個轉角處都打了椿作為柱子，然後把帳篷布從這裡一路拉到下一根柱子，打造出通路。而且非常頻繁地設置轉角處，讓通路宛如八幡不知藪㉔那般左彎右拐的，與其說是見世物小屋，這種呈現方式還更類似鬼屋。感覺就像是在走迷宮一樣。

然而也只有一開始的時候會覺得有趣。繼續沿著這條通路前進，悶熱的空氣和草蒸散出的熱氣布滿了這個空間。遍布在周遭的劣質布料透氣性很差，這也讓小屋內部的空氣變得混濁，作為裝飾而種植在通路兩旁的草木也散發出難聞的氣味，讓人感到相當不快。

我回過頭去，就看到妻子用手帕掩住了口鼻。

「你還好嗎？會覺得不舒服嗎？」

我想要直接回頭、離開這間小屋。可是桝尾告訴我，這類的小屋是禁止掉頭往回走的，只要入場之後就一定要從出口處離開。而且妻子也拜託我、說她只想要看看食子鬼，所以無可奈何之下也只能往前走了。

坦白說，當時我很想以通風太差為理由離開這裡。雖然我並不相信，但這裡的東西確實讓人感到陰森，而且我也擔心會對妻子造成不好的影響。於是，我心裡便想著「要折返的話就只能趁現在了」，但沒想到竟然會被妻子拒絕，因此即使心中很不安，也只能順著通路繼續前進。結果就在我看到第一個展示品——雙頭牛的瞬間，興致也一口氣跌落谷底。

圍欄裡頭確實有一具長了兩顆頭的牛標本站在那裡，四隻眼睛望向這邊。一旁有個立牌樣式的解說，上面寫著這頭牛是某年在某地的某牧場誕生的。不過只要稍微定睛細看，就會發現脖子一帶有縫合的跡象。剛好就在其中一顆頭的頸部周圍位置，明顯地留下了鋸齒狀的縫合痕跡。

然而，這頭雙頭牛還算是好的。所謂的熊男，其實就只是一具棕熊的標本，再搭配寫著牠曾攻擊人、導致有人因此喪命等文字的立牌。蛇腹女只是在圍欄中放了一條蝮蛇、至於在水槽裡游動的那隻體長約五十至六十公分的毛蟹，就是蟹娘。無論是哪一種，都不過**就是這樣的東西**而已。

對於這種完全能以厚顏無恥來形容的生意，與其說讓人憤怒，不如說是感到錯愕吧。桝尾的感想似乎也差不多，每來到一個展示品前面就發出嘲諷似的笑聲。

㉔位於千葉縣市川市八幡的森林，自古就流傳著一旦踏進去就無法再離開的傳說。後來也被用來形容類似的森林、迷宮，或是指稱迷路、找不到出口。

每一組展示品的圍欄，幾乎都在通路兩旁交互配置。在它們之間還做出了竹林或草叢，之所以會出現草蒸散出的熱氣和氣味也是這個原因。若是就營造異常氛圍這一點來說其實算是成功的。只不過最重要的展示品本身未免也太粗糙了，以至於相較之下，場景設置的部分看上去還更加稱頭。

「我看也不用對那個原本還想瞧瞧的食子鬼抱太大的期待了吧。」

桝尾的聲音從後方傳來。

「嗯，不過都糟糕成這樣了，倒是讓我勾起了奇怪的興致。我想看看到底還能牽強附會到什麼程度。」

只不過，最後的結果還是完全背棄了他的興致。

食子鬼所在的圍欄——這是之後才知道的——就位在入口進來後往前走三分之二左右路程的地方。在此之前，我們沿途所見的展示品每一樣都是百分之百的詐欺。起初還覺得有趣，後來就漸漸感到厭煩了。隨著出現的東西越來越馬虎隨便，我的腳步也隨之加快。

記不得是走到第幾個轉角的時候，突然看到一個女人的頭漂浮在空中，頓時把我嚇了一大跳。原本以為會不會是新的展示手法，後來才發現只是個一身漆黑的服裝、年約三十歲左右的女人站在那裡，她是比我們還早進來的客人。因為她手上提著紙袋，與其說是觀光客，感覺還更像是當地人。到底是看什麼看得那麼專注呢？我邊想邊湊上前去看看，就看到了擺在那裡的食子鬼。不對，說得更準確一點，應該說是食子鬼的木乃伊。

這具食子鬼的木乃伊差不多是五個月左右胎兒的三頭身大小，身高約為二十到三十公分。頭型酷似猿猴，但上顎卻異常突出，除了門牙外，犬齒也特別銳利。全身被毛給包覆，身形看上去比起猿猴還更接近熊。手腳都是五根指頭，拇指和食指跟其他指頭相比都異常地粗且長。爪子並不是長在指頭前端，而是指頭本身就像爪子那樣長長地伸出。然而最為異常的，就是在頭和眉間之間長了奇怪的突起物。不管怎麼看，那都只能說是角了吧。

「這種東西……不能讓孩子們看到呀。」

那個先來的女性客人喃喃自語。

「喔。」

我含糊地附和後，就悄悄地窺視她。

「這種怪物，感覺也象徵著這塊土地的陰暗歷史。」

她用虛無的眼神凝視著食子鬼不放。這也令我覺得有些詭異。

「這東西會是真的嗎？」

不知是不是沒聽到女人說的話，桝尾把身子探進圍欄內，仔細地檢視著這具木乃伊。

「您作為醫師有什麼看法呢？」

我心想來得正好，就背向黑衣女人問他。

「從先前那些展示品來判斷，不，即使先前那些都不是魚目混珠的假貨，這東西也毫無疑問是人工製作的。」

桝尾如此斷言後，就接著讀出立牌上的說明文字，但上頭也只是煽情地寫了那則傳承，完全沒有跟木乃伊本身有關的資訊。

「即使是假的，但這做工很高明呢。」

「那個傳聞中被收藏在神社寶物館裡的木乃伊，就是這個嗎？」

「怎麼可能，我覺得不是。」

「可是，類似那樣的木乃伊會有這麼多具嗎？」

「這個嘛，我就不知道了。不過若是神社裡面真的有真品，就算再怎麼糊塗也不可能借給這種見世物小屋吧。」

他依然專注地觀察著食子鬼的木乃伊。是我多心了嗎？那副模樣就好像是在為患者診療。

「就算是孩童的守護神好了，這也太詭異了。」

妻子好像後悔進來小屋了。

「你說這是人工製作的，是怎麼回事？」

桝尾夫人好像很在意剛才先生說的話。如同她穩重的性格，直到此刻才開口詢問。

「現在的情況我並不清楚，不過以前經常出現喔。把作為基底的動物，例如猿猴活埋後做成木乃伊，然後再用其他動物的牙齒、爪子、皮膚等進行加工處理，製作出河童或人魚這種想像中的生物。根據時間和場合的不同，也會加以變化、做出天狗或鬼等妖怪。」

說到這裡，桝尾對我投來一個帶有深意的眼神。

「事實上，據說也經常會選用人類的嬰兒來當作那個基底動物。」

「欸……」

我不禁啞口無言。一旁的妻子也倒抽了一口氣。

「根據藤森谷博士的論點，他認為食子鬼的真面目或許有可能就是人類。而且更讓人震驚的就是——」

他在中之門前面要說出口的，就是現在這段話吧。正當我領悟到這一點時，從前一段的通路那裡傳來了尖叫聲。

我們面面相覷，全都僵在原地，接著又聽見了尖叫。

「發生什麼事了?」

桝尾趕緊折回先前那段通路。

然後，他就「哇」地一聲叫出來。「老公!」夫人也邊喊邊跑過去。於是我也催促妻子、緊跟在他們兩人後面。

折回通路後又轉過一個彎，我就看到竹林前的桝尾正用手按著自己左邊的肩膀，接著便注意到他身後有兩個身穿浴衣的年輕女性正蹲在地上、彼此的身體緊緊相依。然後就在擺設於他們三個與我之間的蜘蛛女圍欄中，有一個醉到神智不清、建築工人打扮的中年男性。他一屁股跌坐在地，嘴裡不知道在嘟嘟囔囔些什麼，右手還拿著像是鑿子的銳器。

看起來是這個醉漢在糾纏那兩個浴衣女子，所以兩人才會發出尖叫吧。然後桝尾在這時介入、為她們解圍，結果和男人發生了爭執，就這麼被鑿子弄傷了肩膀。不過男人也因此被桝尾撞飛，於是他就倒在蜘蛛女的圍欄中。事情經過大概是這麼一回事吧。

「您還好嗎？」

我一面關心桝尾的傷勢、一面想著得先安撫那個男人的情緒。

「啊……」

就在這個時候，我察覺到身後有人吸了一口氣。一轉過身，就看到剛才那個身穿黑衣的女客人就站在那裡，她的雙眼正凝視著醉漢。

雖然我們這邊的人數比較多，但是除了我和桝尾之外都是女性，而且他現在還受傷了。對方的體格明顯壯碩許多，如果真的打起來也毫無勝算。唯一值得慶幸的，就是這個男人現在正處於爛醉狀態。桝尾之所以能把他撞開，應該也是男人的腰和雙腿都不穩的關係吧。眼下這種情況，總之得先讓男人冷靜下來才行。我心裡這麼想著，隨即就開始跟對方搭話。

不知道男人是有聽進去還是沒有聽進去，只見他用那異樣的眼神一個、一個依序掃視我們，嘴巴還持續念念有詞。

這種三方相互對峙的狀態，到底會僵持到什麼時候呢？

「嗚喔～」

男人隨著怒吼聲同時站起，猛然朝著我這邊直接衝來。

（我會被刺中！）

臉上的血色在須臾之間褪去，我們馬上閃到通路的一側，但男人完全沒有看向我們，身影就這樣消失在下一個轉角處。聽見男人的腳步聲已經逐漸遠去，我們才意識到他已經逃跑了。

桝尾的左肩處被劃破了衣服，血也滲出來了。他自己也冷靜地診斷，發現雖然出血量讓人有些擔心，但幸好似乎只是被鑿子劃過了皮膚表面而已。即便如此，盡快做些處理還是比較妥當的。於是我就決定負責後續處理，讓他先行離開。

被醉漢騷擾的兩名女性，都是當地農家的女兒。皮膚白皙的小個子姓古葉（こば）、曬得黝黑的高個子姓東谷（ひがしだに）。或許是因為太害怕了，顫抖的兩人現在還是驚魂未定。確認之後，才知道她們根本不認識那個男人。真的可以說是天降無妄之災啊。

因為兩個女孩一再道謝，這倒是讓毫無作為的我感到害臊了。我趕緊把醉漢弄倒的圍欄恢復原狀，藉此掩飾自己的難為情。

「來，我們也出去吧。」

她們的情緒好像也已經平復了，於是我就帶頭繞過了通路的轉角。就在這個瞬間，一股毫無來由的不祥預感就朝著我襲來。

（這是……）

這種毛骨悚然的感覺才剛湧現，背後立刻傳來一陣哀號。桝尾夫人幾乎像是要把我撞開那樣、朝著前方狂奔而去。

在轉彎後的通路中間地段、剛好就在食子鬼木乃伊的圍欄前面，桝尾夫婦帶來的嬰兒車孤零零地停在那裡。當桝尾茫然若失地呆站在一旁的身影映入眼簾後，我終於知道自己感受到的不祥預感是來自於哪裡了。

◆

總算是寫到這裡了，但是我並沒有自信把之後發生的事都像先前那樣記錄下來。留下這篇紀錄是我的任務，一開始我就明確地寫下了這一點。不過，坦白說我不太願意再去回想接下來的事情。

到後來，我姑且也算是「為人父母」了。也因為如此，我覺得自己能充分理解父母對孩子所抱持的心情。只要是擁有父母立場的人，對於在前方等待的淒厲處境，肯定是誰都不想遭遇的狀況吧。

對桝尾夫婦而言，十九年前的那一天，絕對是走到人生終點都無法忘懷，被恐懼與讓人血氣盡失的戰慄給妝點、如同惡夢般的日子。這對我和妻子來說亦是如此。因為我們可以說是和那對夫婦共同承受惡夢、一路活到這個夏天的……

的確，我們後來有了朔次。在那個駭人夏天的漩渦之中，我們平安地擁有了朔次。所以我們必須要感謝上蒼。然而，對於那宛如夢魘般的事件，記憶卻無法消除。在妻子已然離世的現今，往後我必須得要孤身一人與**那件事**對抗。

在那之後，我們再也沒有見過桝尾夫婦。他們還健在嗎……後來有再懷上孩子嗎……

那一天，我聽他們孩子的名字已經聽到耳朵快長繭了。即使是這樣，我還是只記得是個男孩，名字則是完全想不起來了。但我覺得這樣應該比較好。要是硬是將它留存在記憶之中的話，恐怕到了今天我都會難以忘懷吧。一旦觸碰過往就會回想起來，或許會讓自己陷入黯淡的情緒。要是那時剛好在跟朔次玩的話，心情應該會變得非常糟糕吧。

開始寫這篇紀錄的時候，我認為這是對亡妻的追悼之意。不過，事到如今我已經搞不懂意義究竟何在了。

我為什麼要繼續這種辛酸又痛苦的記述呢……

幾經思考後卻還是得不出答案。不，或許原本就不存在什麼答案吧。越是煩惱，就越能感受到踏入死胡同般的閉塞感。

只能暫且繼續寫下去了嗎……

就算在這裡打住，最後什麼也不會留下。就不要思考多餘的事、繼續往下寫，然後等寫完以後再重新好好思考其中的意義吧。

總之，我現在只能再度回到十九年前的那一天、回到滿溢災厄的那片土地、回到地獄繪卷被攤開的那個場所。

◆

寶寶從嬰兒車裡消失了。只剩下小孩用的淡紫色小毛毯跟波浪鼓被隨意擱在那裡，惹人疼愛的小嬰兒已然消失無蹤。

（那個醉漢是為了洩憤才把寶寶綁走的！）

意識到不祥預感從何而來的同時，我真的感到萬分錯愕。枡尾夫人一邊喊著愛子的名字——而且呼喊聲還逐漸拉高了嗓子——一邊朝著通路的深處狂奔。枡尾馬上跟在他妻子的身後，於是我們幾個就被留在了現場。

「謹慎起見，先查看一下周遭的情況吧。」

雖然覺得或許只是白費工夫，但我還是跟妻子她們說了一聲，接著就跑去嬰兒車所在的那段通路試著調查看看。

包含食子鬼的木乃伊在內，那裡一共有三處展示品的圍欄。通路轉一個彎之後，右邊是河童頭上的盤子㉕、通路中段的左側是食子鬼、通往下一段通路的轉角前方右側則展示了吸血蝙蝠的木乃伊。姑且不論河童的盤子是不是真品，這一區集結的好像都是木乃伊類的展示品。

我先觀察了一下三處圍欄裡面的情況。擺放木乃伊的台座看起來就像是把以前那種四根桌腳外露的小學生用木製書桌加高後的版本，就算只有小嬰兒那種大小，這裡也完全沒有可以藏匿的地方。反倒是設置在展示物圍欄之間的竹林和草叢造景那邊，由於竹子和草木都很茂盛，讓人感覺非常可疑。於是我便彎下腰仔仔細細地查看一番，但最後還是什麼都沒發現。

（難道不在這裡嗎……）

我這麼一想，再次看向通路那邊。就在這個時候，我的視線停在了那個站在食子鬼前面的女人所拿的紙袋上。

（如果是那個袋子，不就剛好可以裝進一個嬰兒嗎……）

不知原因為何，內心自然而然地浮現出這個想法。

（真荒謬……我到底是憑哪種根據去懷疑這個人的？）

㉕據說河童頭頂有個盤狀的凹陷處，裡面會盛水，若是乾涸就會導致河童衰弱甚至死亡。

雖然連自己都覺得奇怪，但我無論如何都想確認一下紙袋裡面的東西。話是這麼說，也不能迎面就直接要求她讓自己看看袋子裡頭吧。就在我思考著該如何是好的時候，就和那個女人四目相接了。

她在我調查通路的時候也幫了點忙。只不過，她幾乎沒有離開食子鬼的附近，現在也依舊站在那處圍欄的前面，和靠近往出口方向的轉角處的妻子、古葉以及東谷離得遠遠的。

我什麼也沒多想，打算先走到她旁邊的時候，女人也幾乎在同一時間行動。幸好那時她放在腳邊的紙袋也因此倒了下來，於是我就以飛快到不自然的速度朝著袋子飛奔過去，然後裝作要撿起來還給她的樣子、再藉機偷偷瞥了一眼袋子裡面的情況。紙袋內放了某種雜誌、織到一半的小型袋狀編織物、還有幾個毛線球。雖然我不禁心想「夏天還織毛線啊」，不過對於這個女人的不信任感也立刻就淡化了。

（寶寶果然還是被那個男人帶走的……）

我懷著沉重鬱悶的心情，和妻子等人一同朝著出口的方向走去。再穿過兩段通路就是出口了，不過來到下一條通路後，古葉走到一半就發現有條藍色的小孩用毛毯就掛在途中一處竹林中間。那個男人應該是連同毛毯一起抱起寶寶，然後穿過這段通路時突然覺得很礙事，於是就索性扔在這裡的吧。在木乃伊區的那段通路究竟發生了什麼，這條毛毯或許能夠說明一切。

出口那裡有個看似遊手好閒的年輕男子，坐在那裡負責守門的工作。或許是已經嗅到有什麼事情發生的氣息，踏出小屋後就發現有七、八個觀光客正從出口往裡面窺探。

因為沒有看到桝尾夫婦的身影，於是我們就回到小屋的正面。到了那裡就發現桝尾正情緒激動地對著巡查[26]和那個攬客的男人說明事件的前因後果。一旁的桝尾夫人則是不斷地喊著「拜託你們快幫忙找找」。那個巡查手忙腳亂地應對她，同時也不斷地告訴桝尾、要他先冷靜下來再慢慢說。

因為事情看起來毫無進展，於是我就對巡查表示自己是目擊者，然後先簡短地說明了狀況。古葉和東谷也在一旁協助我，於是這個巡查好像才終於理解了事態的嚴重性。接著他便叫一個站在附近圍觀的青年團成員去通報警察署，然後拜託青年團搜索一下神社境內。應該是考量到隨著時間一分一秒過去，寶寶的處境就會變得更加危險吧。

桝尾夫婦、我還有妻子，再加上古葉和東谷兩人被帶往作為祭典活動事務所的青年團帳篷。在那裡等候當地警方抵達之後，我們就被更詳細地詢問了事情的經過。

但不管是桝尾還是他的妻子，眼下都不是能好好有條有理地進行說明的狀態——而且桝尾還不顧警方的勸阻、跑回去小屋把嬰兒車給推了過來，雙手緊緊地抓住握把。至於夫人還是一樣、嘴裡不斷重複著「拜託了，快點幫我們找孩子」——因此我便自然而然地成了被詢問的核心、把

㉖日本警察體系中位於最初階的警員，占比約為警務人員整體的三成左右。

整起事件經過重複說了好幾次。

這時負責和我們洽談的是個姓辻浦（つじうら）的刑警，因為知道有目擊者和當事人一起行動，而且還知曉整起誘拐事件的來龍去脈，所以他也感到相當高興。

在辻浦的催促下，我先大致把我們和桝尾夫婦從參道那邊開始結伴同行的經過簡單告訴他，然後詳細地說明了在見世物小屋裡所發生的事情。過程中辻浦完全沒有插嘴，只是不時悶哼一聲、默默表示附和，就這樣把我的話給聽完了。然後他問了古葉和東谷，最後也請桝尾做了說明。

到這裡我才終於發現，那個站在食子鬼木乃伊前面的女人，已經不知道在什麼時候消失了。

我把這件事告訴辻浦，他立刻臉色一變。

「還有其他的客人嗎？」

辻浦詳盡地問到女人的樣貌特徵之後，就對一旁的巡察下達了某些指示。之後又跟我確認了那個女人和我們幾個人的關聯性。

「接下來──」

等到全部的人都被問完之後，辻浦的視線一一掃過我們的臉。

「我們就來總結一下見世物小屋裡面在事件發生當時的狀況吧。」

「比起這種事，你們應該趕快抓住那個男人吧！如果讓他逃走的話那該怎麼辦！」

桝尾夫人在訊問過程中暫且壓抑下來的焦慮，此時也一口氣爆發出來。

「把我的孩子找回來！」

她幾乎陷入了歇斯底里的狀態。即使桝尾和我妻子在旁邊安撫，桝尾夫人也沒辦法冷靜下來。她就這麼哭喊了一陣子，接著就逐漸轉為啜泣，最後只剩下嗚咽聲。

「夫人您的心情我感同身受。」

辻浦用溫柔的眼神注視著桝尾夫人，接著這麼說道。

「不過目前對那個男人以及孩子的搜索，已經從見世物小屋這裡擴展到以境內為主的參道周邊一帶了。因此，留在這裡等候報告的我們必須讓相關事實更加明確化。像現在這樣空等實在太浪費時間了。為了您的孩子，能夠做到的事情，我們就一定要竭盡心力去做。還請您協助我們。」

不知道是不是理解刑警說的話了，桝尾夫人終於平復下來。她被坐在身旁的桝尾摟著，從剛才開始就把頭垂得低低的。

看到她這般狀態後，辻浦好像打算說點什麼，但這時有個巡查走了進來，然後他們兩人就立刻步出帳篷。沒過多久，只有刑警一個人回來了。他大概是去聽取搜查過程的報告吧。

「搜索進行期間，我想先釐清見世物小屋裡面都發生了什麼事。」

辻浦接續了話題，彷彿他剛才並沒有離開這裡。

「從在場的各位、小屋的攬客員和出口那個看守人的證詞來看，已經確認丁江先生夫婦和桝尾先生夫婦等四位進入小屋的時候，是二點十分左右。那個小屋一般花個十五到二十分鐘的話就能逛完。但是四位走得比較慢，所以到達你們說的那個食子鬼的所在地時大概是二點二十五分。另一方面，古葉小姐和東谷小姐是在二點十五分左右進入小屋的。但因為參觀時比較走馬看花，所以大約在二十五分就來到四位所在通路往前兩段之處。至於那個男性嫌疑人，根據攬客員的說法，他好像是追在兩位小姐的身後入場的。或許他打從一開始就鎖定你們了吧。」

這段話讓古葉和東谷渾身發顫，她們互相看著彼此，臉上浮現出比剛剛在小屋裡面時還要害怕的神情。

「那個男人向兩位攀談的地方，就是栫尾先生趕來解圍的通路的前一段。兩位小姐無視了那個男人，繼續往前走。但是他又追到下一段通路，同時亮出了那把像是鑿子的銳器。一聽到尖叫，人在另一頭通路的栫尾先生就跑來幫你們了，然後就被男人以銳器劃傷了肩膀。聽到您先生的喊叫後，夫人、然後是丁江先生夫婦也回到了事發的這段通路。在那個時候，另一位女客人正在做什麼呢？」

在場眾人都對辻浦的這個問題露出了詫異的表情。但是我總覺得自己好像明白他現在在思考的東西。

「那時也不知道為什麼，瞬間就跑了起來……等到回神之後，我們都已經在前一段通路那裡了。」

「然後，那個女人在擺了木乃伊的通路停留了一下，好像就追在我們的身後一起過去了。應該是這樣吧？」

我看向妻子，她曖昧地搖了搖頭。應該是記不得了吧。

「現在是什麼情況？莫非刑警先生認為是那個女人擄走我兒子的？」

好像是終於明白辻浦的用意了，此時的桝尾也當場楞住。

「不、不，這充其量只是其中一種可能性罷了。事實上，並沒有人親眼看見是那個男人把孩子從嬰兒車裡抱走的。當然，就現場的狀況來判斷，那個男人的嫌疑可以說是最大的。我們也是基於這個緣故才展開了大規模的搜索。不過與此同時，我們還是有必要檢討其他的可能性。」

雖然口吻像是在教導不聽話的小孩，但是他的目光相當銳利。

「聽完攬客員和看守人的說法後，我們已經知道自今天中午開始，在各位——啊，我說的是桝尾先生夫婦與丁江先生夫婦——進入見世物小屋之前的這段時間，入場參觀的客人總計有三組再加上一人。這段午間第一波的時間沒什麼客人，所以那兩個員工都完全記得客人入場的情況。第一組是一對中年夫婦、第二組是夫婦帶著兩個孩子的家庭客，他們入內參觀的時間幾乎沒有差別，大概是一點半到四十五分左右。第三組是年輕的情侶，時間是過了兩點左右。也就是說，當各位入場時，他們就像是剛好和你們換班那樣離場了。情侶之後還有一個，就是那個女性客人，她還待在小屋裡面。然後過了兩點半以後，一直到那個建築工人打扮的男人跑出來之前，都沒有任何人從出口處離開。」

「原來是這樣，現在我們已經了解遊客的進出狀況了。但是，就算釐清了這件事又有什麼用處呢？我的兒子在小屋裡不見了，在事發前後逃走的就只有那個男人——」
「沒錯，就如同您所說的那樣……不過最讓我們傷腦筋的，就是那個看守的人雖然有目睹貌似建築工人的男人衝出出口的樣子，但他表示並不清楚男人是否有抱著嬰兒。」
「你說什麼？」
「因為看守人的工作，就是提防那些沒付錢就想從出口那邊溜進去的人，所以對於走出來的客人就不會特別留意。他的視線幾乎都是朝著外頭的。」
「意、意思就是，我兒子可能還在小屋裡面……是這個意思嗎？」
桝尾臉上的神情像是緊緊抱住了這意料之外的希望。他的妻子亦是如此。
「我認為倉促做出這樣的結論，並不是很妥當……」
辻浦委婉地迴避了斷定，又繼續說下去。
「關鍵就在那之後。桝尾夫婦出來之後就引起了騷動，就結果而言，事件發生後的小屋就處於一種密室狀態。攬客員也提供了證詞，那個男人跟在古葉小姐和東谷小姐後面進去後，就沒有人再踏進小屋了。還有那些比各位先進去的遊客，他們的進出狀況也全部都確認過了。也就是說，事件發生的時候還待在那座小屋裡面的，就是桝尾先生夫婦和令公子、丁江先生夫婦、古葉小姐和東谷小姐，然後就是那個女客人和有嫌疑的男人，總共九人。如果不是那個男人把孩子帶走的話，剩下的可能性就在其餘七個人裡頭了吧。」

辻浦語畢，帳篷裡恢復一片寂靜。往桝尾那邊看過去，他現在很明顯就是一臉憤慨的樣子，而夫人的臉上也毫不避諱地顯露對辻浦的不信任感。

「你、你到底想表達什——」

因為感覺桝尾的不滿就快要爆發了，我趕緊跳出來打圓場。

「我了解刑警先生想說什麼了。就可能性來說確實就是這樣沒錯呢。不過，當時我對周遭環境做了一番調查，在前往出口的途中也有留意通路的兩側。可是到處都沒有發現孩子，也不覺得那邊有什麼能把他藏起來的地方。假設是我們七個人之中的某人抱走他的話，應該還是不可能把孩子帶出小屋吧。」

雖然這麼斷定，但我也突然萌生了不安。

「還是說，您有發現什麼孩子還在小屋裡的跡象嗎？」

辻浦臉上浮現了讓人不太愉快的笑容。

「其實剛才我收到了巡查那邊的報告。我們對整座小屋徹底調查了一番，結果連隻小貓還是小老鼠都沒找到。」

「如果是這樣的話，不就是被那個男人帶走的嗎？」

現在就連我也動氣了，聲音還因此變得粗暴起來。

「對，那是最理所當然的想法。雖然確實是這樣——」

就在辻浦好像還要繼續說些什麼的時候，有個警官慌慌張張地跑進來，然後兩個人又走到外頭去了。不過和先前那次不同，這次辻浦回來的時候卻鐵青著臉。直到方才不管聽到什麼都神色自若的辻浦，現在感覺顯得很狼狽。

「非常感謝各位的協助。事件的相關情況我已經充分了解了，現在要麻煩大家先移駕到警察署那邊。」

辻浦唐突地告知，然後舉起一隻手制止了想上前抗議的桝尾。

「目前警方、消防團和青年團都在盡全力展開搜查。所以還請你們到署裡靜候消息。」

不知道是不是多慮了，我總覺得辻浦雖然裝作一副什麼事也沒有的樣子，但他的視線看起來已經從桝尾夫婦的身上移開了。

「我和內人也必須一起過去嗎？」

雖然覺得這樣有些無情，但我還是委婉地開口了。

「請將您府上的住址告訴我們就可以了。」

辻浦的回答有些冷漠，感覺他心不在焉的樣子。

坦白說我鬆了一口氣。可是，我該對桝尾夫婦說些什麼才好呢？只有我們夫妻倆像是臨陣逃跑一樣，總覺得心裡很難受。但是也如同剛才感到安心那樣，現在的難過也是出自真心的感受。

「讓兩位捲入這樣的事情，真的非常抱歉。」

正覺得煩惱，桝尾就過來向我們致歉，讓我頓時慌亂了起來。

「要是再造成更大的困擾、影響到您太太的身體那可就不好了。兩位就請先離開吧。」

真是丟人，頓時我竟然一句話都說不出來。即便如此，我還是盡力擠出談不上是安慰或是懊悔的話語，然後真的就像是逃跑般離開了帳篷。

想必境內現在肯定鬧得天翻地覆吧。想是這麼想，但其實跟我們進去見世物小屋之前相比，並沒有什麼太大的變化。倒不如說祭典即將迎來落幕，所以四周已經開始洋溢著寂寥感，氛圍總讓人覺得有些哀傷。

我和妻子自然而然地一起朝著食子鬼起源碑走去。大概是因為太疲憊了吧，她現在的臉色不太好。希望這起事件不要對身體造成影響就好了……我心裡這麼想著，悄悄地將視線瞥向她那邊。似乎是察覺到我的心情，妻子露出了像是要告訴我她沒事、但是卻很虛弱的笑容。

見世物小屋好像就此停止營業了，不管是那個宣傳攬客的男人還是駐守在入口處的老婦人現在都不見蹤影。相較於其他地方，小屋附近也顯得更為安靜冷清。

或許是發生了那起事件的關係吧，一來到食子鬼起源碑的前面，就不禁覺得這座碑本身就像是某種邪惡之物的象徵。不，在這座碑的底下就封印著以食子鬼為首、棲息在這塊土地上的各種魔物，所以這未必沒有可能。還是說封印魔物的地方是在這朱雀連山的山中嗎……而這座石碑，說到底就只是單純記錄了相關的起源而已嗎……
宛如被真正的魔物給迷惑了，我的身體一動也不動，就這麼凝視著石碑。
「啊、寶寶……」
突然，妻子發出了像是硬擠出來的呻吟，然後抱著肚子蹲了下來。
（流產會成為習慣……）
妻子的話頓時從腦海中一閃而過。我連忙跟著蹲下，將她擁入懷中，同時也把手擱在她的肚子上。就在這個瞬間，某種觸感傳到了我的手上。
（這、這是……）
就像是被肚子裡的寶寶踢了手……領悟到這一點就只是轉瞬之間的事。
接下來，我的思緒陷入一片空白。妻子流產時的記憶，也清晰地甦醒了。
在那之後，我們將會擁有一個名為朔次的孩子，那時候的我對此當然一無所知。因此在察覺一切的同時，我也有所覺悟了……

◆

寫到這裡，我覺得自己真的無法再繼續下去了。雖然我將這些視為對妻子的憑弔、一直堅持到這一刻，但總之我想在這裡停筆。

明明在那之後已經過了十九年了，但是一路像這樣持續寫下來，當時的記憶也漸漸甦醒，每一個場面的情景都接連鮮明地浮現。回想起後來發生的事，然後再次體驗那種彷彿心臟都要被壓碎的痛苦，唯有這件事是我無論如何都想避開的。看樣子我已經無法再忍耐了。

只不過，我想簡單記錄一下關於那起見世物小屋事件的後續發展。但是我並沒有再次被警察找去，而且我也為了照顧孩子而竭盡了心力，所以主要是從報紙和週刊雜誌上得知那些消息的。

那個男人的身分很快就被查出來了，他姓「山鹿（やまが）」，是當地一間建設公司的員工。他好像是一路被搜索隊追趕，就這麼逃進了朱雀連山，於是隔天早上展開了大規模的搜山行動。可是山鹿是到了三天後的傍晚、才在霰岳一個被稱為「進退維谷」的天險下方的岩場被找到的。據說熟悉山岳的相關人士，都對他竟然能在什麼裝備都沒有的情況下走到那裡感到不解。正如同那個地方被冠上的名稱，他是在前進也不是、後退也不對的情況下跌落岩場，成為一具悽慘的遺體。

山鹿的身上有類似動物留下的抓痕，以及在岩場被拖行移動的痕跡。有段時間輿論都圍繞著那種動物的真面目掀起了熱烈的討論，但最後還是未能定調。已經確認山鹿直接的死因是墜落造成頭蓋骨骨折，進而導致腦部受損，所以警方好像也沒有對那個謎般的動物去做什麼認真的研究。

至於最關鍵的小嬰兒，無論是在找到山鹿的現場和附近一帶、參道的登山口到「進退維谷」

之間的路途中都沒有發現。雖然後來也擴大範圍進行搜索，但還是沒有傳來找到孩子的消息。

事件發生後又經過一個禮拜左右，《週刊日話》搶先揭露了一個事實。據說山鹿在祭典的第一天就纏上了某個年輕女性。因為對方不理睬他的關係，為了洩憤，山鹿竟然從附近一個帶著小嬰兒的母親手裡搶走了孩子，引發軒然大波。據說後來他就被當地的青年團給制伏、送到警察那邊去了。儘管如此，他竟然沒有被追究任何罪行就直接釋放。這則報導的內容實在叫人難以置信。

雜誌裡並沒有記載詳細的背景。但山鹿任職的那間建設公司似乎承包了某項重要的公共事業建設，於是某位政治家好像就在背後運作疏通了一下。雖然出現這樣的傳聞，但終究只是無法確定的情報，即使在報導中也只是略微提及而已。

不過我終於明白了。那個時候辻浦之所以會鐵青著一張臉，就是因為他從警官那裡接獲了報告，因而得知那個被他們放走的男人和見世物小屋的嫌犯竟然就是同一個人。而且，山鹿在兩起事件中都騷擾女性、也同樣擄走了小嬰兒。警方如此失態的作為要是東窗事發的話，辻浦自己自然不必多說，就連警察署長的官位應該都會不保吧。所以他會不禁露出狼狽的神情也是合情合理。

然而，山鹿被發現時已經成了一具遺體。下落不明的小嬰兒就被視為是被山鹿遺棄在山林之中，而且和祭典第一天的事件之間的關聯性也被刻意模糊化、就這麼結案了。因為那一年的下半年還陸續發生了幾起大案子，所以世人對本案的關注也急速地冷卻下來。雖然還有《週刊日話》

繼續追蹤報導，但是在缺乏新事證和新爆料的情況下，最後他們也不再談及這個案子了。

只不過，即使是案發後已經過了十九年的現今，我依然無法從那起事件的咒縛中逃脫。不，桝尾夫婦恐怕也跟我一樣吧。正因為他們是當事人，所以絕對不可能忘卻那起讓人忌諱的事件。

這下我也意識到，我終於明白自己為什麼要特地寫下這樣的紀錄了。為了遺忘、為了逃避、為了克服，所以這麼做肯定是有必要的。至於到底有沒有效……接下來我只要把這篇紀錄供奉給妻子就好。

讀完這篇記述以後，妻子究竟會說些什麼呢……

星期二

隔天傍晚，我人在位於公司一樓最裡面的倉庫內。

公司的出版品在鋼製的架子上排成一列，這裡可以說是如同公司圖書室般的場所，但是照理來說應該稱為資料室吧。不過，因為牆面和地板都是直接露出殺風景的混凝土材質，所以無論如何都會讓人萌生倉庫的印象。

事實上，只要編輯部有人要來這裡處理公事，不管是誰都會說：「我去一下倉庫。」因為大家都喊它倉庫，所以這就沒辦法了。或許它以前真的被當成倉庫來使用也說不定。

打開入口處的門，可看到高聳的鋼架宛如骨牌一樣，從左手邊的牆壁一路排列到右側。之所以會產生這樣的印象，也是因為每個架子之間的空間都極端狹小。寬度只能勉強擠進去一個人，壓迫感很強。所以光是要在這裡找本書都相當費勁。

說到架子與架子之間的距離為什麼會這麼近，記得剛被調派到編輯部的時候曾經聽前輩說過，是為了要盡可能多擺一個新架子，藉此收納更多的書。試想一下，公司這邊的出版品只會持續增加，但要是絕版的話，它們就會從書店消失了，因此最少也必須留下一本作為公司資料使用。而且我任職的公司也因為京都在地這層地緣關係，出版了涉及佛教或書道等各領域、全套達二十本甚至是三十本的大部頭書系出版品。所以鋼架什麼的不管有多少層都不夠。

因為自己工作的關係需要查詢一下資料，所以當時我正在找幾本書。結果上司、前輩、同事們就一起把他們要的書託給我找了。正因為是這種環境，即使想要偷懶也不太有人會進來這裡。當然，這裡也沒有冷氣，所以冬冷夏熱，好像身處地獄一般。另外窗子也很少，即便是白天也顯得昏暗，散發出陰森的氛圍。而且這裡的電燈光線也很微弱，有時還會一閃一閃的。有不少女同事都不願意一個人到這裡來。

所以我一說要去倉庫一趟，「順便幫我找本書」的聲音馬上此起彼落地響起……

我一邊看著寫著各方委託書名的便條、一邊從最接近入口的書架依序往深處走去。雖然我的身高有一百七十六公分，但是從上面數下來第二層的書就已經拿不到了。即使是第三層，如果是開本較小、放在深處的書，要伸手去拿還是有些吃力。這種時候就是合梯要登場了，不過就像剛才所說的，架子之間的寬度實在太狹窄了，所以搬著梯子一一進入每條通道去找書其實是非常辛苦的。書籍自然是依照領域類別來分類，但是分類太過隨興了，若是不知變通地看著類別去找，有可能不管繞了多少次都還是找不到。

幸好想找的書都順利找到了。我還開心地認為這麼一來就能比預期還要早回去編輯部，結果就在最後一本的時候破功了。來到最裡面的書架前通道，踩在合梯上的我正感到不知所措。有一本同事拜託我的書怎麼樣也找不到。就只剩這一本而已，這個結果也太糟了。如果就這麼回去，對方肯定會心想「為什麼只有我的沒找到」吧。

真傷腦筋……

昨天晚上的體驗，在我的腦海之中很快就變得淡薄了。我跟平時一樣上班、跟平時一樣完成工作、跟平時一樣與公司的同事交談，重點是我自己也漸漸開始覺得那不過就是起霧而已，會不會反應過度了呢？

的確，**那場**霧並不尋常，這一點我也承認。不過，霧就是霧。並沒有像恐怖電影《夜霧殺機》那樣會有百年前的亡靈從霧氣中現身；也不是詹姆斯・赫伯特的小說《霧》裡頭的那種會令人發狂的霧；更不是出現在史蒂芬・金的《迷霧驚魂》裡那場有怪物在裡面徘徊的霧。也就是說，那就是一場普通的霧。沒錯，只是普通的霧罷了……

內心一想到這些，好不容易才拂去昨晚的恐懼，現在似乎又一點一點地復甦了，讓我不禁感到毛骨悚然。

我有些慌了。為了轉換心情，我先是大口深呼吸，接著再次將視線聚焦在昏暗的書架上。趕快找出最後的那本書、離開這個陰鬱的房間、回到那個大家都聚在那裡的明亮編輯部吧。我心裡只想著這件事，聚精會神地找尋那本書。

然而——

嘰咿咿咿咿……出入口那邊響起了門被打開的聲音，我的氣力也隨之散失。

是誰來了？

會是稍有空閒的前輩還是同事，帶著半是調侃、半是鼓勵的態度現身了嗎？但是，我立刻就察覺到微妙的地方。

倉庫的門被打開時確實會發出聲響，只不過會分成兩個階段。打開剛好可以探進一個頭的空間，首先會發出「嘰咿咿咿咿」的聲音。接著再到完全打開門的階段，會持續響起「啾嗚嗚嗚」這樣的聲響。然而，我現在聽到的只有前半段，不管過了多久都沒聽見後半段的聲音。

腦海中浮現了交情不錯的前輩只把一顆頭探進房間內找我的姿態。可是這個畫面馬上就消失了。因為，我隨即聽見「喀洽」一聲——門被關上的聲音。

真是奇怪……

我覺得很疑惑。就算只是抱著看熱鬧的心態過來看看，照理說至少會出個聲打招呼吧，根本不會像這樣看了一下倉庫裡面，然後就一語不發地離開了。還是說對方剛才沒有看到我，就以為我不在這裡嗎？可是燈都還亮著呢。如果是誤以為有誰忘了關燈，應該也會進來關掉吧。而且如果來的是編輯部的人，應該就知道我人還沒回去。所以剛剛探頭的就是其他部門的人囉？但如果真是這樣的話，什麼話都沒說也太古怪了。

雖然心裡覺得有些不舒服，但總之還是要先找出那本書。當我重新將視線轉回架子上時，身體突然緊繃起來。

現在，好像有聽到其他的聲音……

我像是要豎起耳朵聆聽般把臉轉向了旁邊，就看到架子間通道盡頭的那面牆壁上，有一扇小小的採光窗。夕陽的光輝化作深棕色的悲傷光彩從那裡照進來，灑落在架上那些成排的書本上。

這間倉庫最讓人感到詭異的時段其實並不是入夜後，而是黃昏。太陽完全西沉後，雖說昏暗，但還是能仰仗電燈的亮光。可是在這種要亮不亮的殘照從那個小窗戶透進來的黃昏時分，自然與人工，彼此的光相互抵消，就這麼營造出難以形容、讓人感到毛骨悚然的明暗度。

已經到了這個討人厭的時間啦……

我感到有些焦慮。可是正因為是這種情況，更是要慎重地尋找。內心越是著急，視線就更容易僅僅從書籍的書背上掃過去而已。現在最好是從最上面那層的其中一頭開始一本、一本地確認，應該就能盡快把書給找出來。

啪踏……

聽見了奇怪的聲音。我把對著架子上層的臉轉回原位，再次豎起耳朵聽著。

啪踏、啪踏……

沒錯，真的聽到了。那是什麼聲音啊？感覺好像是某種柔軟的東西掉到地面，或者是接觸到地面。

啪踏、啪踏、啪踏……

就在聲音連續傳到耳際的瞬間，頸子那邊就漫出了寒意。因為那個聲音聽起來就像是在朝我這邊靠近。

啪踏、啪踏……

這是……該不會……怎麼可能……

就在一個非常令人生厭、非常讓人難以置信的想像掠過腦海時，我聽見了小嬰兒的哭聲。在這個冷到呼出的氣都會變成白霧的陰暗室內空間裡，雖然微弱，但確實響起了嬰兒的哭聲。

雙腿止不住顫抖。不，說是顫抖，不如說是微微地抖動。合梯也因為抖動而發出了「喀躂喀躂」的聲響。我無法讓自己停止發抖，於是不經意地用雙手抓住了鋼製架子的最上層，但還是感覺自己就快要從梯子上跌下來了。

食子鬼起源……果然是它的關係嗎？《迷宮草子》就是原因所在嗎？因為讀了這本書，所以才會出現真正的怪異現象嗎？昨天的霧也跟這個有關係？不過，怎麼可能會有這麼荒唐……

啪踏……

那個聲音繼續響起。

啪踏、啪踏……

而且它還在持續接近。我果然沒有弄錯，這下該怎麼辦……

昨天晚上，在信一郎破解了〈霧之館〉的謎團後，我就在飛鳥家的偏屋看完〈食子鬼起源〉

才回家。因為我覺得只讓信一郎看實在不太妥當。

然後我們兩個原本就預定要在今天晚上解開〈食子鬼起源〉這一篇的謎團。如果真的會出現什麼怪異現象，應該也是在我下班回去的途中吧。而且我也有所覺悟了，應該會像昨天的霧那樣、在前往飛鳥家的路途中經歷最危險的時刻。可是沒想到會這麼快，而且還是在倉庫這種無處可逃的場所裡碰上了……

嗚哇哇哇哇哇……

我再次聽到了哭聲。剎那之間，我還心想或許是貓也說不定。不對，應該說我是這麼希望的。可是如果是貓的話，就不會發出那樣的腳步聲。這種暫時的心安會成為致命傷的。

那種腳步聲……

這時我察覺到了那個聲音的奇特之處。如果**那個**是小嬰兒的話，應該是在地上爬行才對。這麼一來，不是應該發出更不一樣的聲音才對嗎？現在我聽見的那種「啪踏、啪踏」聲響，感覺就不是那樣的情景。

是站起來走路……

還在喝奶的嬰兒不自然地站起身子，然後慢慢地步步進逼而來。光是想像這個畫面，就讓我害怕到快要哭出來了。

啪踏、啪踏、啪踏……啪踏、啪踏、啪踏……

這不是已經來到房間中段的位置了嗎？

現在這種情況，我豈不是只能在這裡解開〈食子鬼起源〉的謎團了？但是我辦不到。從昨天晚上開始，一有機會我就會開始思考，但是完全搞不懂狀況。主要是在這種被逼到死路的狀況之下，實在沒辦法做出什麼推理。

啪踏、啪踏、啪踏……

該怎麼辦……

啪踏、啪踏、啪踏、啪踏……啪踏。

那細微的腳步聲突然停止了。我專心聽著，但是什麼也沒聽見。

消失了嗎？

我心裡這麼想著，然後從合梯上朝著架子與架子之間延伸的通路另一端看過去，就發現有個小小的影子落在地面。**那個**已經來到前一排架子前面的陰影處了。

我馬上把視線轉往通道的另一邊、看向那個採光用的窗戶。感覺好像剛好可以讓一個人硬是擠過去。鎖的形式是月牙鎖，能夠開關。雖然位在距離地面很高的位置，但只要用這把合梯應該就能搆到吧。

瞬間做出判斷的我正想從梯子上下來，卻不慎踩空了。我摔落在狹窄的通道，小腿還結結實實地撞在合梯的踏板上。強烈的痛楚讓我忍不住叫了出來，當場抱著腿蹲下。

嗚哇哇哇哇哇哇哇……

通路另一端想起了**那個**的哭聲。慶幸的是我背對著那一頭，所以沒有看到**那個**的樣子。只不過脖子爬滿了雞皮疙瘩，背脊也像是有冰涼的水流過那樣、一股惡寒竄了上來。

我整個身子彈起，抬起了合梯，然後一拐一拐地在架子之間的狹窄通道中拖著腳、朝著盡頭的那面牆壁奔去……

啪踏、啪踏……

嬰兒走進了通道。就在我這麼想的瞬間。

噠、噠、噠……

身後的腳步聲加快了。**那個**也跟著跑了起來。

我已經顧不了這麼多了。必須要在被追上之前爬上那扇窗子。但是懷裡抱著的合梯卻不斷地撞到左右兩邊的架子，無法如心裡所想的那樣前進。

噠、噠、噠、噠、噠……

腳步聲已經逼近身後了。

我把原本橫著拿的合梯轉為直向，才終於跑出了通道。竟然連這麼簡單的方法都沒有想到，我真的完全處在恐慌狀態了。即使只有幾秒鐘，但還是浪費了寶貴的時間。

就在快要迎面撞上盡頭牆壁的關頭，我幾乎像是把還沒完全展開的合梯就這麼往前一扔，等到梯子落地站穩，我立刻就一鼓作氣爬了上去，拉開月牙鎖、把窗子打開。然而一點動靜也沒有。應該是多年來一直都沒有開關過的關係吧。

我使盡力氣，把整片窗戶給搖得喀噠喀噠作響。

打不開！

喀噠喀噠喀噠喀噠喀噠喀噠喀噠。我再次使力，鎖才喀恰一聲轉開了。我趕緊打開窗戶，雙手抓著窗框、正準備要一氣呵成往上爬，然而這時卻察覺到房間陷入了寂靜。

欸……

就在我停止行動的瞬間，**那個**爬上了我的左腳。

「哇啊啊啊啊！」

我使勁蹬了一下合梯踏板，抓住窗框的兩隻手也同時施力、將自己的身體一口氣拉上去。我就像是直接翻滾了一圈那樣飛出了窗外。

如果動作太拙劣，很可能就會落得頭部著地的下場，但我還是奇蹟似地用雙腳著地了。我立刻看向自己的左腳，上面什麼也沒有。或許**那個**在自己從窗子跳出去的瞬間就被甩了下去。只要陷入恐慌，人類就能發揮意想不到的力量。那一晚我和飛鳥信一郎談起這段經過時，也深切地體認到這一點。

最後我一本書也沒帶，就這麼回到了編輯部。但是沒有人責備我，甚至還有人要我寫早退單、告訴我：「你今天早點睡吧，好好休息。」幾乎可以說是被強制下班了。

到了隔天，跟我同期進公司、有時會從業務部過來洽公的櫻井告訴我：「小三你啊，昨天看起來就像是快要死掉的樣子。臉上毫無血色耶。」或許是我的臉色太不尋常了，才讓編輯部的同仁們嚇壞了吧。

可是我根本沒有揣測這個人還是那個人在想些什麼的餘裕。所以當別人對我說「你寫早退單吧」的時候，我就寫了；被指示「今天先回去吧」，我就悉聽尊便、直接下班。抵達杏羅之前，我都還處在茫然自失的狀態，感覺不管對我說什麼，我都一定會遵照指示去做。

雖然有些丟人，但我在杏羅站上了一輛計程車。雖然太陽還沒有完全西斜，但是夜幕肯定會在我移動的途中落下，這會讓我很不想徒步走到飛鳥家。如果在獨自一人的場合又聽到那個哭聲，我很怕自己的腦袋會出毛病。

我過家門而不入，就這麼直接前往飛鳥家。享用他們招待的晚餐，又和明日香玩了一下之後，我就立刻和信一郎兩個人關在偏屋裡。

進入房間後，我就有如潰堤般把今天的體驗都告訴了信一郎。他只是環抱著雙手、盤坐在文机前面的座椅子上，然後只用「嗯嗯」來附和我。一句話也沒說，就這樣聽到最後。

我的身子探向擺在兩人之間的火鉢，像是連喘氣的空檔都沒有、滔滔不絕地說著。等到大略講完之後，我就氣力放盡似地癱在自己坐的座椅子上。即使面前就有個火鉢，但感覺身體的內部、特別是最核心的部分，存在一股揮之不去的冰冷感受。可是，因為在情緒亢奮的狀態下說了一堆話，再加上炭火一直照著臉的關係，就只有臉特別燙。

「我從窗戶跳出去、準備要逃跑的時候——」

稍微停頓一下之後，我又接著說下去。

「視線往上面瞄了一眼，仰望窗戶那一帶。然後我就看到了！從窗框那裡伸出了一個像是小指頭的東西……」

「這樣啊。」

雖然就這麼一句話，卻不可思議地讓我感到安心。即使我把事情經過都講完了，信一郎還是一句話也沒說。或許他察覺到了吧，其實我還有沒告訴他的體驗。

「你這邊怎麼樣？還好吧？」

到了這個時候，我才終於有了關心信一郎狀況的餘裕。沒有盡到朋友的責任也讓我感到慚愧。

「嗯，看樣子是你一肩全扛下來了，所以我這裡就沒有出現什麼明顯的怪事。」

沒有什麼明顯的怪事——意思就是，還是有發生什麼奇怪的狀況吧。或許是認為我好不容易冷靜下來，要是再帶給我多餘的衝擊可就不好了，因此信一郎並沒有談及具體來說究竟發生了什麼。

「那麼，這麼一來──那些圍繞《迷宮草子》、令人感到不快的傳聞果然是貨真價實的呢。」

雖然語氣有些輕佻，但是他看向我的眼神卻相當認真。

「無論是真還是假，實際上我們都已經暴露在威脅之下了吧。不，比起討論這個，應該要先破解〈食子鬼起源〉裡頭的迷團才對。」

即便目前還沒有發生什麼詭異的現象，但是想起昨晚那場霧氣的威脅，以及今天傍晚那個恐怖的小嬰兒，就覺得絕對不能掉以輕心。

「你對這篇故事有什麼想法？」

信一郎拿起《迷宮草子》後就這麼問我。

「如果內容所說的都是事實，那麼丁江夫人就因為這起事件導致第二次的流產，而桝尾夫婦失去了他們的長男。不過在那之後，丁江夫婦又懷上了朔次這個孩子，這可以說是好事吧。問題在於桝尾夫婦。如同丁江所擔心的那樣，要是他們一直沒能再懷上孩子，那也實在太令人遺憾了。雖然我不認為自己可以完全理解他們的心情，但是如果站在父母親的立場，這種情況根本沒有人能夠忍受吧。」

我盡可能把思緒集中在〈食子鬼起源〉的內容上面。與其追究《迷宮草子》的傳聞到底是真是假，還不如優先解決這篇故事的問題──可是這不就是相信傳聞真有其事的證據嗎？

「原來如此，我認為這是很直接的反應。不過我們現在必須要努力的，就是解開這篇故事的謎團。」

信一郎的措辭像是要再次確認我們目前所面對的問題。

「即便說是要解謎好了，但說到底，謎團真的存在嗎？就像丁江所說的那樣，在那種情況下也只能認為是山鹿把孩子給擄走了吧。」

「然而辻浦的看法不同，不過也因為警方那邊的決策失誤，所以不得不放棄了吧。」

「那麼除了山鹿之外，到底還有誰能帶走小嬰兒？」

只要解開小嬰兒的消失之謎，**那個**或許就不會再出現了吧。

「誰會是綁架犯，我認為最初的思考不該像這樣固定在某個人身上，應該要思考一下其他方面還有什麼解釋能夠成立。要從這樣的觀點去觀察。」

我之所以會這麼做，終究是想逃離《迷宮草子》所引發的詭異狀況。可是我總覺得信一郎似乎已經沉浸在解謎之中了。會讓我這麼想也是無可厚非，當然如果他能夠解開謎題、藉此消除怪異的現象，我自己倒是不介意——

「我們先來整理看看見世物小屋在事發當時的情況吧。」

似乎並未察覺到我的複雜情緒，信一郎開始對事件進行檢討。

「以辻浦的偵訊內容為基礎來評估的話，綁架是在二點半左右發生的。我把這時古葉和東谷兩名女性，以及山鹿所在的通路稱為A；丁江夫婦、桝尾夫婦和嬰兒，以及穿黑衣的女性所在的通路稱為B。那個不知道名字為何的女人，方便起見我們就叫她黑井[27]好了。事件發生前後，因為沒有人進出見世物小屋，所以就如同辻浦所述，沒有必要去考慮這九個人的動態以外的事情。不過直到被綁走之前，嬰兒都待在相同的場所，所以要進行討論的實際上只有八個人。到這裡為止有什麼問題嗎？」

我默默地點了頭，於是他便繼續往下說。

「那麼，假設山鹿沒有擄走嬰兒，還能歸納出哪些其他的可能性呢？也就是說，山鹿從通路A前進到通路B之前，到底是誰還有這種機會？嬰兒車是被放在相當於B的中間地段，也就是食子鬼木乃伊的圍欄前面。因為山鹿、古葉、東谷這三個人都在A，所以根本碰不到人在B的小嬰兒一根手指頭。另一方面，B那邊的五個人又是如何？雖然他們每個人都有機會，但是會一直處於其他四個人的視線範圍內，所以倒不如說是完全沒有機會。那麼，有沒有哪個時間帶會讓某人形成獨自一人的狀態呢？這麼一想，就只有山鹿在A引發騷動的時候吧。」

「到目前這個階段，辻浦也都思考過了對吧。A發生了騷動，首先離開B的是桝尾、接著是桝尾夫人，第三順位是丁江夫婦，所以雖說時間很緊湊，但應該就只剩下黑井一個人了。」

雖然我能理解信一郎依照順序解釋的做法，可是現在是能夠這麼氣定神閒的時候嗎？於是我忍不住插了嘴。

「就是這樣，黑井是最可疑的。」

「可疑——嗎，就算黑井真的有機會好了，但她不也是沒有能把最關鍵的小嬰兒帶出小屋的方法嗎？事件發生後，警方把小屋內部給徹底調查了一遍，即便如此也還是沒有發現孩子的蹤跡。如果黑井是犯人，就得把小嬰兒從小屋裡給帶出去。但是她要怎麼辦到？」

被我這麼一問，信一郎笑著說道。

「黑井把小嬰兒帶出去的方法，就只有一個。」

「怎麼可能……」

「她帶來的那個紙袋。丁江不是也一度懷疑過這點嗎。」

「可是丁江看過袋子裡面了，也確認過小嬰兒不在那裡。」

「那就是表演魔術時所謂的檢查。」

信一郎像是在表演默劇那樣、做了個魔術師用手指著空箱子裡頭的動作。

「黑井有想到紙袋或許會被人懷疑的可能性。所以她自己弄倒袋子、讓丁江去確認裡面的情況。只要一旦被排除在懷疑對象之外，之後大家就不會再注意袋子了。」

「可是把嬰兒放進紙袋、然後離開小屋之前的這段時間內，黑井要把這孩子藏在哪裡？丁江和其他三名女性把附近一帶都找過了。即使只是小嬰兒，但通路B那邊應該也不存在可以藏匿的

㉗日文讀音同「黒い」（黑色的）。

場所。還有，除了通路B以外，感覺黑井也沒有能把小嬰兒藏到其他地方的機會。」

「嗯，確實沒有。而且其他的通路也只是展示品不同罷了，展區的結構都是一樣的。所以藏在其他藏匿地點的可能性也很低。」

「所以就更不可能了吧。」

我完全無法理解信一郎在想什麼。

「丁江他確實把通路的每個角落都搜過了，不過因為他心裡過度意識到要找出小嬰兒這件事，所以找的時候，視線從頭到尾都是朝下的。這也導致他因此忽略了上方，不是嗎？」

「你的意思是？」

「竹林的竹子。黑井將那些編織用的毛線球纏在小嬰兒的身上，然後往竹林上方一扔、小嬰兒就掛在竹子的上層了。接著等到丁江放棄搜索、催促大家先離開小屋時，她就留在現場。接著將擺放展示品的台子拉過來，站到上面把掛在竹子上的小嬰兒抱下來，再放進紙袋裡，之後在丁江等人發現之前趕上他們、一起從出口離開，最後趁隙逃走。」

我瞠目結舌地看著滔滔不絕的信一郎。

「可是為什麼、要做那種……」

「那個在祭典第一天引發騷動的男人其實就是山鹿。我想這個事實對於警方而言就像是個噩夢般的偶然吧。但如果從山鹿的情況來思考，他會引起第二起事件也是必然的。這個部分先擱在一邊，在這起事件之中還存在另一個無論是誰都沒有察覺到的偶然。」
「另一個偶然？」
「對，山鹿在祭典第一天曾搶走一個嬰兒，那個孩子的母親正是黑井。就是這個偶然。」
「咦……」
「第一天被搶走的那個孩子頭上腫了個包。被我們喚作黑井的這個女性，明明是夏天卻還是穿著一身黑的衣服。她佇足在食子鬼的木乃伊前面。紙袋裡裝了外觀呈現小小的袋狀、織到一半的編織物。她看到山鹿的時候還忍不住叫了出來。根據以上這些間接證據，能做出什麼推測？」
「也就是說，該不會是這樣吧，原本以為平安無事歸來的黑井的孩子，回到母親的身邊就不幸死去了。所以她才會身穿像是服喪用的黑色衣物、帶著為孩子準備的編織物，然後去看相傳是孩童守護神的食子鬼的木乃伊。就在這個時候，山鹿又再次惹事了，於是黑井一時情緒失控、就把小嬰兒給帶走——」
「真是出色的推理。」
信一郎附和完就接著說。
「那位被捲入事件的母親是當地中學的歷史老師。在食子鬼木乃伊前面和丁江交談時，黑井好像說了一段像是對朱雀地方的歷史知之甚詳的話。還有，她看了木乃伊之後嘴裡就自言自語著『不能讓孩子們看到呀』。據說那個歷史老師的孩子是她的獨生子。而這時她嘴裡說的孩子們是複數，這不就是在指她教的學生嗎？」

「原來是這樣……的確，她們很有可能是同一個人。可是，最關鍵的那個方法是不是太過離奇了啊？」

這讓我有些難以接受。

「說得也是。與其說是離奇，倒不如說是極為不自然吧。」

真是意外，信一郎自己竟然給出了否定的回應。

「不自然？可是這不是你自己說的嗎。不過，是哪裡不自然了？」

「小嬰兒完全沒有哭這件事。」

「……」

「就算睡得再怎麼沉好了，被人這麼一頓折騰的話肯定會醒過來的，照理說不就會開始哭了嗎？」

「說到最後，結果還是山鹿把小嬰兒帶走的嗎？因為你雖然提出了在山鹿之前有機會犯案的某個人，但是自己隨後又否定那個可能性了。」

我的回話方式有些諷刺，不過信一郎絲毫沒有動搖。

「這個我承認。不過啊，關於某個在山鹿之後有機會犯案的人物，我還沒有提出來呢。」

「你說之後？」

這個男人到底想表達什麼啊。

「這起事件所有的關係人——當然警察也包括在內——似乎都抱持一種奇特的先入為主觀念，認為倘若不是山鹿下的手，那麼就是在他動手**之前**就已經有某個人先把孩子擄走了。」

「這不就是因為山鹿逃走時經過通路B發現了小嬰兒，所以就迅速地把孩子一起帶走了嗎？」

「問題就在這裡。他為什麼必須把小嬰兒帶走？當時他很明顯就是在逃跑。沒錯，或許他在祭典第一天擄走了小嬰兒，可是這兩次的狀況並不相同。如果山鹿真的對小嬰兒出手，那就是得在小屋裡拿這個孩子當人質的情況。對於必須要盡快逃走的他來說，帶著小嬰兒什麼的只會成為累贅吧。」

「可是山鹿人跑了以後，其他人都待在一起，不管是誰都沒有那種機會……欸、該不會是……」

「沒錯。只有一個人有機會。就是為了處理傷口、先行離開小屋的桝尾。」

「怎麼可能……這說不通吧。那是他的孩子耶，哪有會想綁走自己小孩的父母啊。首先，他要怎麼避開其他人的耳目動手呢？就條件方面來說，他跟黑井一樣、不對，他的情況還更加嚴苛不是嗎？」

現在我也完全沉浸於解謎的過程了。

「這篇記述裡面提到的食子鬼乍看之下感覺就像是故事的核心。可是整篇讀完以後，只讓人留下如同裝飾性存在的印象。然而，或許在這之中其實蘊藏著極具暗示性的意涵也說不定。」

「這是什麼意思？」

「關於食子鬼的解釋總共提出了三種。第一種，那是傳說中的魔物，也就是架空的存在。第二種，是實際的動物。然後第三種則是人類。我也讀過藤森谷博士的著作，遺憾的是除了博士之外，針對朱雀地方進行研究的人實在太少了，即便到了現在，他的研究還是最受好評的。對日本的民俗學界來說實在太過可惜，不過這暫且不談，重要的是博士在《民間傳承資料集成・四　魔物》裡所記載的跟食子鬼有關的解釋。他的論點就是食子鬼正是人類，而且大多數的情況都是孩子成為犧牲者的父母。」

「可是，為什麼會對自己的孩子下手？」

「殺子[28]。這在過往的年代並不是什麼罕見的事情。那樣的事實轉變為這種傳承，然後流傳到後世。這也是常有的現象。」

「這件事跟栤尾又有什麼關係？」

我感到有些焦急。雖然我對食子鬼的解釋很感興趣，但是這跟現實中的事件好像沒什麼關係吧。

「所以我才會說這裡面帶有暗示性。不過換成栤尾的場合就不是他親生的孩子——」

「你說什麼……」

「枡尾和丁江曾有過這段對話吧。」

信一郎指著《迷宮草子》裡相關的段落。

「在這裡。他們聊到枡尾的妻子生產時的話題，他曾表示：『恕我冒昧舉個不是很恰當的例子。我曾經這麼想過，即便同樣是由妻子所生、但卻是其他男人的孩子，我肯定不會關心到這種地步的吧。』在此之前，丁江也寫下『他與在醫院認識的夫人是他當了介入感情的第三者才結婚的』這樣的記述，你不覺得這裡面的意涵很耐人尋味嗎？」

「也就是說，那個小嬰兒是枡尾夫人跟結婚前交往對象的孩子，然後枡尾發現了這件事嗎？」

我雖然開始接受了，卻又立刻浮現疑惑。

「可是再怎麼說，你覺得他會因為這樣就想辦法處理掉那個孩子嗎？」

「這就是沒有另一半、也沒有小孩的我們難以想像的處境了。只不過啊，人在犯錯還有進行被稱為犯罪的行為時，並不是每個人都一定會懷抱能讓所有人都接受的理由的。」

話是這麼說沒錯——

「驅使枡尾這麼做的，恐怕就是你我和人在現場的丁江都無法理解的動機吧。不過現在我們

㉘此指在生活水準較低與環境不富裕的時代，為減輕經濟負擔與人口壓力所出現的引產、遺棄嬰兒或殺子等行為。

能做到的，就只有以這篇記述中提取出的資訊為材料，來研究見世物小屋的事件。如此一來，我們就會理解比起最難看透的動機，針對最容易推測的機會來進行思考，會是最為適切的推理方式。」

「原來如此。所以，存在下手機會的就是黑井和栴尾嗎？」

「但是以黑井來說，即便她有機會，卻沒有犯案的手法。」

「可是栴尾有辦法做到？」

雖然我並不是懷疑信一郎，但還是繼續說下去。

「栴尾確實和黑井一樣都有下手的機會，這點我承認。可是比起黑井，他的條件應該更加嚴苛許多。以黑井的場合來看，若是山鹿引發事件之後她還留在通路B的話，我想就會有一定程度的時間可以運用，這是因為大家的注意力都聚焦在通路A的山鹿身上了。不過栴尾或許能比其他人快一步從通路A移動到通路B，但是要不了多少時間，丁江等人也趕到了通路B這邊，所以幾乎沒有可以對小嬰兒動手的時間。」

「這倒是，時間不夠用呢。」

因為信一郎坦率地承認了，我也就一個勁地說了下去。

「沒有時間，而且也沒有藏匿的場所。狀況再糟一點，就算他是孩子的父親好了，小嬰兒也可能會突然哭出來。在那樣的情況下，我們還能認為是栴尾把孩子帶走的嗎？」

「有一個不會花費時間、小嬰兒也不會哭泣、而且大家絕對不會去找的地方。」

「怎麼可能……」

「不光是丁江他們，就連對警方來說也完完全全就是盲點的地方，就只有一個。」

「在哪裡？」

「嬰兒車裡面。」

「什麼！」

原本我還以為他在開玩笑，但看起來好像不是那樣。

「就是因為小嬰兒不在嬰兒車裡面，所以才會引起這麼大的騷動吧。」

「沒錯，正是因為如此，所以絕對不會有人去檢查嬰兒車的。這不就是最安全的藏匿地點嗎？」

「你想說的是這個意思吧。明明小嬰兒還待在嬰兒車裡面，可是桝尾卻裝作孩子不見了、引發了這場動亂。」

「不對，不是那樣。這也是一種手法，但是行不通的。桝尾夫人會先檢查裡頭，而且丁江和警察至少也會確認一遍吧。」

「所以……」

信一郎舉起一隻手，制止了我這個理所當然的疑問。

「在那種情境下的動機、機會與手法，全部兼具的就是桝尾了。那麼，他究竟是怎麼營造出**那種情境**的呢？」

「嗯？能夠讓桝尾帶走小嬰兒的情境——你是這個意思嗎？」

「沒錯。」

「事到如今你還提這個，不就是山鹿他開始鬧事後……啊，對耶。桝尾也好、其他的人也好，應該沒有人能預料到見世物小屋裡面會發生那樣的大騷動吧。因為太過理所當然，反倒讓人疏忽這一點了。」

「也就是說，桝尾打從一開始就打算讓那孩子消失，所以才會來參加祭典的。他不過就是利用了偶然發生的山鹿事件而已。」

「可是，他要怎麼做？」

「靠那台有雙層底結構的嬰兒車囉。」

「咦……」

信一郎開始翻起了《迷宮草子》。

「丁江有寫到。那台嬰兒車是桝尾特別訂製的款式。他們在爬石階的時候，丁江曾經想幫忙他一起搬，可是卻被堅決地拒絕了。事件發生之後，他還硬是想把那台嬰兒車帶出見世物小屋。」

「桝尾原本的計畫，是打算在嘈雜擁擠的祭典現場運用嬰兒車的機關，來塑造小嬰兒被綁架的情況嗎？結果碰上了山鹿那起事件，當下他判斷可以利用，於是就變更了計畫。」

「在通路B的下一個區域，古葉發現了藍色的小孩用毛毯。就像丁江的記述中所提到的，那原本是放在嬰兒車裡面的東西。然而，後來在小嬰兒已經消失的嬰兒車中留下的卻是淡紫色的毛毯。那麼這條淡紫色的毛毯到底是從哪裡跑出來的呢？」

「……」

「淡紫色的毛毯大概是嬰兒車雙層底結構空洞的填充物吧。把嬰兒放進去後就會拿出來。桝尾打算把淡紫色的毛毯處理掉，結果搞錯了、把藍色的毛毯丟向了通路B的另一側。」

「即使這麼做也會馬上就被發現的。」

「最令桝尾害怕的就是讓桝尾夫人察覺到那條來歷不明的毛毯。所以在缺乏時間的情況下，總之他也只能先把毛毯扔到通路B的另一邊。因為他不能丟向桝尾夫人等人所在的通路A。對他來說最為幸運的，就是夫人陷入了恐慌狀態，根本無暇顧及什麼毛毯了。」

「關於那台最關鍵的嬰兒車，委託製作的時候難道不會讓人起疑嗎？」

「告訴對方要製作成雙層底的結構，聽起來感覺就瀰漫著犯罪的氣息。可是只要在委託時說明那是收納奶瓶、尿布的地方，就不會讓人覺得可疑了。而且桝尾也有所防範，特地去到跟訂製嬰兒車不同的地區偽造誘拐事件。這一點也讓我覺得他的思考很縝密。」

起初我還在思考他到底要說什麼，但一路聽到最後也覺得有其道理，最後也就接受了。

然而，信一郎的樣子突然變得很奇怪。

「在極具暗示性的舞台設定中發生了事件。極具暗示性……」

重覆說著同樣的話之後，他像是在窺探什麼似地把頭歪向一邊。

「你怎麼了？」

即使我喊他，他也毫無反應，就在我打算再次開口時……

「噓～」

他把右手食指擱在嘴唇上，就這麼聚精會神地聽著。

「開始了嗎。」

什麼——正打算這麼問，這時我也意識到**那個**了。

嚓嚓嚓嚓……

偏屋外頭響起了奇怪的聲響。

「那、那個是？」

「其實我從傍晚開始就聽到了。起初我也不清楚那是什麼聲音。不過，後來就跟星期一那時的狀況一樣，突然傳出了小嬰兒的哭聲。連同剛才那個腳步聲一起繞著偏屋的四周響起……」

我在倉庫裡的恐懼頓時甦醒了，背脊突然顫抖，同時還被憤怒的情感給禁錮。

「可、可是，謎已經解開了不是嗎？」

這不可理喻的情況讓我相當生氣，但說到底，怪異這樣的東西原本就是不講道理的。而且我心裡也明白，自己的反應和恐懼的念頭其實也是互為表裏。

「對了，暗示性。而且當時的朱雀神社還有另一個只能用暗示性來形容的存在。」

「你到底在說什麼啊！」

感覺那繞行偏屋周圍的腳步聲，正從一個大大的圓圈逐步地越縮越小，聽起來就好像每繞一圈之後，就更加朝著我們步步進逼。

「到底怎麼了？你的解釋錯了嗎？」

「似乎是這樣呢。」

「沒辦法推導出其他的推理嗎？」

「推理——與其這麼說，或許應該說是我的妄想。」

「是妄想還是什麼其他的都好，總之你趕快解開這個謎團！」

我忍不住放聲大喊。

嗚哇哇哇哇……

彷彿是在回應我的叫喊，外面響起了小嬰兒的哭泣聲。

因為現在我人在偏屋裡面，所以聲音比起在倉庫聽到時還更小。可是，這跟聲音的大小毫無關係，我全身上下瞬間爬滿了雞皮疙瘩。

「信一郎！」

我淒厲地叫了出來。

「桝尾有動機、有機會、還有手法。」

可是他好像完全沒有看到我這個朋友當下的樣子。

「因為他打從一開始就計畫要假造小嬰兒的綁架事件。到這裡都沒有問題。接著偶然發生了山鹿那起事件，於是桝尾立刻就利用了這一點。以上是我的解釋。不過，這是以山鹿的事件為中心去思考的結果，如果換到桝尾這一邊來看的話，整個狀況可以說是極度不自然。」

「為什麼呢？」

總之，即使只能推進一點，現在也必須要盡可能讓他的推理延續下去。於是我在這時插了話，催促他繼續往下說。

「桝尾從一開始就有這種想法，所以完全沒有到了緊要關頭才順勢搭上偶發性事件順風車的必要。更何況只要逃跑的山鹿被抓到了，偽裝綁架一事就會東窗事發，他沒有必要去做那種危險的事情。在桝尾的計畫中，來參加祭典的不特定多數觀光客之中藏著犯人，像這種非常難鎖定的情況才是最大的優勢。即使桝尾知道山鹿一定會逃走，他應該也絕對不會把山鹿設定為犯人。」

「意思就是，真正的犯人另有其人……」

「沒錯，而且這個真正的犯人利用了偶然發生的山鹿事件騷動。」

「到底是誰啊？」

「就是丁江夫人。」

「……」

我不發一語，凝視著信一郎。

「她就是把孩子給擄走的人喔。」

「但、但是，她不是沒有機會嗎？」

信一郎真的弄明白了嗎？真的解明一切了嗎？這場怪異現象就此打住了嗎？恐怕，現在已經不容許再次失敗了……

「確實依照順序，黑井、山鹿、桝尾都有機會。不過，除了這三個人以外的其他人要帶走孩子，怎麼想都是不可能的。還是說丁江察覺了妻子的行為，所以從旁協助她嗎？」

「不，並非如此。對於妻子如此無法無天的行為，丁江應該完全不知情。這篇紀錄是按照當時的時間經過來記述的，所以我覺得當時他的心情和周遭所發生的事都不存在欺騙或誤導。」

「這樣一來，可能性就更低了吧。」

「雖然這非常微妙，但假使她有機會的話，確實就只能認為是在**這個時候**。」

「什麼時候？」

「就是山鹿引起騷動，大家都聚集在通路A的時候。」

「可是……」

「聽好了，事件發生的時候，首先是桝尾先跑過去，之後聽到他的哀號，桝尾夫人就跟在後面，接下來就是丁江夫婦了。當時丁江用『於是我也催促妻子、緊跟在他們兩人後面』描述當時的情況。意思就是，他覺得妻子是跟著自己一起過去的，對吧？然而他的妻子卻留在現場，而原本被認為留到最後的黑井卻先到了。證據就是，丁江在通路A回頭後所看到的並不是自己的妻子、而是黑井。他寫下的是『一轉過身，就看到剛才那個身穿黑衣的女客人就站在那裡，她的雙眼正凝視著醉漢』這段話。」

「能夠證明這件事的黑井在事件的最後就消失了，所以無法確認。可是她為什麼要逃走呢？」

信一郎一臉「這沒有什麼」的表情。

「姑且先不談孩子是不是真的死了，但黑井跟祭典第一天被山鹿搶走孩子的那個母親就是同一個人，我認為這個解釋沒錯。因此，心想不要再跟山鹿這個男人扯上關係的她，就這麼悄悄地離開了。」

「原來是這樣，黑井的部分我了解了。桝尾湊齊了動機、機會、手法等全部的條件，但是在那個狀況下實行很不自然，這個論點我能認同。我也理解山鹿被排除這件事。所以也認同在剩下的人裡面，握有機會的就是丁江夫人。」

「很好。」

「但是，為什麼丁江夫人非得要擄走小嬰兒不可呢？在那種狀況下又該怎麼做才能成功把人給綁走呢？」

圍繞著偏屋的圓正在逐漸縮小。即使待在房間裡，卻彷彿連皮膚都能感受到那種不祥的氣息。就像是在呼應一樣，令人不適的哭泣聲開始頻繁地響起。

或許已經沒有多少餘裕了。

「信一郎，究竟是怎麼樣啊？」

「對，其他的人裡面，有這個機會的就只有丁江夫人而已。可是，為什麼？還有，怎麼辦到的？也就是說，動機和手法為何？」

「你解開了嗎？」

「以她的情況來說，最有意思的就是動機＝手法這個事實。」

忽略了我的焦慮和膽怯等情緒，信一郎依舊埋首於解謎。

「我在提出犯人是桝尾時，曾說過現場有個地方可以完全成為在場眾人的盲點，就是那台嬰兒車裡面。」

「嗯嗯，沒錯。」

「我要修正一下。實際上還存在其他的盲點。」

「在哪裡？」

「嬰兒車裡面之所以會成為盲點，是因為那裡是小嬰兒消失的地方。因為如果真是如此，那孩子就是從他原本應該待著的地方消失了。」

「那個瞬間，大家都認為應該在其他的地方，所以就沒有再確認嬰兒車裡頭的狀況。可是，桝尾不是犯人吧。」

「嗯，丁江夫人應該也不知道那台嬰兒車的機關。」

「這樣的話……」

外面傳來的哭泣聲又變得更加響亮。那個聲音以小嬰兒來說也太粗了，簡直就像是野獸的叫聲……

「有一個比嬰兒車裡面更適合藏匿小嬰兒的場所。」

「到底是哪裡啊！」

我像是要削減那令人畏懼的咆嘯聲般叫喊著。

「丁江夫人的肚子。」

「……」

「坦白說——」

信一郎稍微探出了身子。

「在說明桝尾是這起事件的犯人的那個階段，我覺得自己已經幾乎解開了事件的謎底。只不過，另一方面又好像對某個部分感到耿耿於懷。不過感受太過籠統了，所以我對於那個部分究竟是什麼也完全沒有頭緒。」

「你現在弄清楚了嗎？」

「就是這篇記述。」

「……」

「丁江依據他描述的動機所寫下、記錄下來的內容裡並沒有刻意捏造。我認為這一點無庸置疑。可是，你不覺得有某些地方不太自然嗎？」

「這話怎麼說？」

被信一郎這麼一問，雖然只是轉瞬之間，但我竟然忘卻了包圍偏屋的怪異現象。

「你想想。丁江夫人懷有身孕，可是丁江在結識桝尾以後，竟然還讓自己的妻子獨自走在鋪設礫石的參道上。當然，桝尾夫人就在她旁邊沒錯，只是一般會放任第一次懷孕就流產的妻子走在原本就很容易摔倒的路上嗎？爬石階的時候也一樣，丁江甚至還想去幫桝尾搬嬰兒車呢。還有進去見世物小屋的時候也是，他完全沒有留意妻子的動態。」

「身為一個曾經流產的孕婦的丈夫，這些舉止太不自然了。」

「丁江在中之門回頭的時候，妻子正在用奶瓶餵桝尾夫婦的孩子喝奶。看到這樣的情景，他覺得很憐惜。如果丁江夫人真的有孕在身，而且不久後就要生產的話，他這時萌生這種情緒不是有些奇怪嗎？」

「那是對失去孩子的妻子所抱持的情感嗎？」

「另外，如果丁江夫人有身孕，她應該會出現孕婦特有的頻尿生理現象。然而，實際上在通過不方便找洗手間的參道和神社境內時，都完全看不出那種感覺。就連枡尾夫人去洗手間的時候，她也沒有一起跟去。」

「丁江夫人並沒有懷孕，只是她自己裝成有身孕的樣子……」

「就是這樣。很顯然丁江這個人似乎是很認真的性格。」

「嗯？」

「仔細讀過這篇記述就能了解了。他並沒有在內容中的任何一個地方提到妻子當時懷孕了。他很清楚妻子在演戲，然後自己也在配合她。」

「啊……」

「恐怕是流產所帶來的衝擊導致了嚴重的精神官能症。她之所以會頻繁地住院又出院，想必看的也是精神科。丁江會擔心妻子那與一般人不同的身體狀況，指的也不是懷孕，而是精神方面的問題。」

「那算是一種假性懷孕嗎？」

「她在那起事件之後生下了朔次。從朔次意外身故的年齡逆推回去，丁江夫人在到訪朱雀神社的時候應該就已經懷孕了。只不過夫婦倆都沒有注意到這件事。要是能早一點知道妻子已經懷孕就好了……寫下這篇記述的時候，丁江的腦海裡應該也浮現了這個想法吧。這樣的心情，也在『果然在那個時候，我們夫婦倆和妻子腹中的朔次，都被食子鬼的邪氣給侵襲了吧』這句話中表露無遺。」

「這真是諷刺啊。如果能晚一點遇見桝尾夫婦的話，就不會引起那樣的悲劇了。」

「很可能那個時候的她非但沒有從精神官能症中恢復，還因此逃向了幻想的世界。已經流產了，卻還繼續做著小孩玩具的家庭代工，這種情況還是不太尋常吧。雖然只是我的想像罷了，但她或許是把家庭代工會經手的玩具球切成兩半，然後將淡紫色的毛毯當作填充物塞進去、裝在肚子前面扮成孕婦的樣子吧。」

「原來那條毛毯是從那裡拿出來的啊。」

「所以到了食子鬼起源碑前面，丁江夫人抱著肚子喊出『寶寶……』後蹲了下來，那個時候丁江就很擔心。他很怕這起事件會帶來不好的影響，讓妻子的精神疾病越來越惡化。因為即使只是假裝懷孕，可是她還是會說出『流產會成為習慣』之類的話。」

「這也不無可能。」

「然而，當他擁著妻子、手摸到妻子的肚子時，就感覺到自己的手被小嬰兒踢了一下。那個瞬間他就完全明白一切了。」

「……」

「一想到丁江當下的心情，我就覺得毛骨悚然。」

「我有同感。」

「所以在那之後的記述，他無論如何都沒辦法再繼續寫下去了。」

「也就是說，丁江夫人把孩子給擄走，全都是一時衝動的行為吧。可是那個孩子怎麼沒哭出聲呢？該不會是她做了什麼……」

我一邊說著、意識似乎也有一半飄往了外頭。不知不覺間，腳步聲、哭泣聲，好像都停下來了。

「因為丁江的手感受到小嬰兒的動態，所以我想她應該沒有在小屋裡做什麼手腳。或許，丁江夫人給孩子餵食了微量的安眠藥也說不定。」

「她是怎麼做的？」

「用奶瓶給孩子餵奶的時候。」

「……」

「丁江夫人流產以後就出現了失眠的問題，所以從醫院那裡拿到安眠藥處方的可能性很高。而且丁江任職的就是製藥體系的公司，如果妻子極力拜託的話，應該也會幫她弄來吧。在這種情況下，當她一見到桝尾夫婦的孩子時，可能就萌生了要搶走他的念頭。接著因為得利於在見世物小屋裡偶然遇上的機會，所以就在衝動的驅使下帶走孩子。或許在那個時候，她的內心也出現了這就是自己孩子的妄想吧。然而關於真正的動機，可能連丁江夫人自己也不曉得。」

「呼……」

我深深地嘆了一口氣，然後神色恍惚地看向信一郎。我從剛才開始就豎起耳朵仔細聽著，但是外面並沒有再傳來任何的聲音。

「你認為那個孩子後來怎麼了？」

眼下總算有了餘裕，所以我問起事件發生後的後續。

「這個嘛……從丁江的立場來思考，在離開朱雀地方之前，應該不會想讓其他人看到這孩子吧。不過即使如此，也不能一直像這樣藏在妻子的衣服下。所以有沒有可能是放進包包裡呢……」

「這太過分了。」

「不管怎麼說，在盛夏把孩子放進密不透風的空間裡，而且還必須持續藏起來好一段時間，因為孩子很可能又會突然哭起來，所以或許又餵了他安眠藥。檢視各種情況之後，很遺憾，或許也只能說那個孩子的安危近乎絕望了。」

「用自然死亡這個詞彙好像不太妥當，或許就這麼持續衰弱、然後死去……」

「嗯……讓我在意的是丁江家庭院裡的那座供養塔。」

「那不是為了那個流產的孩子而蓋的嗎？」

「這也有可能，不過在這篇記述裡只提到是為了孩子而建的。舉例來說，妻子終於從流產的衝擊中走出來了，內心也恢復了平靜，所以重新蓋了孩子的供養塔，這樣的話在世間看來也沒有什麼不自然的。」

「原來是這樣啊，確實如此呢。」

信一郎斜著眼睛看向已經接受這個論點的我，樣子看起來好像還在思考著什麼。

「對了！桝尾他知道啊。」

「什、什麼？」

「他是小兒科醫師，不太可能沒發現丁江夫人是在假裝懷孕。」

「這、這麼一來，那他……」

「看到對方做出奇特的行為舉止，一開始他或許會感到訝異吧。不過桝尾自己的肚子裡也藏著某種祕密，所以並不打算多生事端。」

「然後在事件發生之後，他很快就察覺了真相。」

「不過他就打蛇隨棍上，讓事情就這樣自然而然地發展下去。」

說到這裡，信一郎彷彿停止了一切的思考行動、筋疲力盡似地靠在座椅子上，抬頭望著天花板。

「到最後，當時進去見世物小屋的九個人當中，山鹿、桝尾、丁江夫人這三個人，內心都蘊藏了某種邪氣。這或許是食子鬼的木乃伊經由殘留在起源碑上的魔力，強化了他們身上的邪氣也說不定。無論哪一個人成為犯人都不奇怪——那個時候，現場一定被這樣的氛圍給籠罩著吧。」

「得救了啊……」

我也跟著把臉抬起來，用氣力放盡的語調喃喃自語。

「是啊……」

信一郎回應的聲音也很疲憊，一點精神也沒有。我們兩個就這麼望著天花板發楞，持續了一段時間。

外頭傳來的，只剩下天皇陵的樹木隨風搖晃的沙沙聲響。包含飛鳥家在內的竹暮町一帶，只瀰漫著靜謐。

風勢好像增強了。和那低鳴交織在一起、在偏屋周圍繞圈的**那個**腳步聲，又再次嚓嚓嚓嚓地……響了起來。

「喂、喂……」

就在我猛然從座椅子上彈起身子、將目光轉向信一郎的同時……

嗚哇哇哇哇哇哇哇哇哇哇哇哇哇……

偏屋的玄關那裡響起了哭泣的聲音。

「信、信一郎！」

「……」

「還、還沒有結束嗎……」

那陣哭聲就這樣直接來到了走廊。

「你的解釋錯了嗎？」

「……」

「這起事件還有其他的真相嗎？」

「……」

「信一郎！」

緩緩轉向我之後，信一郎用相當沉著、平靜的聲音這麼說道。

「那個孩子就是朔次。」

第三章　「作爲娛樂的殺人」

泥　重井

心裡覺得

想要殺掉一個人的時候

你一個人嗎……

……朋友來訪了

殺害好友。

到底是從什麼時候開始被這種念頭給附身的呢？如果覺得開端是起因於夢野久作(ゆめのきゅうさく)[29]的獵奇歌的觸發，那麼也可以認為是這首歌喚醒了打從很久很久以前就在內心深處沉睡的衝動。時至今日，我已經搞不清楚到底是源自於哪一邊了，但是這樣的想法肯定是日漸擴張的。

殺害好友——

但是這種情況下最為重要的，就是我絕對不會對自己某位特定的好友萌生殺意。也就是說，只要是好友，對象是誰都無所謂。我對於「殺害好友」這樣的行為很感興趣，這種興趣到了今天已經演變成無法忍耐的衝動之一、從內心深處噴發出來。

殺害好友——這種行為到底是哪裡深深地吸引我呢？

我的背後是公寓房間裡唯一的窗戶，外頭直到剛才都還持續下著猛烈的大雪，感覺現在雪片還在紛紛飄落。掛在牆上的骨董鐘，指針就要來到凌晨一點。明明剛剛才洗完澡，身體卻又冷了起來。關掉房內的燈，拉開窗簾、看向窗戶外頭，佇立在小巷弄旁的街燈散發著朦朧的光輝，讓靜謐中持續降雪的幻想風景隱隱約約地浮現出來。或許鎮上所有的住宅屋頂，已經半片黑瓦也不剩，悉數被改塗上了雪白吧。

我將窗簾拉上，打開了燈，再次把腳伸入暖被桌內，並且將身體靠在擺在窗邊的桌子上。在如此美麗的雪花起舞之夜，獨自思考著「殺害好友」這件事的我，會是精神異常的人嗎？

殺人這種行為好像可以大概區分成兩種類型。一種是被嫉妒或怨恨所引發的一時情緒給驅使，因而殺了被害者的激情犯罪型；一種是對被害者所抱持的劣等感或嫉妒等情緒漸漸累積，導致精神層面的糾葛，接著陷入非得殺了被害者的心理狀態，最後做出這就是最佳方法的結論，此為危機犯罪型。

接下來我要採行的殺人行動，就分類來說或許包含在危機犯罪這一類。然而我想殺掉好友的心情，卻不是精神方面的衝突糾葛所帶來的產物。確實，我想殺了好友這件事，對現在的自己來說就是最棒的行為。我得出了這個結論。但是儘管如此，我也並非是處在若不執行這個行動，就會整個人灰飛煙滅這種被逼到絕境的精神狀態。而且剛好完全相反。我是為了自身的愉悅，才會進行這種作為娛樂的殺人。

㉙日本作家，推理小說四大奇書之一《腦髓地獄》的作者，以洋溢怪奇幻想氛圍的風格而聞名。「獵奇歌」是他歷經多年於多本雜誌連載的短歌創作，包含未連載的作品在內共超過400首。本章開頭就是其中的一篇。

現在我面前的暖被桌上擺了一本書。是在推理懸疑題材相關的書籍中也赫赫有名的《Howard Haycraft：Murder for Pleasure》。這是我在思考跟殺害好友相關的事情時經常翻閱的書。當然，我非常理解它的內容是關於本格偵探小說的研究與評論。不過我是在幾年前於一間專營外文書籍買賣的舊書店、付了對學生而言絕對無法說是實惠的金額才買下它的。全都是因為它的書名被譯為《作為娛樂的殺人》。這個譯名也表現出接下來我即將採取行動的真正意涵。

也就是說，我從現在起即將要進行的，就是為了殺人而殺人，一種純粹的殺人。雖是如此，但並不是殺掉誰都可以的。說到底，這個要被殺的人對我來說必須得是好朋友才行。沒錯，從我的角度來看，此人必定得是能以真正的摯友來稱呼的人物。只要是眾人都公認的人物，是哪個人都沒關係。置於這個限制條件下的無差別殺人，這樣的特殊性就是深深吸引我、令人難以自拔的殺害好友行為的最大特徵。

那麼，我透過殺害好友所獲得的愉悅究竟是什麼樣的東西呢？不，怎麼想都無法只用愉悅這個詞彙來表示吧。到底有沒有人能夠理解這難以用言語形容的異常狀態呢？即使真的有這種人好了，會深入探究再進行思考的人肯定也很罕見吧。更何況還要進展到實際執行的階段，能做到的人恐怕就只有我一個了。對於這個事實，我有充分的理解。但事到如今，我已經無法將視線從如此富有魅力的殺人行為上移開了。

舉例來說，你在某個深夜拜訪了好友的公寓。那時他正獨自一人沉浸於書海文字之中。其他房間的房客不是已經入睡、就是出門去了，沒有任何人會妨礙你們兩個。在這間公寓裡還醒著的，就只有你，還有他。專屬於你們兩個人的空間與時間就在這裡。兩人沒有談論別的，就是針對文學進行交流。萬籟無聲的夜幕之中，能聽見的唯有彼此低聲交談的聲音。夜色漸濃、張開了漆黑的大口，將你和他的空間給一口吞下。在那裡面，只有兩個人的聲音虛無地持續響起。

此時此刻，你不會突然浮現這種想法嗎？

（即使現在殺了這個傢伙，也不會有人懷疑我的……）

你並沒有對這個朋友抱持嫉妒或劣等感，當然，也完全沒有萌生殺意之類的念頭。反倒是眼前的友人對自己來說可是眾人公認的至交，你們之間的關係不存在任何的紛爭。如果這個朋友死了，也不會為你帶來什麼好處。兩人之間也沒有利害關係。彼此締結的就只有精神面的朋友關係而已，是光靠著這一點就成立的摯友般存在。而這些條件越是徹底，對於殺害好友這件事而言就具有更大的意義。

假設你已經決定要殺了某個人，如果是能構成計畫型危機犯罪的場合，你應該會為了一些問題而感到苦惱。除了要針對自己能做到的殺人手法和犯案的機會經過一番深思熟慮以外，還得想想該如何讓自己被排除在嫌疑人的範圍之外。

然而，大多數的犯罪者都是屬於激情、衝動犯罪型。犯案時並沒有長考的餘裕。充其量就是殺人之後才要執行一些突然靈光一閃的計策，所以也無法否認其手法之拙劣，而且也很容易被警方看穿一切。即使如此卻還是想逃離法律的制裁，那麼就只能祈求偶然的神助或好運降臨在自己身上了。

話說，要說計畫型犯罪者就是絕對安全的，實際上也並非如此。倒不如說我想讓各位了解的，就是越是冷靜地制定計畫、讓自己被排除在嫌疑人的範圍之外，使得一起殺人事件走入迷宮；或是將罪行嫁禍他人、把調查帶進錯誤解決方向的完全犯罪計畫之類的，光靠一個人的力量終究是無法完成的。

雖然這很像是悖論，但經過反覆深思熟慮的縝密計畫，因為其中的細緻性讓其反而成為不完全犯罪的可能性也是很高的。何以見得？因為無法保證所有的事情都會在犯案時完全遵循人們的想法去推進。無論是思考再怎麼徹底的規劃，也沒辦法連同偶發事件一併歸納到計畫當中。就因為設計方面毫無偏差，所以只要引起些微的突發事件，俯仰之間就可能造成致命傷。最重要的，就是一個毫無經驗的人所想出來的完全犯罪計畫之流，看在專業的警官或搜查官的眼裡不過就是紙上談兵罷了。

而且假使計畫成功了，終究也只是一個人的頭腦所孕育出來的規劃而已。即使這個犯人是稀世的天才犯罪者，擺在複數的頭腦和集團的搜查行動之前，絕大多數的犯罪計畫都會因此崩解的。不，不必勞煩那麼多的人手，如果有個擁有天才偵探眼光的人物出現了，那麼也有可能就直接宣告事件結束了吧。

基於這個原因，如果即便殺人也不會被捕的完全犯罪殺人計畫真的存在的話——雖然這和前述的內容有所矛盾——那就絕對不是計畫型的產物，應該會是擁有包含偶然要素在內這種可能性的激情犯罪型案件。若是偶然發生的事情，無論是再怎麼天才的偵探，也只能就邏輯面來展開推理。意思就是，完全犯罪要能成立，這樣的極端相反論調要因是不可或缺的。

那麼，我要在這裡把話題帶回殺害好友這個迷人的想法。殺人手法不必特別講究。由於這裡頭完全沒有普遍的殺人事件中所謂的殺意，所以採行什麼樣的殺害手段都是可以的。如果硬要說的話，還是會希望盡可能達成藝術般的殺人吧。此外，關於殺人的執行時程，不要設立多餘的計畫會比較妥當。要做好隨時隨地都能動手的準備，然後一邊窺探機會。只要「就是現在」的情勢一出現就立刻執行。必須以這樣的心態來面對。留意目擊者和殘留下來的物證，剩下的零碎事項等就靠臨場隨機應變來處理。事情不要規劃得過於詳盡。因為如果一個不留神，就可能因為殺人的亢奮導致你幾乎無法對大部分的計畫有所應對。

發生殺人事件後，警方就會展開各式各樣的搜查行動，其中也會圍繞著被害人的人際關係，徹底針對怨恨、金錢、感情等層面進行調查。能否經由動機讓嫌疑人浮上檯面呢？警方會為這個推論竭盡心力。

然而，首先我就不會被懷疑。這是因為我完全不存在任何常識範圍內能想到的動機。為何身為被害者至交的我有殺掉他的必要呢？所以一開始我就會完全被排除在嫌疑人清單外頭。就算出現了對我極其不利的間接證據，只要他們無法解決動機的問題，我就是絕對安全的。

或許這裡會有人說出下面這種愚蠢的言論。

「如果是這樣的話，那一開始就選擇先前完全沒見過也不認識的人來殺，不是更好嗎？即便再怎麼說是毫無動機，比起殺害自己周遭的人，不預設條件、選擇一點關聯性也沒有的人來殺，不是更加安全嗎？」

可是，我想要在這裡嚴正地告訴各位，這是不一樣的。那種像是隨機殺人魔般的殺人行為實在荒謬、也愚不可及。那種低級的殺人手法根本就連流下一滴血的價值都沒有。是啊，這個方法比較安全，而且讓案情踏入迷宮的可能性也很高。然而我所追求的絕對不是覬覦鮮血的殘暴殺人。

我向各位坦誠以告，對於在犯罪史上留名的諸多殺人者——開膛手傑克、哈里・霍華德・賀姆斯、「浴缸的新娘」事件的喬治・約瑟夫・史密斯、「杜塞道夫的怪物」彼得・庫爾滕、紐澳良的斧頭男、「波士頓的絞殺魔」艾伯特・迪薩佛、艾德・蓋恩、泰德・邦迪等人——我抱持著難以言喻的共感與情感。不過，我終究只是把這些視為自己大腦內的一個現今世界裡所發生的事情而已。我雖然崇拜著稀世殺人魔們手下罪行的悽慘、淫靡、怪奇的殘虐與瘋狂，但如果它們以具體的形態出現在我面前的話，我也只會感受到無止盡的不快與噁心感。

現在說這個有些唐突，我的房間是四疊大小的房間。雖然在這一帶就是常見的學生公寓，不過真的非常狹窄。入口處有一個像是土間[30]的空間，房間也由此往裡頭延伸。踏進房間裡的印象就像是鰻魚的床鋪，入口處的對側就是唯一的窗戶。擺在窗邊的桌子，入冬之後就可以當成使用暖被桌時的靠背。

靠著桌子環視室內，或者是鑽進被窩裡再睜開眼睛，都會感受到極為誇張的壓迫感。儘管是如此狹小的房間，右側那面牆還是從地面堆起了數量驚人的書籍、直達天花板。而且這些書不僅僅是一本一本往上疊起，甚至還一疊一疊往前堆。根本就像是聳立著兩層、三層的書本壁壘。書籍大致上是以古今的偵探小說和怪奇幻想小說為首，再從犯罪學與異常心理學相關的出版品跨越到黑魔法的領域，廣義來說就是推理懸疑類型的書籍。

從煽情的犯罪紀實到撰寫筆法相當客觀的犯罪紀錄，藏書涵蓋了許多以現實事件為題材的書籍。然而這些對我而言全都算是「故事」。這些實際發生過的事情確實能勾起某種興奮感，但絕非超越了架空幻想、不過也並非遜於架空幻想。我就只是把它們視為一個殺人故事來吸收罷了。

話題好像有些偏離了。讓我們再回到那個殺害好友的計畫吧。

我並不是單純享受殺人這種行為。如果我真有那種衝動的話，現在就會手持銳利的刀子、在入夜後的街頭暗處肆意橫行，並且引發獵奇的連續殺人案件吧。

[30]傳統日式屋宅中與地面同高、沒有鋪設地板的泥土地面，介於戶外與屋內起居空間之間的區域。於現代住宅中多轉變為鋪設地磚或混凝土的玄關形式。

如果只是想像的話，獵奇殺人倒也不壞。只不過，能讓我感受到更勝於此、無法靠言語描述的興奮感的並不是殺人行為本身，而是在於**動手之前**以及**犯行完成**以後。

所謂的「之前」便是現在這個瞬間、思考殺害好友一事的幸福時光。在不遠將來的某個時刻，來到和自己決心要殺掉的好友對峙的剎那，於兩人交談之際，在俯仰之間窺得下殺手的機會，然後就是決意動手殺人的臨界點——啊，到了那個時候，我的精神狀態究竟會變得如何呢？光是像這樣在腦海裡描繪就讓我陶醉不已了。

接下來，在實際殺掉對方之後——因為友人被殺而感到悲痛，進而意志消沉的我；因為沒有怨恨也不存在利害關係的親友這個立場，被排除在嫌疑人清單之外的我；作為對方的知心好友，向被害者的遺族或朋友表達哀悼的我；被警方偵訊、表示對犯人的事情完全一無所知的我。一想像事件發生後的自己，就漸漸地湧現出宛如性興奮般的歡喜念頭。

若是再來比較一下殺害好友的前後情境，比起「之前」，更具魅力的果然還是「之後」吧。我在那之後所抵達的世界，恐怕是常人難以想像、充滿異常愉悅的場域。

截至目前為止，我和能被稱為好友的人物在深夜碰面時，曾多次被這種不知能否稱之為慾望的異常衝動給襲擊。和對方交談的時間越長，或者越是相談甚歡，那樣的感受就會蠢蠢欲動地從我的內心深處湧現。

（即使現在殺了這個傢伙，我也絕對不會被懷疑的吧……）

這樣的想法屢次掠過我的腦海。有趣的地方在於接下來我所思考的，肯定是我自己在好友已經歸天後的言行舉止。我從來沒有留下想像殺戮場面的記憶。對於殺人這種行為，我並未抱持喜愛殘暴成性的興趣，這不就是比什麼都有力的證據嗎？

在這裡再記錄一次吧。我感興趣的，就是殺害好友之前，以及在那之後的自己。因為失去重要的朋友而悲傷嘆息、對犯人萌生憤恨至極的怒意、發自內心地慰問遺族、希望盡可能在警方搜查時派上用場、持續訴說對已故友人回憶的自己。

然而，殺掉他的犯人是我。在世人眼中被認定為被害者至交的我，其實就是殺人兇手。這會是多麼讓人意外的犯人啊！而且對被害者**完全不抱有動機——這樣的事實竟成了動機**。這在犯罪史上可說是前所未聞、充滿意外性的殺人動機，導致了這位好友因此遇害。過去曾經出現過如此出色的殺人動機嗎？

想到這些各種層面的事情，內心就悸動不已，我肯定是無法入睡了。聽著心臟的跳動聲、我徹夜未曾闔眼，就只是盯著天花板浮現出來的奇特暈染痕跡瞧。最近我陷入一整天都睡眠不足的狀況，感覺意識一直都模糊不清。即使如此，在思考殺害好友的問題時，就會覺得只有大腦某處的一部分甦醒了。因為我認為實在太過愚蠢了，所以並沒有嘗試過，但我的狀態或許很接近某種藥物所帶來的反應。

那麼，雖然直到現在我都持續針對殺害好友這件事進行說明，但是想推進這個行為並不是什麼問題都沒有。實際上最後會留下一個極大的課題，那就是我究竟能不能真的將殺害好友一事付諸實行、完成殺人這個具體行為。

如果我把截至目前的前因後果告訴別人，現在卻口出這樣的疑問，這無疑會成為他人的笑柄吧。明明無法下定決心要殺掉對方，那麼就更不可能為了娛樂而實行殺人了吧。就算被人這麼質疑，我也無可奈何。

但還請各位稍安勿躁。就像我一再重複提到的，這種殺人行為對於被害者並不抱有殺意。和懷抱一般動機的殺人完全不同，是屬於異常類型的殺人。這裡頭完全沒有一絲殺意的蓄積，僅僅存在藉由殺掉好友這種行為來讓我獲得精神淨化的作用。

因此，來到執行的階段，某種想法就會理所當然地湧上心頭。那就是，我真的能殺掉自己的好友嗎……

關於這項殺人的執行面等部分，需要思考兩個理由。其一是擔心自己是否有辦法殺掉好歹是自己至交的人物；其二則是自己能否為了殺人這樣的血腥行為弄髒了雙手，進而萌生的不安。

但是就我的情況來說就不會是前者了。那種想法從一開始就不存在於我的心中。至少時至今日，我也從來沒有對人際關係抱持什麼想法。就算有，也不過是處世之道的表面工夫罷了。打從我懂事以來，一路走到今天這都是一貫的原則。我所追求的東西，是沒辦法透過健全的人際關係獲得的，那是只在封閉夢境中的漆黑世界裡所綻放出的妖異光彩，亦可說是黑暗之中的彩虹。也是這個無趣的現實世界裡絲毫無法窺見，要進入被唯美主義妝點到令人恐懼的世界，才能在那個美好的空間裡感受到的扭曲體驗。

我經常思考的，就是該怎麼做才有辦法涉足**那裡**。僅僅就是這樣而已。因此，為了在現實之中開創**那個**世界而實行殺害好友計畫的我，是不可能會同情那位友人的。

不，關於這件事，我認為不管怎麼說明，一般人終究是無法理解的。因為無論怎麼想，我都只能認為自己對於愛情或友情、關懷或體恤等情感有著先天性的缺乏。

相對來說，我擁有常人絕對無法看見、也無法感受到的——這該怎麼形容才好呢——用通俗一點的表現方式來說就是一種特別的感受，能夠敏銳地察覺到並非這個世間之物的樂趣。沉溺於那種奇妙的愉悅之中，到最後所萌生出來的，就是殺害好友這個相當戰慄、興奮與欣喜滿溢而出的絕妙發想。

問題在於後者。前面我也提過自己所憧憬的慘劇世界絕對不是這個世間裡的東西。假使真的流血了，那也不會是在這個蒙塵的髒污現世所流出的那種褪色血液，肯定是更加鮮明、擁有足以烙印在眼底的鮮豔朱紅色吧。光是拿流血來檢視就已經是這樣了，也因而讓我覺得現實中的殺人對我來說會不會近乎不可能辦到呢？

如果這是機率犯罪的話，那麼我就不必這麼苦惱了吧。可是如果只是埋設隨機殺人性質的陷阱，那也沒有必要特地挑選至交好友了。這就會演變成無論對象是誰都無妨的局面。

殺害好友是不一樣的。因為我用自己的雙手殺了友人，所以才能孕育出**在那之後的自己**。**接下來的我**，才更有意義。因此我絕對不能逃避殺人這種行為。既是如此，我也只能讓自己在動手的瞬間來臨之前就什麼也不去思考了。

儘管是這樣，一旦到了執行的階段，或許實際去做會比想像中的還要容易也說不定。之所以這麼說，是因為最近我頻繁地感受到這股衝動日漸增強、就快要從內心深處爆發了。會寫下這篇稿子也是為了要想點法子抑制它。

而且最關鍵的被害者應該如何選擇呢？我應該要挑選哪個人來擔綱這個獲頒殊榮的好友呢？我認為最理想的狀況就是像久作的獵奇歌那樣、對偶然來訪的友人下手。不過，應該不管是誰都沒辦法擁有那麼多足以堪稱至交好友的人物吧。即使朋友上門拜訪的機會降臨了，如果對方不是什麼往來密切的人物，那就沒有殺掉的價值了。也就是說，自然得在事前從某個特定團體中選出候選人。

我已經篩選出候選人了。如果是**他**的話，應該就滿足了所有的條件。對方跟我擁有很相似的嗜好，只有我們兩個的時候總是在談論一些既神祕又古怪的話題。但是大多數情況下我就只是扮演一個聽眾，即便是這樣，和他交談還是相當有意思。這麼說來，把久作的獵奇歌告訴我的不是別人，就是他。當他聽了這個殺害好友的想法，而且還知道自己被選為下手對象的話，他應該會感到高興吧。不對，肯定會高興的。如果是他的話一定會認為這是一項榮譽。這已經不只是我一個人的問題了。

光是像這樣思考，我的身體就像染上瘧疾一樣抖個不停，感覺難以言喻的快感從下腹部一帶翻騰而上。

掛在書山對側的時鐘，指針已在不知不覺間指向了凌晨兩點。

如果現在他像平時一樣來訪，隔著暖被桌和我對坐、然後開始談天說地的話，事情又會怎麼發展呢？

我想自己肯定會帶著滿臉的笑容，這麼對他說道。

「你來啦。來得正好呢……」

窗外似乎還在飄著雪。唯有這個世界被寂靜給籠罩了，雪的氣息在寒氣的伴隨之下，穿過窗戶的玻璃、持續朝著這裡飄盪而來。

某個地方傳出了聲響。是從玄關那裡傳來的嗎？豎起耳朵之後，就聽到了拖鞋踩過走廊的「啪噠啪噠」聲響。那個腳步聲正朝著這裡靠近……

最後，就像是微微震動了萬籟無聲的公寓，響起了敲門聲。

◆

〈作為娛樂的殺人〉

起初我還以為這份上頭印著這樣的標題、用A4紙列印出來的原稿只是一篇粗糙的小說而已。直到它和那起事件連結在一起……

我開始在茄叉兔這個應該誰都不知道該怎麼念的地方小鎮居住，是距今N年前、我十九歲的那一年。

讓父親來說的話，就是「一個女孩子家，竟然重考還沒有考上志願校，淪落到北國的四流大學」這樣的境遇。但是終於遠離了嘮叨的父母，我覺得自己真心因此感到開心。這應該是我人生中最棒的時期了吧。

嗯……這麼一想，現在的生活真是悽慘啊……我的工作到底為什麼會——啊，這種事情不重要啦。

我是在東京出生長大的，所以要和小學、中學、高中時期關係很好的友人分開，真的會很寂寞呢。但我也從中感受到不怎麼難受的解放感。光是想到不會再受父母干涉了，我就忍不住笑意。只不過，關於住宿的問題還是讓我想要舉雙手求饒。

「讓年紀這麼輕的女孩子一個人住，實在太荒唐了。」據說如此盛怒的父親透過特別的關係才找到的，就是叔叔朋友的前輩的同事的妹妹的先生的阿姨所經營的池和莊。

這層關係好像跟委託當地房仲業者的管道差不了多少。不，真要說的話這算是關係嗎？倒不如委託房仲業者去找，應該還能找到更理想的房型吧。至少自己不中意的話還可以拒絕。

但是，叔叔朋友的前輩的同事的妹妹的先生的阿姨所經營的，就是這間破舊不堪、名叫池和莊的出租公寓。所以我也別無選擇，也就只能這樣了。而且就連房間也是父親擅自決定的。「女孩子住在靠近玄關的房間實在不太安全。」於是他幫我選了一樓最裡面的那間。

「一樓的話不是很容易被色狼或內衣小偷盯上嗎？」

說完之後，他馬上一臉正經地提出反駁：「失火的時候住在二樓的話會無法逃生。」雖然我覺得比起火災，色狼或內衣小偷才是更可能在身邊發生的問題。

而且在檢討女孩子住在離玄關太近的房間究竟安不安全之前，這裡的房客全部都是男性才是問題所在吧。說是全部，其實就只有四個人。雖然也是我念的那間四流大學的學生，但全都是男的，而且還是年輕男性。在這樣的情況下讓一個少女入住，與其對距離玄關較近的房間說三道四，這個問題還更嚴重吧。

可是，父親是個會因為奇怪的點而接受的人，他似乎判斷：「這公寓是我認識的人經營的，不會有問題。所以可以信任住在那裡的人。」但倒不如說，當我知道一樓離玄關最近的一號室住的是那個姓真戶崎（まとざき）的國文科二年級生之後，還覺得安心多了。完全沒有考慮過那個男生變成色狼的可能性。

嗯，我的相貌不是會受男生喜愛的類型，而且是在手足全是男孩的四個孩子中長大的，所以也不覺得有什麼問題。不過我還是感到很錯愕，身為父母，你們應該要更擔心孩子一點才對。

只是當時的我也因為能開始一個人過生活而感到喜悅，所以對於大部分的事情都能一笑置之。就連新生活必要的電器產品和家具什麼的也沒有特別去準備。又不是要嫁人了，就把在老家使用的東西都帶過去吧。話是這麼說，但實際上就是把舊電鍋什麼的硬推給我，這當然是因為母親想要買更新的產品的緣故。即使是這樣，我還是笑著收下了。

不過，就連心胸開闊的我，在看到這間池和莊、並且被帶著參觀完內部空間以後，坦白說我也忍不住為之卻步、發出「欸欸」的驚呼聲。

首先踏入玄關之後就是土間，左手邊有一個像是外行人ＤＩＹ製作、但成果很失敗的鞋櫃。在這裡換上拖鞋後，眼前突然就出現一道通往二樓的樓梯。樓梯前的左側是一扇上半部裝了半透明玻璃的門。我想應該是儲藏室之類的空間吧，可是門的樣式很奇特。打開一看就讓我嚇傻了，這裡竟然是浴室，而且裡面還沒有更衣的空間。也就是說，不管是入浴前要脫下衣物、還是洗完後要換上衣物，都必須在玄關前面穿脫。所以我理所當然地決定去使用外面的澡堂。

浴室的對側沒有門，直接通往廚房。因為角落擺了一台洗衣機，所以那裡應該是池和莊的房客能進行交流的唯一公共空間。廚房的左手邊深處，突然冒出一個正張開大嘴的微暗空間。我帶著近似深入洞窟中探險的心情走了進去，右邊是白天也顯得昏暗的走廊。這是池和莊一樓的部分。左邊有兩間大解、小解兼用的單間廁所。但這裡瀰漫著難以言喻的陰森氛圍，就算原本有尿意都可能因此消退。雖然也有可能單純是因為骯髒的關係吧。

順著走廊前進，從最近的地方依序為一號室、二號室、三號室——房號空下了四號室——五號室的門在右側一字排開。這條走廊真的很暗，仔細一瞧，其實左邊的牆壁上就設有窗戶，但是陽光完全照不進來。後來我看了一下公寓的周邊環境才了解，這裡的後方有一間蔬菜店，完全擋住了池和莊的南側。

因為一號室和二號室都有人住，所以我就看了三號室和五號室。但是父親擅自選定了最裡面的五號室，所以就結果來說其實選哪間都沒什麼差別。

打開橫拉式的門板後，是個鋪了木板、像是脫鞋處的狹窄空間。榻榻米房間從這裡往內延伸到另一頭的窗子那邊。嗯，延伸這種表現方式很正確，因為房間異樣地細長。左右寬度和深度的距離平衡感明顯很古怪。

雖然跟走廊相比算是好的了，但是窗戶位於北邊，所以室內也顯得昏暗。五號室明明是邊間，但是西側的牆壁上卻沒有開窗，大概是因為緊鄰著鄰家的關係吧。脫鞋處的旁邊有個與其說是壁櫥，其實只是用一塊板子隔出上下兩層的空間。因為也沒有裝設門片，所以要不要掛個簾子什麼的呢？就連我都對自己竟然會萌生這樣的想法感到訝異。

欸，我要住在這裡嗎？

終究還是猶豫了。順帶一提，門鎖是壞掉的，所以還必須買個鎖頭回來掛上才行。

一般看到目前的情景，我想十個人裡頭會有九個人——因為多少還是會出現一個怪人嘛——會趕快去找下一個住處。如果是女生的話，絕對會這麼做的。但是以我的情況來說，打從一開始就沒有選擇的餘地，再加上能夠一個人獨立生活的解放感，於是我便心想「算了，就這樣吧」，然後做了決定。不過實際上在這之前，父親已經把契約都給簽好了。

算是順道，我也介紹一下二樓吧。

爬完樓梯的左手邊、位處一樓浴室上方的是儲藏室。只在冬天才使用的暖爐等器具好像就收在這個房間裡面。樓梯的右手邊，依序是六號室、七號室、八號室、九號室、十號室。和一樓不同的是，位於廚房上面的空間是六號室，所以這裡多了一間房。後方的蔬菜店建築物比池和莊矮了一點，所以陽光可以從窗子照進來，比一樓更加明亮。光是這兩點，就讓走廊的明暗度有著顯著的差異。

二樓明明就還有空的房間，還刻意要選擇住進比較陰暗的一樓……我在心裡咒罵著父親。

接著說到關於這間池和莊的房客，是不是有句話叫物以類聚啊，擁有相似興趣喜好的人都聚集在這裡。

《池和莊的房客》

一號室——真戶崎・國文科二年級生。

二號室——滋原(しげはら)・中國哲學科二年級生。
三號室——空房。
五號室——我・國文科一年級生。
六號室——戸部(とべ)・國文科三年級生。
七號室——空房。
八號室——空房。
九號室——福利元(ふくりもと)・社會福祉科三年級生
十號室——空房。

因為女性新生在這裡好像很罕見，直到暑假開始之前，我都還不能融入池和莊的氛圍之中。其中一號室的真戸崎和六號室的戸部，因為同樣都是我國文科的學長，所以關係有比較親近一些。特別是真戸崎學長是裡頭最正經規矩的一個——與其這麼說，不如說是另外三個人比較奇怪，所以我和真戸崎學長以外的人也沒什麼交談過。並不是無法融入，而是沒有融入。

包含我在內，池和莊五個人的共通點就是大家都喜歡書。光是我們國文科就有三個人，所以這倒也不是什麼稀奇的事。只不過我和真戸崎學長就只是普通的讀者，而其他三人全部都是推理懸疑狂熱者。啊，如果這麼說的話，我想肯定會受到他們三個人激烈的反彈吧，所以這裡還是做個正確的記述。

二號室的滋原是包含紀實作品在內的犯罪類型小說愛好者，六號室的戶部是本格推理類型，至於九號室的福利元則是恐怖類型。他們個個都對自己的領域極為挑剔，也擁有充實的相關藏書。而且三人都在進行像是小說或評論之類的執筆活動——雖然不過就是興趣的程度而已——據說將來也打算成為文字工作者。

雖然很像成名前的漫畫家們共同生活的那個什麼莊[31]一樣，然而滋原、戶部、福利元這三個人完全沒有些許志同道合之士的意識，表面上關係不錯，但內心卻看不起其他兩人。就連我都能看出這一點。

真戶崎學長是屬於只要是小說就不拘泥類型、會去廣泛閱讀的那種讀者。不過最喜歡的還是推理懸疑類的書籍，相關藏書也是以這一類最為引人注目。因為他的這種閱讀傾向，再加上作為後輩的立場，其他三個人都認為真戶崎是能夠理解自己的人。同樣是二年級的滋原因為花了一年重考，所以年紀大上一歲。真戶崎學長好像時常被他們拜訪、聽他們談論各式各樣的話題，但完全沒有表現出不耐煩的態度。真戶崎學長真的很了不起呢。

時間一眨眼便來到了夏天。雖然因為是一年級生的關係，所以課程比較多，但是來到第一次到訪的土地，所見所聞都顯得很稀罕而且有趣。所以一有時間我就會到外頭去走走。

我沒有交到什麼同性的朋友。這裡原本就是女生比較少的大學，而且幾乎都以社團活動為中心、分成許多團體。於是什麼社團也沒加入的我就成了存在感有點低的那種人。若是一起吃午餐、互相借看筆記的朋友當然還是有幾個，只是也沒有比這些更加深入的往來。話雖如此，我現在也不是中學生了，加入感情好的團體這件事也讓我有些敬而遠之。

想到這裡，或許我跟真戶崎學長真的可以算是關係比較親近的。當然，並不是男朋友的那種感覺……

因為女生比較少的關係，所以雖然難以置信，但是就連我這種人都挺受歡迎的。會因此產生誤解的女學生非常多，明明會受到歡迎是因為這個環境缺少女生的關係，但是成為大學生之後似乎也覺得自己展現出魅力了。

咦……那這間大學，從這層意義來說不是很棒的地方嗎？

嗯，就這樣吧。只不過，一想到那些男同學的舉動很快就船過水無痕了，我想或許是因為看在旁人的眼裡，我和真戶崎學長就是在交往的關係吧。

北國大學的暑假比東京等地區短，似乎是因為寒假比較長，所以調整後才縮短的。即便如此，也還是有一個半月的時間，所以每個人都盡早返鄉去了。我覺得應該有很多學生都跑去旅行或是打工了，但留在茄叉兔這裡的人真的非常少。雖然還有茄叉兔湖這個姑且兼具避暑地機能的觀光

㉛此指昭和時代位於東京都豐島區的常盤莊。手塚治虫、藤子不二雄、石之森章太郎、赤塚不二夫等漫畫大師都曾在此居住，被視為日本漫畫的聖地之一。原建築於1982年因老舊化被拆除，後來豐島區在區內的南長崎花咲公園復原建築外觀、開設常盤莊漫畫博物館，於2020年開幕。

地區，不過遊客幾乎都是高齡人士，對學生來說這裡就是個沒有娛樂的鄉下地方。

不過，池和莊的房客們就不一樣了。滋原、戶部、福利元都以「要寫點東西」為由留了下來，而我好不容易才離開父母身邊，當然也不會回去，所以就在以夏季觀光客為對象的民俗資料館做導覽員的打工。真戶崎學長感覺也沒有要回老家的樣子，和大家一起留在公寓。

「你不回去嗎？」我這麼問他。

「回去的話就會被叫去店裡幫忙。」他笑著回答。

他還說自己就像是不想繼承家裡的店才去了東京的橫溝（よこみぞ）正史（せいし）。看來學長大概是要繼承家中自營業的兒子吧。即使說是關係親近，但我知道的事情也就只有這種程度而已。

進入暑假後，我每天都過著從早上打工到傍晚的生活。原本還心想這種鄉下地方的民俗資料館會有遊客嗎？結果我太小看它了，到底為什麼會從第一天開始就這麼忙碌啊。仔細想想，這裡畢竟是高齡長輩們的避暑地呢。就算能悠閒地度過每一刻，但果然還是會覺得無聊吧。即便如此，但因為這裡連個名勝古蹟都沒有，於是人們就持續造訪這間資料館了。避暑客什麼沒有、有的就是時間，所以身為導覽員的我也被刨根究底地問了一堆問題。托大家的福，原本我並沒有打算去了解，但是卻對這塊土地的歷史越來越清楚了。

這樣的生活一直持續到盂蘭盆節以前。一天的工作結束之後，我就感到筋疲力盡了，所以也不太熬夜、就這麼倒下就睡。至於不知道在寫些什麼的滋原、戶部、福利元三個人好像都在半夜活動，所以比往常更難碰到。雖然這些倒是無所謂，可是我去真戶崎學長房間玩的次數也跟著減少了，這讓我感到有些寂寞。既然如此，我決定努力打工直到盂蘭盆節之前。因為資料館的人告訴我：「過了盂蘭盆節之後，來館的避暑客就會匪夷所思地一口氣減少了。」

真的跟他們說的一樣，人流在盂蘭盆節結束後就突然斷了。先前的兵荒馬亂到底算什麼呀！真的是令人感到沮喪的變化。

也因為這樣，我一整天都以「館內警備員」自居，就只是搬動放在資料館各處的折疊椅，可以坐下來的空檔就看看書，就像這樣做著輕鬆愉快的「工作」。

八月十六日是資料館的慶功宴。雖然掛著「夏季特別展」名號的展覽期在八月份還剩下一段日子，而且我的打工也是要做到月底為止，不過每年好像都是在這個時間點舉辦慶功宴的。據說一接近月底，職員們又會因為特別展的撤展處理而忙碌起來，所以才會提前在參觀人數減少的盂蘭盆節結束之際舉辦慰勞活動。

資料館的職員大多是叔叔阿姨之輩，沒有年輕人，我也因此受到了熱情的款待。所以或許是明明不太能喝酒又鬧過頭的關係，後來我就直接在宴會現場倒頭就睡。直到被人叫醒、準備回家的時候才驚訝地發現已經是深夜了。

我走在一個人也沒有的路上，朝著公寓前進。再怎麼說是鄉下，平常至少也會遇上兩、三個在路上走的學生，但因為現在正值暑假，所以一個人也沒遇到。

終於抵達公寓之後，我看到一號室、二號室、六號室、九號室都亮著燈。大家都是夜貓子，所以即使是這個時間也都還醒著。

從一號室前面經過的時候，就聽見紗窗的另一頭傳來了窸窸窣窣的說話聲。肯定是三個人之中的某一人又跑來打擾真戶崎學長了吧。

喝了酒以後膽子也大起來的我，幾乎就要嚷嚷著「我來救援真戶崎學長啦！」，然後準備猛然上前去拍打窗戶。

就在這個時候，玄關旁邊的垃圾放置場引起了我的注意。仔細一看，那裡擺了好幾捆報紙和雜誌。

「明天是舊報紙和舊雜誌的回收日嗎……」

我嘴裡嘟囔著，搖搖晃晃地靠近垃圾放置場，接著開始翻起了那座雜誌山。真戶崎學長的事情已經從腦袋裡消失了，當下我的意識就只放在一本以介紹新刊為主、名為《書店街的書店》的月刊誌九月號。

其實，有位我很喜歡的作家津口十六人（つぐちいざひと）從這本雜誌今年的春季號開始連載一部名叫《圍繞××小說的九十九個故事》、既不是推理懸疑也不是怪奇類型的奇特小說。不過，平時不會在第一時間追蹤連載小說的我，就跟往常一樣等待單行本的集結出版。

然而我搬進公寓之後，就在無意間從戶部打算丟掉的《書店街的書店》四月號中瞄到了第一回的連載。於是我就變得無論如何都想繼續讀下去了。其實我只要去買雜誌就好了，不過長年的習慣實在很難改變。如果要把錢花在雜誌上的話，我覺得還不如買文庫本，或者是存錢存到可以購入單行本。

基於這個緣故，從五月號開始我就會從戶部那裡拿到舊的期數。可是他常常忘記給我，就直接當成要丟掉的雜誌拿出去了。所以在回收日跑去仔細地翻找雜誌山就成了我的慣例。

對於早上比較晚起的公寓房客來說，要丟垃圾的話絕對都是等到晚上。雖然如果丟的是廚餘就會被房東阿姨抱怨，但是總比堆在公寓裡面要好，所以她也只好妥協了。

這一天或許是因為酒勁上來了，我有些粗暴地在一堆又一堆的舊雜誌山裡面尋找我想要的那本雜誌。雖然嘴裡老說著「推理懸疑、恐怖驚悚」什麼的，但終究還是精力旺盛的男孩子。在那堆雜誌山裡頭，刊了很多身穿泳裝、內衣、甚至是裸體姊姊們的照片的漫畫刊物、周刊誌、成人雜誌也接二連三出現。

「真是黑暗的青春啊……但真戶崎學長可不一樣。」

就在我一邊喃喃低語、一邊把書山翻來倒去的時候，發現了〈作為娛樂的殺人〉的原稿……

隔天早上，真戶崎學長的遺體被發現了。

發現的人是房東阿姨。十六日的下午，她代收了從真戶崎學長老家寄來的宅配，不過她表示那一天太忙了，所以沒有馬上交給學長，準備在隔天早上再送過去。

這個阿姨的口頭禪是「住宿生就像是我的孩子一樣喔」，會盡可能地照顧我們。嗯，雖然還是很感激，但是我好不容易離開父母身邊、身心都變得神清氣爽，所以對此也覺得有些鬱悶。她有一個讀高中的獨生子，正是會對母親感到厭煩的年紀，所以她好像總是被孩子無視。於是她就對我們傾注了更多的「愛情」。

只不過，這種愛情是單方面的，阿姨終究還是會以自己的意思為優先。因為這裡是鄉下地方的公寓，所以一開始大家都不鎖門，結果去大學上完課回來以後，就發現房間裡已經被打掃得乾乾淨淨了。這自然是阿姨做的。男生的房間大多都像是垃圾場，要說她幫了大忙確實也沒錯。不過因為她是在房客不在的時候未經允許擅自進入，所以也很讓人頭疼。

特別是滋原、戶部、福利元三人，因為好像一直都在寫些稿子什麼的，所以不管是桌子上還是榻榻米上都散落著資料，那些東西都徹底消失了。起初他們還以為是被丟掉了，嚇得臉色鐵青，最後才發現是阿姨憑藉自己個人的審美觀，把那些東西都整理到書架或桌子上了。雖然在他人眼裡就只是四處亂扔，但是在某個地方擺了什麼東西，最清楚的就是當事人。因為那些東西都被隨意動過了，每個人都因此傷透腦筋。即使是這樣，也不能對好心來幫忙打掃的阿姨說什麼「請不要再做了」，所以聽說大家在那之後都開始鎖門了。

真戶崎學長因為比較擅長整理，所以並沒有因此遭逢「其害」。但因為沒辦法進去其他三人的房間，於是阿姨便把打掃的對象鎖定在真戶崎學長一個人身上，這也讓百般無奈的學長開始上鎖了。

要說這麼做，阿姨就不會再干涉了嗎？才沒有這回事呢。在廚房自炊的時候，她會在不知不覺間站在你的身後，等到發現的時候，做出來的料理跟原本預定的已經是截然不同的東西了。類似這樣的經驗我自己也經歷了好幾次。而阿姨的「恩惠」還在持續進行中。根據真戶崎學長的說法，自從這裡住進了第一個女性住宿生以後，阿姨露面的次數似乎要比以前明顯增加了許多。

正因為阿姨是這樣的一個人，所以儘管她在有點「欠缺常識」的早上七點半這個時間前往放暑假的學生房間、把真戶崎學長老家寄來的東西送過去，其實也沒什麼不可思議的。

阿姨在房間前面喊了好幾次他的名字，可是一直都沒有回應。一般來說，這時通常會把東西放在門口就離開，但是阿姨把手搭上門以後、門就這麼打開了。

之後警方向全部的住宿生訊問：「真戶崎同學待在房間裡的時候，或者是睡覺的時候，都會從內側把房門鎖上嗎？」順帶一提，這裡所有的房間都是在門的內側裝設簡單的插鞘鎖。福利元表示「我不清楚」，而滋原和戶部好像是說「我覺得他會鎖」。而我則是明確地回答：「他是個一絲不苟的人，會確實鎖起來。」

打開門以後，阿姨掀開了眼前的布簾。這是因為真戶崎學長在脫鞋處和鋪了榻榻米的室內空間交界處也掛了簾子，有點像是第二道門的感覺。一旁那個像是壁櫥的空間前面也掛了同款式的布簾。這是很符合他整齊嚴謹風格的室內裝飾，我也必須學習一下才對。

阿姨抱著包裹、嘴裡說著「我掀開囉」並掀起了簾子，之後就發現趴在暖被桌上的真戶崎學長。起初還想著他是不是睡著了，結果桌面上的嘔吐物隨即映入眼簾。於是她連忙跑上前去看看，但是學長已經沒有呼吸了。即使是這樣，據說她還是叫了救護車、直接把人給送往醫院，不過最後還是回天乏術。

因為昨晚喝了過多的酒，所以那天早上我的精神迷迷糊糊的，同時還覺得口乾舌燥，正處於似睡非睡的狀態。因此一聽到阿姨大喊「真戶崎～同學！」的聲音，就立刻從床上彈起來、率先衝了過去。

救護車抵達後，阿姨也跟著真戶崎學長一起上了車。在我目送他們離開的時候，我還認為他是不是罹患了什麼急性病症。

然而，在那之後沒過多久，警察就來了。他們開始調查一號室，同時還有兩個刑警去了每一個房間，這時我才知道真戶崎學長已經過世了。

我受到非常大的衝擊。不過說老實話，我並沒有實際感受到「悲傷」這樣的情緒。公寓裡有認識的人死去這個事實，確實對我造成了衝擊。或許這麼說很冷漠，不過那是真實的情緒，所以我也無可奈何。若是這件事是發生在一年後、兩年後的話，或許我會萌生不一樣的情感……

唔嗯……當時的我就有那樣的預感嗎？

也罷，事情已經結束了。即使考慮今後不會發生的事情也沒有意義。

為什麼真戶崎學長會死呢？

刑警們針對他在公寓的生活和大學裡的狀況等進行了詳細的訊問，不過對於我們的提問卻一概不回答。我們知道的就只有「真戶崎同學是非自然死亡」而已。既然是非自然死亡，也就存在他殺的可能性吧。

後來是房東阿姨告訴我們，他好像是吃下了毒物，但不知道種類。從留在房間裡的咖啡杯中採檢到了毒物。杯子只有一個，沒有留下其他人待在這裡的痕跡。只不過房門沒有上鎖，窗子也只有關上紗窗而已，所以是處於能自由出入的狀態。

我們這些住宿生被執拗的警方訊問了好多次。再怎麼說，我們也是住在案發現場的公寓裡，而且在暑假期間的事發當天都待在房間裡，所以我覺得這麼做也無可厚非。畢竟絕大多數的學生都沒有留在茄叉兔啊。

還不用等到聽聞這起事件的父親在電話中要我「快點搬出那種公寓」，我就準備要盡快離開這裡了，而此時警方就公佈了學長的死是自殺的消息。

完全找不到任何一個人擁有非得殺害真戶崎學長不可的動機，一個嫌疑人都沒有。在現場還有遺體身上都沒有發現能證明為他殺的痕跡。情況似乎就是這樣。至於要說他是不是存在自殺的動機，其實這一點同樣也不清楚。聽說他曾因為大學畢業後是否要繼承家業的事情和父母發生了摩擦。

也就是說，雖然詳細情況尚未明朗，但是類似這種微妙的事情似乎就被視為導火線。而且好像還替他安上了文學青年身上常見的厭世觀或什麼之類的解釋。

門沒有上鎖，被解釋為他希望房東阿姨能盡早發現遺體的心境表現。他本人也知道老家在前一天寄出了宅配包裹。換言之，他也能預想到阿姨會在隔天早上帶著包裹來找自己。

如果是自殺的話，那我也沒必要換地方住了吧？就在我這麼想的時候，父親來了電話，並且對我說：「快點從那個死過人的公寓搬出去！」不過，那個時候我想搬走的想法已經變得淡薄了，而且也還有剩下的打工期，所以我就拖拖拉拉、繼續住了下去。

可是房東阿姨好像受到相當嚴重的打擊，突然就不再進出公寓了。這麼一來，女生就剩下我一個而已，其餘的房客還是那三個人。我正思考著果然還是搬走比較好吧……就在這個時候，我讀了那篇〈作為娛樂的殺人〉……

時間來到九月。我的打工期結束，大學也開學了。

打從那起事件發生之後，父親每幾天就會打來一次「你給我搬家」的電話。但是我都用「在民俗資料館的工讀結束以前都沒辦法」來回答。雖然那份打工已經結束了，但我覺得沒必要特地告訴他們。

真戶崎學長的死理所當然在大學裡成了話題，不過沒過多久熱潮就消退了。國文學科舉行了一場像是追悼會的儀式，或許是考量到他是自殺的，所以儀式辦得相當樸實。

回歸過往大學生活的我，回過神來才意識到真戶崎學長已經不在的這間公寓，總讓人感覺少了什麼。明明待在學校裡的時候或外出的過程中都沒有什麼感覺，但是一回到公寓之後就會有種奇特的寂寞感油然而生。

那個晚上也是一樣。我沒有進行最喜愛的閱讀，但也沒有看電視或聽音樂什麼的，明天課程的預習也沒做，就只是無所事事地躺在那裡。就在我突然想起《書店街的書店》十月號差不多要拿去舊雜誌回收的時候，腦海裡突然浮現了那份奇怪的原稿。

當時我還以為是三人裡頭的某個人所寫的粗糙小說——本人應該也有自知之明才會當成垃圾扔掉。雖然我並不是基於什麼正經的興趣才撿回來的，不過真戶崎學長身故的騷動也讓我把它忘得一乾二淨。

我並沒有特別想讀它，但是現在這種對什麼都意興闌珊的氣氛，或許反而適合隨意看看東西也說不定。於是我抱著這樣的心情把稿子找出來，結果「殺害好友」這樣的文章就竄進了視野，讓我相當震驚。

「欸……」

我趕緊從最前面的地方開始讀起，結果就這樣一路翻到了原稿的最後，但並不是因為有趣。

如果這是一篇小說的話，我覺得自己完全不會對它感興趣。

如果是小說的話？這東西，難道不是小說嗎？

嗯，大概不是。這不是小說。我認為不是小說。正是因為感受到了這一點，所以我才會對它感興趣。

這份原稿裡所寫的「我」的情感會是真的嗎？然後這個「我」，或許就是這間池和莊裡頭的某個人。稿子裡面關於房間的描寫就是這個公寓裡的樣子。也就是說，滋原、戶部、福利元三個人之中，有某個人就是這個「我」，而那個「好友」不就是真戶崎學長嗎？

原稿的內容中，「好友」造訪了「我」的房間。可是如果殺死來訪的「好友」，遺體就會留在自己的房間內。於是「我」在那個夜晚造訪了「好友」的房間。就像是平時去找他的時候那樣……

或許，「我」嘴裡說著跟平時沒什麼兩樣的話題，但內心卻不斷重複著同一句話。

（即使現在殺了這個傢伙，無論是誰都不會懷疑我的……）

然後，真的就痛下殺手了……

那一晚我回到公寓的時候，真戶崎學長的房間裡傳出了說話聲。或許那個時候，犯人就待在真戶崎學長的房間內也說不定。

咖啡杯也準備了「我」的份，犯案之後就把它洗乾淨再收好。只要確實擦拭乾淨的話，因為是經常使用的咖啡杯，應該也無法得知是什麼時候拿來用的。

等一下……真戶崎學長的死亡推定時間是什麼時候？

我回到公寓時是凌晨十二點四十分左右。翻找雜誌後進入公寓是一點之前，而房東阿姨發現遺體的時間是過了七點半以後，所以真戶崎學長應該是在凌晨一點到早上七點之間被毒殺的。

從這裡再鎖定更準確的犯案時間，就會知道大概是凌晨兩點到五點左右。這是因為讀過〈作為娛樂的殺人〉就會知道，犯人在殺害真戶崎學長之前，肯定充分享受了和學長所進行的最後一段談話。

而犯人又是在什麼時間造訪真戶崎學長的房間呢？不會是八點、九點，再怎麼早也要等到十一點或凌晨十二點左右吧。完成犯行最少也要兩到三個小時，儘管如此，我認為犯人也會想要在破曉之前完成。也就是說，凌晨兩點到五點是可能性最高的時間帶。

就算去問警方，他們也不會把死亡推定時間告訴我，所以我嘗試自己思考了一下。我很厲害對吧，搞不好我有成為偵探的才能呢。

按照我的推理，真戶崎學長被毒殺是在凌晨四點到五點之間。考量到能從那份原稿中窺見的「我」的性格，應該會盡可能持續拉長與被害人的談話。話是這麼說，犯人肯定還是想在外頭亮起來之前結束犯行。

不過很遺憾的是，我好不容易做出的出色推理現在毫無用武之地了。如同先前的記述，那三個人都是夜貓子，所以全部的人在這個時間帶都還醒著也是理所當然的事。想透過犯案時間來鎖定犯人，打從一開始就是不可能的。

這時我仔細思考，關於這起事件，自己究竟能用什麼方法去接近真相呢？

死亡推定時間、房客的不在場證明、毒物檢驗和入手的管道等，這些東西警方老早就調查過了。結果就是得出「自殺」這個錯誤的結論。至於警方做不到、我有辦法做到的事，還有警方沒有、我手上有的東西……

對了！就是〈作為娛樂的殺人〉啊！

就以那份原稿為基礎，分別對那三個人進行「訊問」。那個「我」並不知道我已經讀過稿子了，這一點相當有利。經由「訊問＝對話」，將案子與原稿所寫的內容之間的銜接點——有沒有相通的想法或思維——給找出來，或許就能查明「我」的真面目了。

從第二天開始，我只要一有空閒就會往圖書館跑。真戶崎學長曾跟我提過他們三個人的興趣嗜好，於是我就去閱讀他們感興趣的犯罪、推理懸疑、恐怖驚悚類型的書籍，開始為「訊問」做好準備。只不過，現在才開始讀各領域的小說也太花時間了，所以我就以導覽或研究類型的書籍為中心，大致瀏覽過一遍。

九月與十月這兩個月的期間，我連期中考試的準備都草草了事，把時間都拿來閱讀那些書了。真戶崎學長過世已經過了一段時間，「作為娛樂的殺人」也成功了。而我的用意就是要讓那個「我」這麼認為，並且因此輕忽大意。

然後就在十一月第一週的星期五，我終於展開「訊問」了。

啊，在那之前。

我對於那三個人要誰先誰後感到有些苦惱。即使彼此之間不太有交流，但是只要開始「訊問」第一個人之後，或許消息就會傳到另外兩人那邊。如果那兩個人之中的某人就是「我」，一定會開始特別警戒吧。

可是因為也沒有想到更好的方法，所以我就依照自己個人主觀認定的嫌疑高低來進行，也就是滋原、福利元、戸部這個順序。理由很簡單，因為我認為滋原喜歡的犯罪小說確實是最接近現實事件的。排第二的福利元喜歡恐怖驚悚的風格，而戸部偏愛的是推理懸疑類型。雖然後面兩個都能牽扯到殺人，不過對於現實面的影響，感覺恐怖這種類型會比較大。但這些都是我的主觀想法。

接著讓我煩惱的是契機。事實上這三個人無論是誰，我都不曾好好說過話。就只是遇上了會打個招呼、或是同時待在廚房裡會聊個幾句的那種程度。不過那就只是同在一個公寓屋簷下的房客進行的社交談話罷了。在我的記憶中，從來都沒有像是跟真戸崎學長聊天時那樣親近。既然是這樣，我還有辦法這麼突然地展開「訊問」嗎？

如果要說有什麼能幫上忙的良策，就是真戶崎學長的談話中曾顯露出他們的性格。那三個人絕對不是討厭與人互動的乖僻個性，據說因應場合不同也能算是平易近人，不過前提是對象必須願意仔細聆聽自己說的話，並且對此表示認同。意思就是，雖然他們都是自我中心的狂熱者，但也可以藉此利用那些單純的地方。

關於拜訪他們三人的名目，我覺得要採取虛實交雜的方式。

以真戶崎學長的死為契機，我開始對以死亡為主題的小說產生了興趣。我曾經從生前的真戶崎學長那裡聽說○○學長對於那方面的作品有非常深的造詣，還請你務必為我解說一下。

我要在一開始就傳達出這樣的意思。

說實在的，這段話真的假到不行。雖然這番說詞感覺很明顯就是背後另有所圖，但我還是相當樂觀地認為這麼做不會有問題的。

那麼，以下的記述就是我對三人進行「訊問」之後的彙整。

我敲響滋原住的二號室房門，可是完全沒有回應。我從窗子確認過他已經回來了，應該不可能不在裡面。

順帶一提，我是在大白天到傍晚的這段時間進行「訊問」的。說真的，我覺得如果在晚上甚至是深夜，他們應該會更容易開口，但我終究還是個女孩子啊。和可能是犯人的男人——而且還是可能會情緒失控的男人——在深夜裡單獨談話，我可是沒這種勇氣。

我又繼續敲了敲二號室的門，一邊說著「打擾了」、一邊將手放在門板上，因為門就這樣被打開了，於是我就直接進到房間內。

瀰漫在裡頭的悶熱空氣籠罩了全身。這個地方到了十一月，早晚都非常寒冷。雖然差不多是開暖氣的時期了，可是大白天開還太早。所以滋原應該很怕冷，才會在傍晚就打開煤油暖爐了。

即便如此，這種讓人感到噁心的空氣是怎麼回事啊？

總覺得不只是煤油暖爐的問題，於是我環顧室內，結果就被嚇得直打冷顫。總而言之就是亂成一團。房間裡亂七八糟的，而且與其說是環境不整潔，說得更直接一點就是骯髒！

在這麼一個垃圾屋之中，滋原背對著我、面向擺在窗邊文机上的桌上型電腦。身材矮胖的他敲打鍵盤的模樣，看起來就像是緊緊抱住電腦一般。他頭上戴著耳機，好像也是因為這樣才沒聽見敲門聲。

房間的牆壁——從我這邊看過去的左側——擺著一排書架，上面排了滿滿的書。不過和真戶崎學長不同，他完全沒有整理過，就只是把書本隨意插進去的樣子。嗯，從室內的狀況來判斷，這個房間的房客完全沒有整理、整頓的能力，無論是誰來看都是一目了然的。

我的視線大略掃過了書架，確實有很多犯罪小說和犯罪心理學相關的書籍。這是我個人的感想，亂糟糟的房間就像是直接表現出滋原深層意識的情景，意識到這一點時，我再次感到不寒而慄。

稍微觀察一下室內的樣子之後，我略略提高音量搭話。

突然，他以相當驚人的氣勢轉過來，失禮地發出「咿！」地一聲尖叫，然後就想起身逃跑。不過他的身後就是桌子，所以只能驚慌失措地杵在那裡、什麼也沒辦法做。看來真的是嚇壞了吧。

等他冷靜下來後，我就說出那番準備好的「台詞」。因為我非常勉強地換上比較女孩子的語氣、用裝可愛的口吻說話，就連我自己都覺得不太舒服。我開始感到自我厭惡了。這種跟騙人沒兩樣的說法不可能會管用的。也是因為實際體會到這一點，才會讓我因此消沉吧。

然而讓我震驚的是，滋原竟然輕易地全盤接受了我的說詞。就算再怎麼樂觀，實際說出口之後就覺得這內容實在愚蠢至極，連我自己都感到絕望了……沒想到竟然這麼單純……這個人是不是傻了啊？

即使是這樣，一開始滋原還是感覺好像哪邊怪怪的。但是我始終都以虛心求教的態度向他套話，於是他的疑慮好像立刻就消除了，接著開始沉醉忘我地侃侃而談。

「在推理懸疑或恐怖驚悚作品裡面出現的殺人啊，不過就是創作罷了。」

沒有對客人說聲「請坐」，就突然自顧自地說了起來，這讓我有些訝異。但我實在也沒辦法，只好迅速地把自己站的附近整理了一下，想辦法弄出一個可以坐下的地方。

等一下一定要好好把手給洗乾淨！

「那些故事完全沒有真實感呢。」

這段時間內，滋原還是繼續他的演說。整個人圓滾滾的他，豎起了同樣圓胖的食指、邊搖動邊強調自己的主張。感覺每動一次、他那帶有汗臭味的濃縮成分就會飛散過來——這麼說來，我也想起曾經聽真戶崎學長提過滋原不愛洗澡這件事——我也稍微把身子向後挪了一些。

「以推理懸疑來說，被殺害的人不過就是為了演出謎團而使用的道具。沒錯，他們不是人喔，是類似棋子的存在。至於恐怖驚悚的場合，他們就是被殘忍殺害的消耗品吧。也就是說啊，雖然這兩者都牽涉了殺人這種對人類而言可說是最為嚴重的罪行，但是卻感受不到應該附隨在貨真價實的殺人行為上的沉重感呢。」

突然說了一些好像很厲害的內容，但或許只是在暗地批判戶部和福利元的喜好吧。

「就這一點來說啊，犯罪小說或者是現實中發生的殺人事件的紀實文本，才真的是以死亡作為主題呢。那個深度可是完全不同的喔。」

「死亡的深度嗎？」

總之先跟著附和一下。

「沒錯，這個嘛，舉個例子好了。關於殺人事件中的加害者和被害者之間的關係，你是怎麼看的？」

可是我根本還來不及思考……

「出現在推理懸疑或是恐怖作品裡面的被害者，不過就是一顆棋子或消耗品罷了。被害者和殺死他的犯人或怪物之間的關係，同樣也無法超越這層關聯性呢。然而實際的情況並不是這樣的。加害者和被害者之間，肯定有某種對比的力量在運作吧。」

坦白說，我根本搞不懂滋原到底在說什麼。但是他好像誤會我的表情了。

「我知道你想要說什麼喔。」

擅自解讀之後，他又繼續說下去。

「也就是說，如果這裡面有某種力量在運作，那麼應該是加害者對被害者、理所當然即為殺人的那一方對被殺那一方的作用。你想說的是這個吧。或許是這樣沒錯，然而這其中也會存在『被害的加害者』和『加害的被害者』這樣的例子呢。這個啊，就是進展到殺人之前，加害者和被害者立場逆轉的例子——」

「這就是孟德爾頌[32]提出的『比起加害者還更加具備責任的被害者』對吧。」

在滋原提到之前，我就先說出來了。

「……你、你很清楚呢。」

他愣了一會兒，好像感到很意外的樣子。

如果這句話是出自其他人——特別是戶部或福利元——之口的話，他一定會相當火大吧。正因為對象是我的關係，所以他才會坦率地面露驚訝。

能夠活用在圖書館獲得的知識，也讓我有些得意。

「原來如此。像那樣的案例在現代社會應該很多吧。不過即使是這樣，考量到殺人這種行為，大多是加害者把力量作用到被害者的身上，沒錯吧？也就是說，這種情況下的力量，可以解釋為殺意嗎？」

「不，力量並不是在表示殺意喔。」

滋原那張圓臉上浮現出有些詭異的滿面笑容。他該不會是認為能替代真戶崎學長的理解者出現了吧？雖然是個極為荒謬的誤解，不過因為現在正好可以利用這一點，所以也莫可奈何。

「所謂的力量，就是存在於兩個人以上的人類之間、如同字面意義的力量關係。所以在這種關係之中，會存在社會面、經濟面、肉體面、以及精神面等因子。而這樣的力量在如何作用、或者是平衡崩解等情況下會讓一個人對他人痛下殺手，我對這個議題很感興趣呢。」

這段話不就跟〈作為娛樂的殺人〉的內容很相近嗎？

一想到這裡，突然覺得噗通噗通的激烈心跳聲開始傳到耳朵了。滋原對我隱蔽的亢奮毫不知情，臉上掛著恍惚的神情繼續說道。

「可是最近啊，我開始覺得這個世界上會不會存在一種情況，就是那一類的力量幾乎沒有在

㉜班傑明・孟德爾頌（Benjamin Mendelsohn）。以色列籍律師，他認為應該從生物學、心理學、社會學等層面特性對被害者進行研究，是「被害者學」（victimologie）一詞的創始人、亦為被害者學的提倡人之一，奠定了該門學問的研究基礎。

運作，而是更沉靜、安穩的，若是要舉例的話可以稱之為『崇高的殺人』吧。」

果、果然沒錯。「崇高的殺人」什麼的，不就是「作為娛樂的殺人」嗎！

Bingo！竟然第一個人就碰上了犯人「我」！

我拚命壓抑變得雜亂的呼吸。

「這指的就是所謂的純粹殺人嗎？」

就像是看到成績不好的學生正確答對了問題，滋原露出一張宛如欣喜教師的面孔，嘴裡不斷地「嗯、嗯」還不住點頭。

「就是這樣呢。我想應該可以這麼說。不過我對於自己是不是正確掌握了純粹殺人的概念，其實還是感到相當疑惑呢。」

事情的進展非常順利。我也露出了滿意的笑容。

「我不清楚犯罪學領域是怎麼定義的，但為了殺人而殺人，意思就是指不存在動機的殺人行為嗎？」

「確實是在指無動機殺人呢。但我總是在想，即使是被大眾這麼稱呼的事件，實際上真的是這樣嗎？」

「你的意思是？」

「也就是說，無動機這種場合，這裡的動機所代表的意涵，似乎就只是指稱以人類的慾望或情感為基礎的東西。但我不這麼認為呢。然而，因為沒有動機的殺人而鬧得天翻地覆的事件，其實以犯人的立場來說也存在紮紮實實的動機呢。『那實在太愚蠢了』、『會基於那種理由殺人嗎？』因為盡是讓人們萌生前述這類想法的動機，所以大眾才會採用無動機這種稱呼呢。」

其實打從一開始，滋原放在語尾的「呢」就讓人感到不悅。不過現在怎麼樣都無所謂了，因為就連我也認真地沉浸於談話之中。

「原來是這樣啊。雖然說法變得有些奇怪，總歸一句就像是世間普羅大眾無法接受的動機，是這個意思嗎？」

面對我的提問，滋原點了點頭。

「那個沒辦法被一般人接受的動機會是什麼呢？」

「這個嘛……」

滋原雙手抱胸開始思考。或許現在他的腦海裡正浮現出「作為娛樂的殺人」這幾個大字也說不定。

「詳細的內容我忘了，不過有些知名的事件感覺就屬於這種類型呢。」

他用熱烈的語氣說道。

「我記得是個美國高中生吧，他爸爸給了他一把來福槍當作生日禮物。高中生生日那天好像是星期六還是星期天的樣子，然後到了星期一的早上，他就用那把來福槍接連射殺上學途中的學生和通勤的上班族。動機據說是『星期一太無聊了』呢。」

「光是聽到這樣的動機就讓人覺得實在太瘋狂了。不過居住的地域或一起生活的家族、就讀的學校等社會性與人性環境面的問題，會不會作為某種重要因子潛藏在其中呢？」

我給出像是上電視的知識分子會說出的回應。

「不能一概而論呢，這也是這類無動機殺人的詭異之處。」

滋原意味深長地笑著，接著開始介紹幾個他想到的案例。

「洛杉磯有個從行駛中的車輛上用霰彈槍射殺小孩的男人，對他來說，對小孩開槍跟拿槍獵鹿或是獵雷鳥都是同樣的呢。墨西哥有個男人對一個母親身旁的兩個小孩開槍，他宣稱是這是為了因應急速成長人口的應對策略。亞利桑那的一個十八歲少年射殺了美容院裡的五名女性和兩個小孩，動機竟然是『我想要出名、希望大家都知道我是誰』呢。關於前面兩個例子雖然不清楚詳細的情況，但至少有聽說那個亞利桑那的少年在學校可是模範學生呢。」

「也就是說無論動機為何，他們都沒有違逆想要殺人的衝動嗎？」

我一提到原稿中出現的「殺人的衝動」後，他看起來就變得有些煩躁。

「我認為是這樣沒錯啦。但動機的真相這個最主要的關鍵，也就是動機的內容才是問題所在呢。」

「就是滋原學長剛才提過的『崇高的殺人』嗎？」雖然嘴裡這麼說，但我很想自信地高喊：

「也就是『作為娛樂的殺人』對吧！」

「就是這樣。我現在在回想有沒有比較相近的例子呢……」

他似乎正在用雙眼一本一本地掃過自己的藏書，並沒有注意到我的細微變化。沒過多久後，他應該是發現想找的那本書，並且回想起內容了。

「李奧波德與勒伯事件就是那種案例呢。這是兩個芝加哥大學法學院的傑出青年以達成完全犯罪為目的，綁架了富裕實業家的兒子後將其殺害的事件。當時這起事件被人們稱為『傑出青年的殺人實驗』，引起了軒然大波。後來該案被派翠克・漢米爾頓改編成舞台劇、而希區考克把它拍成電影，因此聲名大噪呢。」

滋原好像越說越起勁了，又接著說道。

「對了、對了，還有這樣的案例呢。有個女性和認識的男性一起開車兜風，然後在途中射殺了那個男的。他們並沒有什麼深厚的交情，真的單純只是認識而已。據說她的動機是『我想試看看如果殺了人，自己的良心會不會不安』。對我來說，比起『傑出青年的殺人實驗』，這個案例更能讓我有所共感呢。」

「心理學領域認為無動機的殺人並不存在，看來似乎是這樣沒錯。姑且先不提會不會被世人所接受，但是對犯人而言，這不就存在貨真價實的動機嗎？」

我把自己在圖書館讀到的東西和滋原的分享像這樣整合之後，他的臉上就浮現了相當滿意的表情。

「如果能稱之為無動機殺人的犯行真的存在，終究也是生理學方面的要因所導致的吧。近年國外也持續在進行研究，關於大腦機能障礙、也就是因為所謂的大腦疾病所帶來的突發性情感流露，據說其中對於憤怒或無法抑制慾望、反社會行為所產生的衝動等都可能會成為導致家庭暴力、虐待幼兒、自殺或隨機殺人等問題的重要原因呢。」

「也就是精神錯亂嗎？」

「就是認為原因應該是腦部疾病吧。」

「欸、這個……總而言之就是跟精神錯亂沒什麼不同對吧？」

「不對、不對。」他邊搖頭邊否定。

「假設大腦機能障礙是隨機殺人的要因之一，那麼犯人打從一開始就前往了其他的世界、也就是只有他自己的世界。可是大腦沒有任何疾病卻發狂的人，不、應該說或許發狂的人依舊持續停留在這個現實世界之中，有時還會突然蹦出很棒的發想，而且還是一般人無法想像的傑出想法呢。」

「這就是『崇高的殺人』嗎？」

我認為這是第二次的機會。但想是這麼想，卻不知道接下來該如何探究得更深入一點才好。所以我們的對話出現了短暫的停頓。頓時感到焦慮的我，忍不住就把心裡浮現的話給說了出來。

「學長是不是有什麼具體的想法？」

滋原像是做了什麼決定似地環抱起雙手，身體靠向後面的桌子。

「關於那些截至目前用來舉例的事件中的犯人，如果問我最感興趣的是什麼，我覺得會是那些人對於自己的動機到底理解到什麼樣的程度。」

他又再次開口。

「雖然稱之為無動機殺人，但我們還是能理解犯人們個個都有自己的理由呢。然而關於自身的動機，他們究竟理解到什麼程度？僅僅因為無聊就想對人開槍這種動機、為了確認自己的良心所以想射殺他人這樣的思維，兩者之間的瘋狂是不能相提並論的呢。確實，無論哪一邊都是因為個人自私的動機而殺人，這個部分並沒有差異。但是從殺人的意義這個觀點來檢視的話，兩邊很明顯是不一樣的呢。」

「你的意思是後者的動機更為崇高。可以這麼說嗎？就像是拉斯克尼科夫[33]那樣。」

「就是這樣。看樣子你已經理解我想說什麼了呢。不過你試著對社會大眾說這些看看，肯定會落入讓人以為你腦袋有問題、被當成瘋子看待的處境。『你究竟把人命當成什麼啦！』那些認為自己有良知的可憐人會像這樣大聲疾呼吧。可是啊，無論是誰，內心都存在一個拉斯克尼科夫。

㉝俄國文學巨匠杜斯妥也夫斯基筆下代表作《罪與罰》的主角，是一個頭腦聰慧但生活貧困的大學生。他認為自己和常人不同、是被選中的人，對於犯罪有一套自己的見解。

最後就只剩下誰優誰劣的問題罷了。」

「在這種情況下，假使越是優秀、我們就能評斷這個人的瘋狂程度更高對吧。」

「是啊。希望那些認為自己有良知的人務必要好好思考一下。站在戰爭這種無差別的大量屠殺行徑之前，那些瘋狂的殺人竟然顯得更有意義呢。」

不知不覺間，滋原已然沉浸於自己所說的話之中。我一邊觀察他的樣子、然後用微微顫抖的語調問他。

「那麼就滋原學長的想法來說，以最為出色的動機為依據的殺人行為，會是什麼樣的形式呢？」

「被稱為無差別殺人事件的犯人裡面，我想絕大多數應該是為了認知自己的存在才犯下殺人罪行的呢。」

他這麼說著，然後突然站起身來。

「為什麼自己會誕生？為什麼自己會活著？這其中又有什麼意義？犯人不過就是為了尋找答案，作為一種接近那個答案的路標，才選擇了殺人這種手段罷了。」

說著說著，他開始在書架和我之間緩緩移動。感覺就像是要繞到我的背後那樣。

「不過啊，在他們之中肯定還是會有少數幾個能夠面對自己、能夠與自己心中的拉斯克尼科夫對峙的人呢。但是這個世界上的某處也存在著那些人無法抵達的領域，或是常人絕對無法入侵的領域。」

伴隨他的移動，我也只是跟著轉動脖子——明明心想得快點逃離這裡——結果又接著進一步追問。

「滋原學長心中的拉斯克尼科夫，有沒有說他到底想做些什麼呢？」

他突然停下了動作。我那不自然的轉頭動作也同樣完全停止了。

滋原的臉面無表情、令人感到畏懼，他的視線也望著別的地方。

「會想試著殺害毫無冤仇的朋友呢。而且還是能堪稱好友的人……」

他說出這句話以後，身體猛然動了一下，我也幾乎同時放聲尖叫。

關於之後的事情，我就不想多提了。

房東阿姨迅速地直奔這裡而來。

而阿姨她進到二號室裡所看到的景象，是跳上窗邊的桌子、雙手往前伸出並且僵直不動的我，以及想用書架上的銅製書擋去砸牆邊角落的蟑螂，卻功虧一簣、張開大嘴向我投來恐怖眼神的滋原身影——這個時間戶部和福利元都還沒從學校回來，也算是僅有能感到慶幸的事吧。

我向房東阿姨和滋原解釋，自己是看到蟑螂才尖叫的。雖然滋原接受了這套說詞，但阿姨卻沒有。她好像懷疑滋原意圖對我不軌，所以之後有好一段時間，每次碰到我的時候她都會一臉嚴肅地說：「如果有覺得不舒服的事情，就跟阿姨我商量吧，因為我是站在你這一邊的啊。」

最初的「訊問」就這麼結束了。啊啊，這實在是……

滋原這個人的腦袋確實怪怪的，甚至還說出了「殺害好友」這樣的話語。不過，當他看向發出尖叫準備逃跑的我，從他那時的表情來判斷，怎麼也不覺得這個人會殺人。滋原沒有襲擊我的意思，相反地，反而他還是更害怕的那一方。

因為也沒有其他辦法，所以我打算繼續「訊問」。不過，坦白說我很沮喪。因為我一度確信滋原就是犯人，所以知道自己好像搞錯了以後也大受打擊。上演這齣不像話的大騷動，也是我對自己感到相當嫌惡的原因。

說到底，滋原本來就不可能殺我吧，而且還是在自己的房間裡下手什麼的，這是稍微用大腦想一下就很清楚的事情。因為我認為自己有當偵探的才能，所以這是相當大的挫折……

不會一直煩惱下去就是我的優點。於是我重新打起精神，再次展開「訊問」。

話雖如此，我把順序從福利元改成了戶部。差點被滋原殺掉的體驗——雖然是我自以為是的誤解——或許喚醒我對恐怖驚悚＝殘酷殺害的印象。所以才想把喜愛恐怖風格作品的福利元先擱在一邊。

應該是升上三年級後課程就變少了吧，和戶部、我以及滋原相比，福利元待在公寓裡的時間比較多。看來「訊問」滋原的時候其他兩個人不在，真的就只是偶然而已。

首先，我先確認滋原人不在公寓——其實就算在也無所謂，但不在的話心理上會比較輕鬆——然後上到二樓。福利元好像待在房間裡，不過六號室和九號室之間還隔了兩個房間，所以我也不怎麼在意。

敲了門以後，就聽到「請進」的回應。我稍微深呼吸一下，說了句「打擾了」就把門打開。房間的正中央擺著暖被桌，戶部就坐在它的另一頭。從這裡可以看見他纖瘦的上半身，還有那張戴著眼鏡、感覺有些神經質的面容。他好像正在看書。才覺得是不是打擾到他了，戶部就先笑著「呦」了一聲，然後將身子靠在座椅子上後問我：「有什麼事嗎？」

「嗯，其實……」

我盡量不摻雜感情、把自己跟滋原談過的內容告訴他。因為我在踏入這個房間的瞬間就覺得這麼做會比較妥當。即便如此我還是開始緊張了，說話的時候都沒有看著戶部的臉，就只是把視線落在暖被桌上那本東城雅哉（とうじょうまさや）的作品《九岩塔殺人事件》。

大致聽完我的話以後，戶部說「你先請坐吧。」然後從背後拿來一個坐墊遞給我。

我邊道謝邊坐下，但腳並沒有伸進暖被桌內。和滋原那邊相比，這個房間相當整潔有序，所以我並不是擔心這個暖被桌不乾淨。不過，無論如何就是不想把腳放進去。

和滋原的房間一樣，這裡的書架也設置在進門後左手邊的那一整面牆。但是和滋原大大不同的，就是排在上頭的書籍都整齊劃一地依照出版社、開本尺寸、作者分門別類。與其說是閱讀愛好者，我反倒浮現出愛書人這個詞彙。

「你說的事情我大致理解了。那麼具體來說，我應該說些什麼呢？」

戶部的態度非常紳士。可是，怎麼看都讓我感覺這個人其實無論如何都想展現他淵博的所知所聞，不管內容是什麼都可以。

我的判斷是不是太壞心眼了啊……

或許這是自己的偏見，但越是仔細觀察，就越無法不認為事實果真就是如此。

「說到推理懸疑這個領域啊——」

或許是我窺視戶部表情的樣子看起來像是正在煩惱該怎麼回答吧，於是他就用一副「總之先這樣吧」的態度開始說了起來。這似乎也讓我感到不快。

嗯。也許我的感覺是對的……

總覺得就像是在表示「在我說這些無關緊要的話題時，你就好好想想要問什麼吧」。

「即使在文藝這個圈子裡也是一個高尚的類型。確實，有很多作品都涉及到殺人，但是並沒有現實的事件那種活生生、血淋淋的要素。也沒有恐怖小說那種鮮血狂噴的場面。它由始至終都是知性而且優雅的。特別是本格推理這種類型，更是擁有健全判斷力的成熟人士娛樂。」

雖然不是什麼問題，但戶部最後還是針對其他兩個人的興趣做出了委婉的批判。

「在現今的日本，談起推理懸疑就總是有種被看不起的感覺，但是在英國等地它就是知識分子的讀物，這樣的意識從以前就已經存在了。」

雖然我討厭滋原在語尾加上「呢」的那種令人不舒服的說話風格，但戶部這種「我就是知識分子喔」的口吻，也非常令人渾身發寒。

啊啊，果然真戶崎學長還是最正經規矩的啊。

「話說在一八四一年的時候……」

在我不合時宜地回想起真戶崎學長的事情時，戶部開始聊起愛倫・坡筆下的杜賓怎麼了、然後瑪麗又怎樣了。

不、不行……再這樣下去又要重蹈滋原那時的覆轍了。

焦慮的我正思考著該怎麼改變談話的方向。可是我不認為自己能夠抗衡對專業話題侃侃而談的他。

好吧，現在只能採取正面突破了！

「不好意思，請問有動機很奇特的殺人事件嗎？」

我突然切入正題。

對於我突如其來的提問，戶部「欸」了一聲之後就傻住了。或許他原本想好要講上一個小時左右的推理歷史突然被打斷了，所以才受到了打擊吧。不過因為他自詡為紳士，所以也不會對身為女性的我動怒。

這麼一來，就要速戰速決了！

雖然「訊問」滋原時失敗了，但可以學到的東西很多。我想要立刻來活用那些收穫。

「說到推理小說的殺人，而且還是戶部學長提到的本格推理中的殺人事件，動機會比較明確對吧，像是遺產繼承或報酬之類的。但我想問的不是那種，是更奇特的……意思就是……該怎麼說呢……就像是沒有動機一樣……為了殺人而殺人嗎……對了！有沒有像是純粹殺人那種動機呢？」

我一說出「純粹殺人」，戶部就像是很佩服似地「哦」了一聲。與此同時，他臉上露出了完全就是發現很棒的談話對象那樣的神情，興高彩烈地說了起來。

「不、不，沒有那種事。就像你說的那樣，不管是誰來看都一目了然的動機確實不少。這是推理懸疑這種文藝類型大致經過了『Whodunit』、『Howdunit』、『Whydunit』等階段後一路成長而來的。『Whodunit』，就是犯人是誰。無論在什麼時代都是推理的中心主題。『Howdunit』是該怎麼執行殺人、也就是與犯罪手法——總結來說就是詭計啦——相關的部分。長久以來，這兩項在推理的領域已經成為一個大型主題。當然，其中還有『Whydunit』，也就是重視『為何會牽涉到犯罪』這種動機的作品。可是，如果我們檢視宏觀的推理歷史洪流，從『Whodunit』和『Howdunit』移轉到『Whydunit』的過程——」

現、現、現在到底說的是什麼啊……

完全沒有顧慮我的表情，戶部繼續他的說明。再這樣下去，感覺就會漸漸偏離我的提問了。

「啊，真、真是抱歉。那個……我想請教的是具體的內容。像是『有這樣的動機存在』之類的……」

我剛插嘴，戶部又再次僵在那裡。看來自己說話的時候即使只是被打斷了一下下，他也會在轉瞬之間停止思考。

真是的，有夠麻煩啊……

心裡剛這麼想，他就突然換上為難的表情。

「嗯嗯，如果說出有什麼樣的動機，那麼作品內容就會被劇透了吧。那種行為可是違反推理讀者的規矩喔。」

規、規矩嗎？

這個只顧著說自己想說的男人，到底在跩什麼呀，真讓人一肚子火。

「不過這個嘛，舉個例子——」

戶部好像忘了自己剛才說過的話，似乎打算提出具體的事例。

他果然還是想說啊……

「范・達因有一部名為《主教殺人事件》的作品，內容涉及仿效鵝媽媽童謠的歌詞將人殺害的童謠比擬殺人。而這起事件中的犯人動機，用現代人的表現方式來說就是『異常』吧。」

這部作品我還沒有讀過，只有在圖書館查資料的時候知道了這個書名。似乎是曾經在日本也獲得極高評價的小說。另外好像還有一本叫做《格林家殺人事件》的作品。

而且就算說這本書的動機很異常，但是對我來說，在聽到裡面有人依照鵝媽媽童謠的歌詞來殺人的時候，我就已經覺得超乎尋常到極點了。

不，那些事怎麼樣都無所謂。可是沒讀過那本書的人不就完全無法理解了嗎？

「本格推理原本就是一種遊戲性比較強的文藝類型，所以也有很多現實中不可能出現的奇葩動機。」

照這樣下去又會離題了，於是我開始提高警戒。

「那心理異常驚悚又如何？」

戶部馬上面露嫌惡的表情。

「那是六〇年代到七〇年代以歐美地區為中心流行起來的，現在就連日本這裡都在嚷嚷著『Psycho、Psycho』什麼的，但是那種類型的作品一旦沒有處理好，就會變成單純的心理類或懸疑類作品了。如果最後的成果不錯那當然是好事，但是有很多作品都盡是在擺弄對犯人異常心理的描寫，根本不必寫成推理風格。首先，雖然坊間都在左一句右一句『Psycho、Psycho』、好像那是什麼嶄新的東西一樣，其實在本格推理中登場的犯人，在過去就有許多被喻為精神異常的人物設定，對我而言這種類型早就出現了。可是，即使是心理異常驚悚類的作品，只要結合敘述性詭計的話——」

看來戶部應該是非常正統的本格推理狂熱者。所以只要是偏離本格的作品，即使只有一點點他就無法認同。他那近似偏執狂的想法已經不由分說地傳達到我這邊，令人心生畏懼。

真傷腦筋……

和滋原談話的時候比較順利，但是戶部這個人可就難應付了。因為這個男人無論是什麼內容，最後都會把話題帶到本格推理的方向。

現在他還是完全沒有顧慮我的意思，極力主張即便是心理異常，只要運用了敘述性詭計就能成為本格推理。不過他沒有舉出具體的例子——畢竟存在所謂的規矩嘛——所以我也無法理解。

儘管如此，我還是裝作有在聽的樣子，靜待開口的時機。如果再次突然插嘴、讓他又傻在那裡的話也不太好。

「請問！」

戶部才剛喘了一口氣，我就立刻舉手。

「啊，請說。」

他也像是反射動作一樣、自然而然地讓我發言。沒辦法無視開口說出「請問」而且還把手舉起來的人，或許是托了六年的小學教育之福吧。

「不告訴我作品名稱也沒關係，能不能麻煩戶部學長分享幾個你知道的異常動機呢？」

「只要動機……就可以了嗎？」

「是的。」

「噢，相較於詭計，如果是動機的話也比較不會劇透吧……唔嗯，雖然每個狀況都不同啦，但如果要說特別異常的動機……」

戶部一副「這個女的到底想說什麼啊」的反應。正當我覺得他又要說出什麼推理的規矩時，他突然大喊一聲、站了起來。

「啊啊！」

或許是因為先前發生了滋原那個狀況，所以我維持坐著的姿勢，只用雙手移動身子、連同坐墊一起在榻榻米上滑動到快接近門口的位置。

然而，戶部並沒有對我做什麼，只是站到了書架前面。

咦……

仔細一看，就看到他從排成兩層的書架深處拿出一本氣派的盒裝書，然後像是對待貴重品那樣用雙手捧著、坐回先前那張座椅子上。

「江戶川亂步(えどがわらんぽ)有一本評論集，叫做『續・幻影城』。就是這個。」

自不用說，在戶部把書放到暖被桌上並開始介紹之前，我就迅速連同坐墊一起回到原本的位置。

「這裡面收錄了知名的〈類型詭計集成〉。他把推理作品中使用的各類詭計，如同字面意義那樣分門別類並進行介紹，是一本可以譽為詭計事典的嘔心瀝血之作——」

進行說明的時候，戶部的臉上也顯露出淺淺的笑意。看來他真的很喜歡這本書吧。

「另外這本書也收錄了《偵探小說所描寫的異常犯罪動機》這種只擷取動機的章節喔。」

我說啊……如果有這麼方便的東西，請一開始就拿出來好嗎。

我很想抱怨一下，可是戶部完全沒有意識到我這邊的樣子，就只是帶著陶醉的表情繼續說明。

「亂步在裡面參考了法蘭索瓦・佛斯卡的《偵探小說的歷史與技巧》，把異常犯罪動機大致分為四種類型。第一，感情的犯罪、第二，利慾的犯罪、第三，異常心理的犯罪、第四，信念的犯罪。為了更詳盡地說明這些，所以後方還使用括號各自加註。感情的犯罪是（戀愛、怨恨、復仇、優越感、劣等感、逃避、利他）；利慾的犯罪是（物慾、遺產問題、自我保護、守護祕密）；異常心理的犯罪是（殺人狂、變態心理、為了犯罪的犯罪、遊戲性犯罪）；信念的犯罪是（以思想、政治、宗教等信念為根據的犯罪、迷信導致的犯罪），」

欸、亂步這個人竟然還做到這種程度啊。

我知道的頂多就是怪人二十面相和少年偵探團而已，驚訝之餘也同時感到相當敬佩。

根據從他那裡聽來的內容，被分類到「異常心理的犯罪」中的「為了犯罪的犯罪」或者是「遊戲性的犯罪」，感覺都和「作為娛樂的殺人」相符。還有「感情的犯罪」之中的「優越感」，或許也是「作為娛樂的殺人」隱藏動機的一部分。

就在我這麼思考的時候……

「提到亂步我就想到了，有個恰到好處的例子。」

戶部一臉開心地說著。

「亂步有一篇作品叫〈屋頂裡的散步者〉，因為是一種倒敘式的推理作品，所以即便聊到詭計或是動機都沒關係。對了、對了，說到這個倒敘推理啊，原本奧斯汀・弗里曼在《歌唱的白骨》裡面——」

接下來，就是一場關於倒敘推裡的內容和歷史的講座。從《歌唱的白骨》這部作品開始，一直到就連我也知道的《神探可倫坡》的名字登場時，到底經過了多少時間呢？

這根本就不是速戰速決吧。

話雖如此，至少可以認清一件事，就是如果不把戶部的話給聽到最後，他應該會心生不滿而發飆吧。

「所以，這篇〈屋頂裡的散步者〉啊——」

話題都扯那麼遠之後，還是會好好回歸原本提到的東西，這應該用厲害還是什麼來形容呢？也罷，有回題就好了。

「這篇作品裡有一個叫鄉田三郎（ごうださぶろう）的人物登場。鄉田覺得這世間實在是無聊透頂了，不管做什麼都很快就會感到厭倦。所以工作也好、娛樂也罷，都無法長久持續下去。慶幸的是雙親每個月都還會給他生活費，所以不必為吃穿煩惱。正因為他是這種個性，所以一直無法停止對新環境的追求、持續不斷地搬家。然後就在幾經多次搬遷後，他來到了東榮館這間出租公寓，並且遇見了已經以業餘偵探身分活躍的明智小五郎（あけちこごろう）。從對方那裡聽聞犯罪和偵探小說的話題之後，他感到極為欣喜，原來世界上還有這麼有趣的事情存在。到後來，光靠聽故事跟閱讀已經無法滿足他了——」

——所以，這傢伙是打算把整篇故事都講完嗎？〈屋頂裡的散步者〉好像是短篇作品，這算是不幸中的大幸了吧。

總結戶部所說的話，鄉田對獵奇事物的興致開始日漸高漲，在某個偶然的契機下，他爬到公寓的屋頂夾層裡面，然後開始四處窺視每個房間房客的生活。後來，鄉田來到一個姓遠藤的牙醫助手所住的房間天花板上，從孔洞滴下毒物、毒殺了正在睡覺的遠藤（えんどう）。大概是這樣的故事。

這其中最有意思的地方在於，鄉田完全沒有殺害遠藤的動機，而且殺害的對象即便不是遠藤也無妨。因為鄉田只是想嘗試犯罪而已。只不過，那並不是揮舞菜刀殺人的野蠻行徑。要從屋頂夾層滴下毒藥、落入在如同密室的公寓房間內睡覺的男人口中，讓他看起來像是自殺。對鄉田三郎這個男人而言，這種考量到自我保護、極其獵奇的犯罪，無論如何都是必要的。

這不就跟那篇想著「即使現在殺了這個傢伙，我也絕對不會被懷疑的吧」的〈作為娛樂的殺人〉非常相像嗎？

我感到很興奮。也懷疑戶部提起〈屋頂裡的散步者〉到底是不是偶然。

這、這個傢伙，就是〈作為娛樂的殺人〉裡面的那個「我」嗎？

可是，他卻在不知不覺間聊起了日本家屋裡的密室犯罪。然後照樣依然故我地繼續說起〈D坂殺人事件〉怎樣怎樣、《本陣殺人事件》如何如何、《刺青殺人事件》又是怎麼一回事。

我看向掛在書架對側的時鐘，不禁嚇了一跳。再過不久就要八點了呢。

唉，肚子都餓了。

現在已經顧不得等待說話空檔了，我突然劈頭就問。

「戶部學長是怎麼看待〈屋頂裡的散步者〉裡所描寫的動機的？」

原本還以為他又要愣在那裡了。

「很喜歡。」

結果他也直接回答了，反倒是我訝異地「欸」了一聲。

「就我原本的喜好來看，對於這種把焦點放在異常動機的推理作品，說老實話我並不喜歡。不過，亂步描寫的那些趨使犯罪者們的東西——就是那種衝動，說到底，我認為那些和存在於推理基底之中的東西是相同的。」

他到底在說些什麼啊?完全搞不懂。

「也就是說——」戶部接著說下去。

「無論在推理懸疑小說裡登場的東西是什麼——例如密室、不在場證明、童謠殺人等等——涉及那些東西的意識基礎，都存在著對於非日常事物的憧憬。與之相同的氣息也從鄉田三郎的犯罪動機之中持續朝我們進逼而來。正因為如此，我才會無法不對他抱持共感。」

雖然我覺得自己好像多少能理解了，但我實在不希望話題又繞回到本格推理，所以我決定一鼓作氣使出關鍵的一擊。

「鄉田應該覺得無論目標是誰都可以吧。那至今有沒有出現過雖然這一點不同，可是動機與鄉田類似、而且是要殺害特定對象的例子呢?」

「特定的對象……意思是?」

「這個嘛，例如說……」

我裝作在思考的樣子，然後心裡盤算著說出下一句話的時機。當然，我是為了要在說出「殺害好友」這句話的瞬間觀察對方的反應。

然而，幾乎就在我打算開口的同時，戶部這麼說道。

「例如說殺害好友……之類的嗎?」

咦……欸欸!?

我半張著嘴，就這麼一臉茫然地看著戶部，而他也望著這邊、持續凝視著我的臉，最後咧嘴一笑。

就、就、就是這個傢伙！這傢伙就是犯人啊！

被恐慌襲擊的我，頓時不知該如何是好。等到回過神來，我已經嘴裡說著「打、打擾你了」，然後飛也似地逃離了這個房間。

就像是要追擊落荒而逃的我那樣，戶部的聲音在走廊上響起。

「偵探遊戲已經結束了嗎？」

什、什麼……？我去找他的目的，他、他察覺了嗎？

打從一開始就暴露了。唉——

雖然和訊問滋原時的情況不同，但我再次被徹底擊敗了。

我覺得也不可能立刻對福利元展開「訊問」了。與其說是一時半刻無法進行，或許不想做了才是真心話吧。由此可見我受到的傷害有多麼嚴重。

即使是這樣，戶部為什麼會知道我在進行偵探調查呢？是從滋原那裡聽來的嗎？明明彼此的關係完全沒辦法說是有多好的這兩個人？但是，除此之外我也想不到其他的可能性了。

等等……還有房東阿姨不是嗎。阿姨她相信那個邋遢的滋原意圖對我這個少女不軌，所以之後很可能會直接質問他當時在房裡對我做了什麼。當然，滋原為了消除那些懷疑，自然會把他跟我的對話原原本本地告訴阿姨。

然而阿姨肯定是有聽沒有懂。這也是理所當然的，所以她才會去找戶部商量吧？又或者只是當成閒聊的話題而已嗎？嗯，感覺應該是後者。而身為推理狂熱者的戶部，就從那些談話內容中推測出我應該正在調查真戶崎學長的死亡事件。這時還一無所知的我就找上門了，然後說出了那句「台詞」，於是戶部對於自己的推理也更加確信了。

可惡，我被耍了啊！

咦……不過真是奇怪啊。戶部他確實說了「殺害好友」，那麼他為什麼會說出這句話呢？又為什麼會知道？是滋原向阿姨說明之後、阿姨又告訴戶部嗎？還是說戶部真的是犯人呢？

啊，對了。仔細想想，不管那三個人裡頭的哪個人是「我」，和真戶崎學長聊天時，應該也曾提過一、兩次關於「殺害好友」的話題吧。在〈作為娛樂的殺人〉裡面，犯人那強烈的自我表現欲也表現得非常顯著。對於作為「好友」對象的真戶崎學長，不可能沒提過如此關鍵的重要詞彙。

這麼一來，真戶崎學長就可能曾經向其他兩人提起「殺害好友」的話題。只不過他知道那三個人的關係不好，所以也不會提到是從誰那裡聽來的。只是當成一個特別的話題，然後跟對方聊起「也有這麼有意思的想法呢」而已。如果這麼思考的話，一切就說得通了。

或許我真的很適合當偵探也說不定——

不，現在還不是能高興的時候。這麼一來，對福利元的「訊問」就會變得更加艱難了。嗯，說是「訊問」，其實也就是對方一個勁地講，而我不過就是扮演聽眾的角色而已。

這下該怎麼辦……

都已經「訊問」過滋原和戶部了，如果只放掉福利元的話也太讓人火大了。而且，搞不好他可能還什麼都不知道。

所以我要打起精神、重整旗鼓！

就在我這麼思考的時候，大雪持續紛飛的十二月已經過去一半了，就快接近進入寒假的年末時節。

事實上，至此之前我的心情一直很沮喪。真戶崎學長已經過世快四個月了。別說適不適合當偵探了，我完全就是個丟人現眼的偵探。

迎接師走[34]的茄叉兔，因為連日的降雪讓整個城鎮都染成了一片雪白。茄叉兔湖也結凍了，當地的孩子們都在上面享受滑冰的樂趣。

池和莊的三個男性房客好像也會在年末年初時返鄉。首先，戶部在十二月的時候就早早離開。聽房東阿姨說，滋原好像也是這幾天會啟程，不過那些傢伙怎麼樣都無所謂了，問題在於福利元。

他的計劃好像還是未定，就連阿姨也不曉得。原本我打算要等到最後一刻才回去——話說父親的「你給我搬家」電話已經變成「你給我回家」電話了——所以還有辦法跟他碰面。但也有可能演變成一回神才發現他人已經離開的情況。所以現在並不是情緒低落的時候。

那一天我終於下定決心來到了九號室的前面。想了一下，自從去戶部的房間對他「訊問」以來，這可是睽違已久再上到二樓呢。

敲門之後，就傳來了粗厚的一聲「噢」。我擅自將它解讀為「請進吧」，然後將門打開。

就在這個瞬間，我似乎產生了從北國的寒冷走廊，瞬間跳躍到南國叢林的錯覺。除了房間裡非常溫暖之外，各種亂糟糟又色彩繽紛的東西一口氣竄入視野也是原因所在。

和其他兩個人一樣，福利元房內的牆邊也是書本堆積如山的景象，但是對側還有一座由足以匹敵書本數量的錄影帶所堆起的山。再加上左右的牆壁都縱橫交錯地懸掛著繩子或鍊子。那裡有在空中飛舞的蝙蝠男、吸血鬼、恐龍（是無齒翼龍嗎？），天花板還垂掛著狼人、半魚人、佛蘭肯斯坦。在它們周圍攀附著讓人感到不舒服的食蟲植物（食人植物？會在超人力霸王的怪獸島出現的那種傢伙？）、窗邊的桌子上擺了好幾個怪獸和怪人模型……這樣的感覺與其說是雜亂，不如說是公寓的某個房間裡出現了一個渾沌空間。

㉞舊曆十二月的稱呼，也稱為臘月或極月。語源典故有許多說法，其中進入年底十二月，因為家家戶戶都要迎接師（僧侶）前來進行誦經等佛事，所以僧侶會因此東奔西走的說法，和歲末年終人人忙於為過年做準備的情況很相近，因而成為慣用。

這過於誇張的情景，讓目瞪口呆的我佇立在原地，一動也不動。

太、太驚人了……

「噢，很冷耶，快點進來然後把門關上。」

福利元的話把我拉回現實，我立刻回應「好」，接著把門關起來。

明明被書本和錄影帶還有角色模型（是這麼稱呼嗎？）給包圍，但不知為何，這個房間和福利元本人都帶給人一種野性的感覺。是因為平頭和精壯的體格才讓人這麼覺得的嗎？房間的第一印象是南國叢林風多少也有影響嗎？

如果滋原房間裡的雜亂讓人產生近似對污穢物的厭惡感，那這個房間的渾沌感則是會令人感受到奇特的恐怖感，好像天花板會掉下毒蟲、書和錄影帶之間會有毒蛇鑽出來。難道，這是因為我已經被囚禁在福利元的恐怖世界裡的關係嗎？

因為有了滋原和戶部那時的教訓，所以對福利元的「訊問」，我打算改變戰術、直截了當地進行對決。但是我被房間裡異樣的氛圍給震懾了，所以一句話也說不出來，就這麼呆呆地站在那裡。

「你之前好像也去找過戶部和滋原對吧，到底有啥事勒。」

果然已經知道了……

但不可思議的是，我並沒有感到灰心。這是因為比起兜著圈子試探，我認為這個男人應該要單刀直入地進攻。或許會在房間和房客身上感受到野性的氣息，是無意識之間對他的性格做出判斷的關係吧。

即便如此，我還是說出了準備好的「台詞」，然後觀察對方的反應。

「齁～」

就只有這樣而已。讓我不禁想學吉本新喜劇[35]的演出那樣來個綜藝摔。

無可奈何之下，我小心翼翼地把從滋原和戶部那裡聽來的犯罪小說與推理小說擁護論，以及恐怖小說批判論都告訴他。

「我說啊，無論是好還是壞，恐怖驚悚都是娛樂啊。」

原本我已經做好準備要面對他的怒氣，然而福利元卻結結巴巴地說了起來。

「真要說起來，小說這種東西不管哪種類型都是娛樂喔。無論設定再怎麼真實，犯罪小說也是歸屬於小說，所以同樣是娛樂。紀實小說當然也不能和小說分開來各自討論。而推理小說就是最具娛樂性的作品，即使稱它為知性遊戲還是什麼的，終究還是一種遊戲。我並不是認為這樣不行，但如果事實就是如此，直接承認會比較輕鬆吧，因為根本沒有必要把事情弄得過度複雜。就這一點來說，恐怖小說就非常明確。」

㉟由日本知名演藝經紀公司吉本興業旗下的搞笑藝人所演出的喜劇節目，也會用來泛稱演出該體系相關節目的成員。

感覺福利元和滋原、戶部有些不一樣。如果是那兩個人的話，在這種時候就會一個勁地講一些恐怖驚悚怎樣怎樣的說明吧。但是他並沒有這麼做。

福利元應該是認為沒有必要特地耗費自己的精神氣力去說一些對方根本沒興趣的話題。當然，如果是平時的話我可是求之不得，可是現在這種狀況就令我困擾了。

「所謂的恐怖作品，可以說是血腥虐殺類型的作品嗎？因為總是給人一種會有殺人魔或怪物出現，然後接二連三把人給殺掉，既殘酷又血淋淋的印象呢。」

「唔，一般來說是這樣啦。」

即使承認這個說法，但是看得出來福利元還是有些不能認同的地方。

雖然想跟這個蠢女人好好說明一下恐怖驚悚究竟為何、讓她好好了解一下，但另一方面又不想搞得這麼麻煩。感覺福利元就是這樣的心情。

我立刻讀出了他的思緒，覺得此時此刻應該要好好地煽動一下。

「或許討厭恐怖題材的人會覺得為什麼要刻意去讀、去看那些東西吧。」

「我說啊……」

這下子就算是福利元也沉不住氣了吧。

「即使一概都用恐怖這個詞彙去稱呼，但是其中也包括了怪奇小說或幻想文學之類的東西。這正是從哥德小說到現代恐怖、不，現在應該說是後現代恐怖了，於此之前的歷史中出現的變遷。

根據作品不同，從會被認定為文學的作品、到讓人皺眉的低俗恐怖作品都有，範圍相當廣泛呢。至於血腥虐殺＝恐怖的印象，是來自於八〇年代在日本流行的恐怖驚悚電影。」

「原來是這樣啊。」

這裡就老實地聽他說就好。

「嗯，推理小說在現今也獲得大眾的認同了，在過去它受到的待遇可是跟情色小說差不多呢。可是，恐怖小說就是因為缺乏了那樣的大眾性，所以有很長一段時間都只是部分愛好者檯面下的興趣。」

「那麼血腥虐殺風格的電影是因此迅速被大眾認可的嗎？」

「當然不光只有這個原因，像是怪談風潮啦、世紀末衰退氛圍啦、高娛樂性的當代恐怖小說登場之類的，各式各樣的條件和環境都備齊了。」

福利元看起來很像是在眺望著遠方。或許他是自顧自地回想起恐怖驚悚作品的興衰歷程吧。

必須得說些更具刺激性的事情，把他拉回現實！

「不過，現實世界中發生獵奇事件的時候，主要還是恐怖電影會受到抨擊對吧。」

他那顯得有些無神的雙眼突然變得嚴肅起來。

「聽好了，不管血流得再多、人肉再怎麼四處飛散，全部都是虛構的創作。因為是虛構的世界，所以才能讓人享受啊。知道在那個世界玩樂是多麼有趣的人，無論如何都不會在現實中做出同樣的事情。會引發那類事件的傢伙，即使沒看恐怖電影也遲早會這麼做的。沒錯，看恐怖作品或許會受到影響也說不定，但是那又占了動機的幾個百分點呢？就算真的有，也只是些微的比重而已。這樣的話，情色影音多少也會對健全的青少年造成影響。不對，即使是大人也會被影響吧。不過，就算發生強暴犯罪或痴漢事件，都不會有人說要處理情色影音，這不是很奇怪嗎？重點就在於情色影音是有市場的，能夠從中賺進大把鈔票。所以無論是誰都不會去處理、也無法去處理。恐怖作品終究還是見不得光的，依舊是非常弱勢的存在啊。」

無論多麼真實，實際上還是虛構的世界，所以不可能在現實中發生——

雖然我同意他所說的，但也覺得這不就是踩在分界線上的「作為娛樂的殺人」嗎？也就是說，這是一有機會就可能發生的危險世界裡的故事。

「所謂的被大眾認同，就是意指要大眾化——」

福利元應該不會知道我現在的想法，但幹勁的引擎總算是發動了吧，開始變得多話起來。

「推理小說的場合，因為有詭計和意外的犯人這類不管是誰都可以享受的要素，所以傳播容易、娛樂性也比較強。不過大眾化就是要形式化、類型化，所以對於必須由作者本身來破解自己構築謎團的推理作品來說，時常會碰到走入死胡同的風險。不過無論是好是壞，讀者都具備那就是一場遊戲的觀念。所以除了部分的狂熱者之外都是會被接受的，而且內容部分也不是問題。然而換成恐怖小說的場合，再怎麼說是虛構，終究還是要圍繞著人物的死亡打轉。確實，推理作品也會牽涉到死亡，但是相對於推理懸疑中的死亡會被大家認知為遊戲過程中的死亡，人們對於恐怖驚悚作品裡的死亡，感受上是更加活生生、血淋淋的。這是人們在活著的時候所遭遇的真正死亡。這恐怕是現代恐怖作品登場以後出現的感受吧。如此一來，正因為它是娛樂，所以才會遭受攻擊。特別是電影等被動性的東西更是如此。討厭血腥虐殺風格的人，在見識到殘酷的描寫之前，就會在無意識之間意識到那些飛濺的血液和裸露出來的內臟，其實都是裝填在自己體內的東西，而且人類竟然就這樣化成一堆肉塊，因此肯定會心生厭惡的。也就是說，儘管描繪出一個高度虛假的世界，但實際看起來卻是個極為真實的世界。或許這就是恐怖驚悚的真實本質也不一定。」

「那種真實感反倒會被不存在於現實世界的怪物等存在給淡化──或許是這樣，沒錯吧。」

我只是把突然浮現在腦海內的話給說出來而已，但福利元卻露出了諷刺的笑容。

「你的看法也滿深入的嘛。」

「話說，和推理或犯罪作品不同，我認為恐怖作品裡並不一定會給出讓人死去的理由。」

福利元好像也被情勢給牽著走了，差不多可以逼近目標話題了。

「最大的差異，就是不管是推理還是犯罪作品，殺人的通常都是人類，但恐怖作品就可能出現人類以外的東西對吧。」

「如果是人類的話，果然就是像殺人魔那樣的存在嗎？」

雖然我這麼詢問，但是進展就跟談論推理作品時一樣，所以我有些煩惱。這麼一來，就只能一邊聽他說、一邊靠我自己修正對話的情勢走向了。

「與其說是犯人，不如說是殺戮者。當殺戮者是人類的情況下，廣義來說就是精神異常者，也就是腦袋有問題的殺人魔、狂熱信徒、或是有性虐癖好或食人嗜好的人、還有瘋狂科學家等，總之就是形形色色。也有被惡靈附身的例子，不過那有點不一樣啦。」

「如果是心理異常驚悚作品的話，跟推理就很接近了呢。」

「是啊，往前追溯的話，推理也好、恐怖也罷，都是屬於從怪談衍生而出的一種文藝領域，所以就會出現類似的部分，以及踩在兩邊交界的部分喔。啊，就這個意義來說，這兩邊都有牽涉到壞種題材呢。」

「壞種？」

「簡單來說就是兒童異常者。外貌像是天使一般惹人疼愛，但實際上卻喜歡殘殺蟲子或動物，到後來甚至還會對人類出手。這算是作品的固定模式了。」

「所以壞種這種人，就是天生的殺人魔嗎？」

「這個嘛……基本上被認為是先天性的例子會比較多吧。有部直接以此為主題、片名就叫做《壞種》的電影裡，就是以一個純真無瑕的少女擔綱殺人魔的角色。在湯姆・崔昂的傑作《另一個》裡有同卵雙胞胎登場。《誰能殺了孩子？》之中，成群結隊的孩子對大人發動了攻擊。史蒂芬・金多次被改編成電影的《玉米田的孩子》也可以說是這種體系吧。麥考利・克金主演的《危險小天使》也是非常正統的壞種題材作品。雖然有些偏離剛才列舉的作品，不過茱蒂・佛斯特主演的傑作《黑巷少女》㊱也可以列入這個領域吧。」

「對孩子們來說是誰都無妨，總之就是要殺人吧。」

「也是有這樣的例子。從小孩的視角來看，嗯，那就像是在玩家家酒式的殺人遊戲吧。另外也有故事是孩子看到自己喜歡的人對其他人表現出好意的樣子，也就是竟然把愛投向了自己以外的對象，然後就因為這個理由殺害對方。」

這時我想起了戶部曾提過亂步的〈偵探小說所描寫的異常犯罪動機〉，所以對福利元說明了被分類到「異常心理的犯罪」中的「為了犯罪的犯罪」和「遊戲性犯罪」，並詢問是不是有類似的例子。

「唔嗯……要說有的話或許量還不少，但嚴謹地思考一下，其實也可以說並沒有那麼多——」

福利元臉上掛著有些困擾的表情。

「有一種電影類型被稱為『砍殺電影』，就是出現類似殺人魔的犯人，近乎毫無理由地對他人大開殺戒的作品——例如《月光光心慌慌》、《13號星期五》、《舞夜驚魂》、《羅絲瑪莉》、

㊱本段提及的作品原名依序為：《The Bad Seed》、《The Other》、《Who Can Kill a Child?》、《Children of the Corn》、《The Good Son》、《The Little Girl Who Lives Down the Lane》。

《血腥情人節》、《煉獄》、《殺戮高中》、《恐怖列車》、《恐怖愚人節》[37]，但這些也不能說是你提到的遊戲性犯罪。不過根據作品不同，有時也會有類似動機的東西存在的情況。可是不管有還是沒有都一樣，因為說明動機的時候，幾乎都會被人吐槽『只因為那種理由就殺了毫無關係的人嗎』。所以這一類作品大多都是把犯人設定為精神異常的人物。」

「非要說的話，那些不都是享受殺人行為的作品嗎？」

我想問的事情似乎沒有順利地傳達過去。

「啊啊，沒錯。犯人是如何運用不同的手法殺害犧牲者們，這類電影就是以這個為賣點。因為這種內容帶有娛樂性。」

「有沒有不是這種娛樂、內容更有深度的作品？」

「深度……？這樣的話就成了犯罪作品了。我自己是喜歡啦，但那就是紀實風格的作品呀。一開始我也提過，因為是虛構的創作，所以才會讓人樂在其中。這是真實發生的事情喔——如果被人這麼告知的話，就一點樂趣也沒有啦。」

福利元一臉不悅地皺了皺眉頭。

「並不存在雖然是虛構創作，但是以殺人行為本身為主題的作品嗎？」

我無視他的反應，進一步提問。

「不，倒不是沒有。也是有把娛樂性從砍殺電影中抽掉的作品。但是看了那種東西會覺得有趣的就只有一部分的狂熱份子而已，而且最後都依然是用毀壞人體來收尾的。」

「欸？毀壞人體……嗎？」

「如果那種成分再繼續提高，就會變成『虐殺電影』了。」

「那是什麼？」

「如同字面意思的殺人電影，也就是拍攝真實的殺人過程，並且以此作為宣傳號召的作品。不過也有傳聞表示那些作品裡其實混有真正的殺人紀錄片呢。」

「那不就是犯罪了嗎……」

「哈哈哈哈哈……」

福利元放聲大笑。

「因為殺了人，所以就是無庸置疑的殺人罪。而且還是為了拍攝電影而殺人……像這樣的東西根本算不上是恐怖作品。」

在那之後的好一段時間，恐怖電影——話說回來都沒提到小說的部分——的話題就一直持續下去，但是完全沒有能讓人聯想到「作為娛樂的殺人」的內容。只有壞種題材的話題感覺姑且還算是接近啦……

㊲本段提及的作品原名依序為：《Halloween》、《Friday the 13th》、《Prom Night》、《The Prowler》、《My Bloody Valentine》、《The Burning》、《Slaughter High》、《Terror Train》、《April Fool's Day》。

嗯嗯，到底是接近了，還是遠離了呢……果然扯遠了嗎——

大致上來說，這次和先前滋原、戶部兩個人的情況不同，即使與福利元談過後也完全感覺不出他會是那個犯人「我」。當然，和其他兩人相同的地方，在於從負面意義來說，他的身上也帶有狂熱者那種不明所以的氣息。不過，他就和粗枝大葉的B級恐怖電影一樣乾脆又直接。根本看不出他會是能寫出〈作為娛樂的殺人〉那種原稿的性格。

還是說我的探問力道過輕了嗎？確實和另外兩個人相比，他在動機方面是比較薄弱啦……好吧，這種情況下就只能正面突破了！反正他已經是最後一個人了，就算鬧出讓房東阿姨飛奔過來的騷動也無所謂。

我下定決心了。

「對了，學長你和真戶崎學長關係很好對吧？」

「咦？是啊……」

可能是話題突然轉變的關係，福利元一臉疑惑的樣子。

「你和真戶崎學長聊天的時候，有沒有出現過類似為了殺人而犯下殺人行徑，也就是所謂純粹殺人的相關話題呢？」

已經無法回頭了。雖然我不覺得他是犯人，但是只要不知道他會出現什麼樣的反應，就必須做好逃走的準備。

「不記得了耶，我和他聊的事情可多了。」

「我舉個例子，像是對朋友萌生殺意的話題之類的……」

原本打算若無其事地說出這句話的。

「不知道耶。」

結果對方若無其事地回應了。

「殺害好友……之類的話題呢？」

我又緊咬著不放。

「忘了。」

就在我覺得福利元的話很明顯在變少的時候……

「已經可以了吧。」

他一臉不高興的樣子。

「啊？」

「我明天一早就要回老家去了，現在不收拾準備一下可不行啊。」

說話時，福利元鐵青著一張臉，從原本帶有野性的氛圍一口氣變成體弱多病的感覺。

欸，他的態度為什麼突然就……果、果然很可疑？

始料未及的發展讓我很訝異，但即便如此，我還是感覺到這下可命中目標了，同時興致盎然地認為真正的「訊問」現在才正要開始。只不過，我就這麼被趕出了九號室。

就這樣，針對三個人進行的「訊問」到此劃下了句點。不過直到最後，我還是不知道誰才是那個「我」，而我對於真戶崎學長的死正是「作為娛樂的殺人」的推理，也完全喪失了自信。

進入新年後的正月，原本身輕體健的父親病倒了。返鄉的我一直到三月都還待在老家，然後在升上二年級前辦了休學，在家鄉就業。即使是如此疏離的雙親和兄弟們，僅僅度過了九個月左右的分開生活，似乎也讓我能夠從不同的角度來看待他們了。如果就這樣繼續過著大學生活的話……一想到這裡，時至今日還是會有某些讓我感到不寒而慄的地方。

我只有回去過茄叉兔一次。那是為了辦理大學的休學手續，還有搬離池和莊。房東阿姨邊哭邊表示對我的依依不捨，但因為還是春假期間，所以我並沒有碰到那三個人。

在那之後，我再也沒有去過茄叉兔了。

星期三

昨晚，說是這麼說，但已經過了午夜十二點了，所以應該要說今天了吧，飛鳥信一郎和我討論了一下。內容是關於該如何逃脫《迷宮草子》的怪異現象。

為什麼怪異現象會降臨在讀過這本書的人身上呢？關於這點還尚未釐清，但我們還是確認了以下這些事情。

看來圍繞著《迷宮草子》的傳聞似乎都是真的。既然我們已經開始讀了，那麼也沒有辦法再回頭。而那些怪異現象會以某種形式跟讀過的作品內容產生關聯。為了平息那些怪事，就必須要盡力發掘記述於每篇作品中可以被稱為案件的事件真相。我們只能親身去確認解謎到底有沒有成功。

我提議自己請一天假，然後兩個人一鼓作氣把剩下的作品看完，再一次把謎團都解開。但是因為這實在太過危險，最後被否決了。確實如此，光是讀了一篇作品就會引發那種程度的詭異狀況，如果真的一口氣全都讀完的話，不知道會遭遇到什麼樣的現象。另外，如果真的能一次就解開謎題那倒還好，如果做不到的話，光是考量到我們會承受的**傷害**，就不得不猶豫了。意思就是，這可以說是危險至極的賭注。

在我說出這個提案之前，其實信一郎似乎也評估過了。只不過，他是打算自己一個人用一個晚上把內容都讀完，然後也會嘗試推理。我生氣地表示「這可不是開玩笑的」，他便搖搖頭，說自己已經不想這麼嘗試了。原因在於兩個人開始讀之後，我們兩個都碰上了同樣的怪事，所以如果其中一人擅自行動的話，另外一人恐怕也會受到影響。

確實是這樣沒錯。若是信一郎在我睡覺的時候讀完整本《迷宮草子》的話，我就會在毫無防備的狀態下暴露於怪異現象之下，搞不好很有可能就這麼永遠長眠了也說不定。光是想像而已就令人渾身發顫。

由我們兩個起頭的事情，就只能由我們兩個來做個了結。

看完第三章〈作為娛樂的殺人〉後我就回家了。起初我還覺得就留在飛鳥家的偏屋，和信一郎一起專注研究這篇作品會比較好，但是我們都已經精疲力竭了。而且我還要去上班。我覺得在自己的生命遭逢危難之際，其實也不必顧慮工作了吧。但真要說起人們在日常生活中碰上恐怖現象時的反應，或許就會像現在這個樣子如此出乎意料。如果這是小說或是電影的話，就能不顧一切地去挑戰《迷宮草子》了吧。但因為這是現實，所以才無法這麼做。

話是這麼說，隔天早上，我還是把先前信一郎的奶奶給我的御守掛在身上。自己的周圍確實存在著無庸置疑的現實，但是緊鄰在旁的非現實黑暗卻張開了大口。這樣的**現實**，我們兩人在這幾天內已經體驗到令人生厭的地步了……

在為了上班而步行到杳羅站的途中、搭乘電車的過程中、還有從京都站前往公司的路上，我一路都覺得很緊張。因為如果讀了〈霧之館〉就被霧給襲擊、看了〈食子鬼起源〉就被嬰兒追著跑的話，那麼〈作為娛樂的殺人〉會不會被不正常的人——也就是突然被像是隨機殺人魔那樣的傢伙拿刀砍殺呢？對此我一直感到畏懼。每當觸碰信一郎奶奶給我的御守、響起清脆的鈴鐺聲響時，才是我唯一的支柱。

幸好我最後平安無事地抵達公司了，但因為睡眠不足的關係，腦袋昏昏沉沉的。即便如此我還是專注在工作上。不，應該說是讓人看起來像是那樣。這一天下午稍晚的時候，我有項工作是要送交某大學教授以真宗史為主題的論述考察再校稿件。因為去作者的家要在奈良的西大寺這個私鐵車站下車，所以我預計結束之後就直接下班，應該能比平時還早回去。所以我在離開公司之前便全神貫注地埋首於工作。

不管是前往作者家的途中，還是走在回家的路上，我總是在注意周遭有沒有悄悄靠近的殺人魔身影。那種緊張感也讓我回到家以後就覺得胃有點痛。

到家的時候是六點半，我簡單吃頓晚餐後就立刻動身前往飛鳥家。現在時間還這麼早，或許可以在今天晚上就繼續推進到下一篇作品。

去到飛鳥家的時候，我刻意沒到主屋那裡去露個臉。再怎麼說是好交情，接連不斷地上門拜訪也會讓人覺得很奇怪吧。

在我打開偏屋的門之前就聞到了咖啡散發出的香氣。信一郎是咖啡派的，所以在這個時間沖咖啡也不是什麼稀奇的事。平時他是早上一杯、過了中午再喝第二杯的頻率。我在西大寺站打了公共電話聯絡他，告訴他我今天可以早點過去，所以咖啡應該也是為我準備的吧。

「還活著嗎？」

我邊搭話邊踏入了八疊房間。

「勉勉強強啦。」

信一郎也笑著回答。

我們相互確認今天還沒有碰到任何的怪異現象。果真是因為時間還早的關係嗎？可是昨天在傍晚的時間點就已經出現了。一定要繃緊神經才行……

「嗯，總之沒事就好。」

信一郎把沖好的咖啡放到我面前的火鉢上。

「謝謝。」

我道謝後便喝了一口，口味比以往都還要苦。我再次感到胃痛了起來。我也喜歡咖啡，但是今晚似乎不是好好品嚐的時候。

「如何？」

信一郎像是很在意似地問道。

「喔喔，很好喝。」

我裝了個有在喝的樣子。

「這樣啊，那就好。」

因為表情看上去很開心，所以我知道他是用自己的方式在關心我，也感覺內心深處總是有些介懷。但是今天晚上可不是沉浸在思考朋友事情的時候。

「在什麼都沒發生的這段時間就開始解謎不是比較好嗎？」

我立刻就焦慮起來。

「嗯嗯。不過有些事情讓我在意。」

即便嘴裡這麼說，但信一郎依然像平時那樣面帶微笑。

「在意的事情？現在對我來說，解讀〈作為娛樂的殺人〉才是比什麼都更重要的事。」

「嗯，你先看看這個。」

信一郎翻開《迷宮草子》的目次頁，然後遞向我這邊。

「讀了〈霧之館〉以後，難以置信的現象就接連不斷地發生，所以我一直沒有時間重新再思考一次，可是你不覺得很奇怪嗎？」

「什麼東西？」

「就是每篇作品撰寫者的名字。」

「名字？」

「全部都是不知道該怎麼讀、而且感覺也很耐人尋味的名字不是嗎？」

目次上並列著依武相、丁江州夕、泥重井、廻數回一藍、筆者不詳、舌渡生、裕等作者的名字。

「確實是這樣，可是這些都是筆名、不是本名吧。所以即使出現有點奇怪的名字也沒什麼稀奇的吧。」

「我也覺得應該是筆名沒錯。不過這上面完全沒有標示它們的讀音，這真的很奇怪吧？」

「是因為一般不太會在目次標記讀音嗎？」

「這樣的話，就在每篇作品的扉頁上標記不就好了。不對，不如說連這裡都不標的話，能用的應該就只剩下版權頁而已。這一點很古怪吧。」

「這麼說也沒錯——」

「我再次被作者名字的奇特之處給吸引了注意力，其實是在閱讀〈食子鬼起源〉的時候。那篇作品裡出現的『桝尾』和『山鹿』都確實標記了讀音，就連『古葉』和『東谷』這些人物也一樣。然而，唯有最關鍵的『丁江』沒有。我確認過了，裡頭出現的人物名都標上了讀音，但是卻只有身為記述者的作者名稱沒有標記。」

「為什麼呢？」

「肯定是**不想被人讀出來**。」

「欸……」

「讀出這些作者的名字，隱藏在這本書裡面的祕密或許就會因此真相大白了。」

我能理解信一郎很在意這些奇特的名字，不過一開始我還焦躁地覺得應該要優先破解〈作為娛樂的殺人〉裡的謎團。但不知從何時開始，我也完全被禁錮在作者名字的謎團裡頭了。

「把這個解讀出來就能逃過《迷宮草子》的影響嗎？」

「這個實在很難說，不過有可能會因此獲得對我們有利的線索。」

「所、所以——」

「嗯，先等等。」

信一郎再次笑著說道。

「還有其他讓我在意的事。」

「是什麼？」

「就是那些畫在各篇故事扉頁的插畫。」

「那不就是依據每一篇的內容，然後描繪出其中的概念印象嗎……」

「問題在於那些插畫中的人物，每個人的頭都像是被砍下來了。」

「咦……」

我再次確認前三篇故事的扉頁。
「你這麼一說，看起來真的像是那種感覺……」
「目次最後一篇作品的標題也讓我很在意。」
「啊……第七章的〈首級之館〉嗎？」
「這真的只是偶然嗎？」
「先跳過第四章到第六章、直接去看〈首級之館〉的話，或許至少能解開這些扉頁裡面的頭顱之謎。」
我的情緒也不禁亢奮起來，但立刻就冷靜下來了。
「你覺得如果不照順序去讀這本書，會不會出現什麼問題呢？」
「有可能。」
「也是呢……」
「而且在談到要不要讀之前，那個部分的書口原本就沒有裁開呢。」
「該不會……」
「拿到這本書的人，無論是舊書店店主也好、收藏者也好，至少會有個人想去確認看看版權頁的部分吧。」
「恩……確實是這樣。」

「可是最後一台的書口沒有裁開。並不是沒有去裁、恐怕是沒有辦法去裁吧。」
「可惡。」
「不必覺得遺憾。反正不管是版權頁還是〈首級之館〉，我們都沒辦法讀。」
「……」
就在我訝異他究竟想表達什麼的時候，信一郎好像看了看咖啡杯。
「哎呀，你不喝了嗎？」
「不、不是啦……我的胃有點……」
「果然還是有點偏苦呢，農藥這種東西啊……」
接著他像是自言自語般呢喃著。
「咦……」
農藥？咖啡裡？
那個瞬間，我完全搞不懂他到底在說什麼。接著，自腹部深處有一股寒意漸漸地湧上來，就在我理解他意思的那一刻，臉上的血氣也立刻褪去。
你要殺我嗎……？信一郎你……要把我……？
那個飛鳥信一郎……？怎麼可能……我不相信……
那種事情……

我也來到了即將陷入恐慌的臨界點。

然後，信一郎浮現了愉悅的笑意，突然就以一種像是唱歌的語調、讀出了夢野久作另一首獵奇歌裡奇特的一節。

「向很久以前殺掉的友人

持續寄出賀年卡

愚蠢的我」

下一個瞬間，信一郎突然從座椅子上站起、越過火鉢朝著我撲了過來。

「信、信一郎！」

他用雙手掐住我的脖子。

「你做…做什……」

我立刻就無法出聲了。

雖然我拚命地想把他的手拉開，但是因為被他從上方壓制的關係，所以根本使不出力氣。

「……」

好痛苦……沒辦法呼吸……

真難受……呼吸……

頭好燙……

難受……呼吸……頭……

意識逐漸遠去了。我想就這麼舒服地入睡——這樣的想法從腦海中一閃而過。想變得輕鬆點……就是這樣的感覺。

我抓住信一郎手腕的雙手，力量也立刻消散。與此同時，意識也開始模糊不清……

——聽到了鈴鐺聲。

突然恢復意識的我，立刻朝著他的胯下踢了一腳。

「嗚！嗚嗚嗚噢……」

信一郎的手隨即失去了力量，氣力放盡地倒下了。我把他撥到一邊後起身，迅速地環視整個房間。

首先我把映入眼簾的檯燈插頭從插座拔了下來，然後用電線把他的雙手綁在身後。接著我在櫃子裡發現了塑膠繩，然後同樣把他的雙腳綁住，接下來把繩子一端拉向雙手的電線，最後重複纏了好幾圈，讓信一郎處在完全動彈不得的狀態。

這段時間內我激烈地咳了好幾次，但是雙手都沒有停下來，直到完全剝奪信一郎手腳的自由為止。我判斷已經沒問題後，才終於深深地吸入一口氣、再吐出來，然後不斷地重複這個動作。持續深呼吸的過程中，也漸漸覺得整個人輕鬆了許多。雖然喉嚨還是會痛，但再過一陣子就會恢復了吧。

話說實在也太粗心大意了。並不是我們兩個身邊都沒有發生怪事，而是直到兩個人碰面之前，怪異的現象都還沒有開始動作。

如果〈霧之館〉是濃霧、〈食子鬼起源〉是襲擊我們的小嬰兒的話，那麼〈作為娛樂的殺人〉，比起擔心殺人魔的威脅，更應該先預料到的就是被好友殺害這件事啊。

我低頭看向宛如蝦子般蜷縮著身體的信一郎，從胸前的口袋裡拿出御守。

雖然不過就是偶然而已，但沒想到會被好友奶奶給我的御守救了一命……

「嗚噢。」

他發出了呻吟聲。

「你還好嗎……」

我蹲下身子一看，只見信一郎的臉痛苦地扭曲著。

「發生什麼事了？」

被這麼一問，他就搖晃著腦袋。

「我不知道……」

聽到他那感覺很痛苦的聲音，我就感到胸口一陣鬱悶。

「腦袋裡不知道發生什麼事了……」

他用盡力擠出的聲音繼續說著。

「已經沒事了，幫我解開吧。」

哦哦——正準備回應他，身體頓時就僵在那裡。

真的沒問題了嗎……

〈作為娛樂的殺人〉的謎團還沒有解開呢。也就是說，目前和我造訪偏屋然後被信一郎攻擊的時候，完完全全還是一模一樣的狀況。

「你在做什麼啊！快點幫我解開！」

我還是動彈不得。他的聲音從下方傳來。

「一起來討論〈作為娛樂的殺人〉吧。」

對啊——雖然心裡這麼想，但無論如何就是怎麼也動不了。

「拜託了……我的手好痛。」

像是哭泣聲——

「替我解開……好難受。」

宛如在苦苦哀求……

「為什麼要對我做這麼過分的事？」

——他的聲音傳了過來。

一臉哀怨神情的信一郎，正抬起頭凝視著我。

「快，快點幫我解開啦。我們一起解開《迷宮草子》的謎團。」

聽到了可靠朋友的聲音。

看見了親切朋友的微笑。

嗯。就幫他解開，然後兩個人一起面對怪異的現象——

就在我心裡這麼想、把身體彎下去的時候……

叮鈴鈴……鈴鐺響了。

啊——我立即回過神來。

不行！什麼都沒有改變！

一邊努力說服自己、一邊站起來以後，我遠離了信一郎——不對，是遠離了**那個**的身邊。

「喂，你要去哪裡？」

聲音追了過來。

「等一下，幫我解開呀。」

我走到信一郎坐的椅子那邊，慢慢地坐了下來。

「快幫幫我。」

哀戚的請求聲從火缽的另一頭傳來。

「不行。」

我果決地回答。

「為什麼我要被這樣對待啊？」

「現在還不行，你忍耐一下。」

「《迷宮草子》要怎麼辦？」

「謎團就由我來解開。」

話剛說完的瞬間——

「啊哈哈哈哈哈哈哈哈哈！」

駭人的笑聲響徹整個房間。無法想像是從人類的喉嚨裡發出來的尖叫聲在室內迴盪著。

而那個笑聲的源頭，就是飛鳥信一郎。

「你來解謎？別開玩笑了！你根本辦不到！那種事根本就毫無可能。已經逃不掉了，絕對逃不掉的喔。絕對不會得救的，現在太遲了、已經太遲了。有的就只是虛無，在前方等待著你的，就是沒有任何東西的虛無。什～麼都沒有的虛無，就在你們的……」

那個像是吐出泡泡的螃蟹般說得口沫橫飛，不停地喊叫。當下那張端正的面容扭曲的模樣，實在是讓人難以直視。

不過，這時我也了然於心。因為他脫口說出了「你們」，所以讓我確定了一件事。怪異附身到信一郎身上了。然後正操弄著他的身體和心智，打算毀滅我。不，是毀滅我們。

想要驅除這個怪異，我就只能解開〈作為娛樂的殺人〉的謎團。

「問題只有一個，殺害真戶崎的是那三個人裡頭的誰。」

也是想讓自己的情緒冷靜下來，所以我試著像這樣把話給說出口。

接著，**那個**有所反應了。

「你相信那個身為記述者的女大學生寫的內容嗎？」

他的回應就像是把我當成蠢蛋。

「什麼意思？」

那個把臉從榻榻米上抬起來。

「的確，滋原、戶部、福利元這三個人都是狂熱份子傾向，而且或許不是什麼善於社交的人物。但是，這個記述者幾乎沒有和他們本人談過什麼，單純是因為跟真戶崎之間的談話才這麼評斷的。進行那個自認為是『訊問』的對話時也是一樣，打從一開始她就戴著有色眼鏡去看待他們幾個。那種傢伙寫出來的內容能相信嗎？」

「那個時候她還只是個十九歲的女孩，而且還住進了都是年輕小伙的破舊公寓喔。就算存在一些自己的判斷方式也是無可厚非的吧。」

我提出反駁，**那個**就投過來相當冰冷的視線。

「並不是那個問題。而且說到底，什麼叫**還只是**十九歲？是**已經**十九歲了吧。這年紀已經不能說是女孩了。」

「那個……」

「你聽著。她埋怨戶部時常忘記把《書店街的書店》給她，但是自己去跟對方拿才合乎情理吧。戶部可沒有義務每個月都特地送過去給她。」

「是這樣沒錯……」

「所以啦，像那種抱有自我中心思維的記述者，以她的紀錄為依據來討論事件實在太荒謬了吧。」

「你的意思是她寫下的內容不足以採信嗎？」

「是啊，不能信任呢。」

「那麼，要怎麼做……」

才好呢？就在我想要這麼問的時候，不禁打了個冷顫。

眼前的這個人，不是飛鳥信一郎……

我差一點就忘記這個事實了。我不能正經地和他對話，**那個**想要妨礙解謎。

然而另一方面，我也能理解**那個**所指出的記述者問題。

「喂喂，你振作一點好嗎。透過對那三個人的『訊問』，讓〈作為娛樂的殺人〉裡描寫的動機顯現出來，接著以此鎖定犯人什麼的，不管怎麼想肯定都是辦不到的吧。如此的絕技就連專業的精神科醫師都很難辦到的喔。」

沉默不語的我，被**那個**滔滔不絕地說個不停的聲音給淹沒了。

「光是用想的沒有意義。」

「打從一開始這就是個解不開的問題。」

「趕緊放棄吧。放棄之後繼續把《迷宮草子》給看下去。噢，不過你能看多少還是個問題呢。」

即使不想去聽，卻依然會介意**那個**所說的話。這不是在開玩笑，當下我的心境就像是威廉・彼得・布拉蒂的《大法師》裡的達米安・卡拉斯神父。他被惡魔附身的少女麗肯所說的話給戲弄、因而苦惱不已。

冷靜一點。如果是真正的飛鳥信一郎，他會怎麼思考呢——我這麼轉動思緒。

我把《迷宮草子》裡〈作為娛樂的殺人〉這一篇來來回回翻了好幾次，全神貫注地持續思考著。

如果作品中的「訊問」沒辦法派上用場的話，就只能尋找替代的方法了。替代的方法？會有那種東西嗎？到底還有些什麼呢？

「你進退兩難了吧。差不多可以放棄囉。無論是誰都搞不清楚這種複雜犯人的腦袋裡都裝了些什麼吧。」

複雜……真的是這樣嗎？〈作為娛樂的殺人〉裡面的「我」，會擁有那麼複雜的精神結構嗎？複雜……他的反義詞就是單純。更單純的東西、更加就事論事的方法？

「就事論事的……」

「你說什麼？」

「有個不必仰賴『訊問』、更就事論事的方法。」

「……」

「沒錯。更直率地去讀〈作為娛樂的殺人〉吧。只要把焦點放在『我』的原稿和女大學生紀錄中的描寫，或許就……」

「你打算做什麼？」

「正統的消去法。」

總覺得**那個**的表情不安似地扭曲著。剎那之間我也稍微湧現一些自信了。

「首先從〈作為娛樂的殺人〉之中，把那些和內容沒有直接關聯性的部分以及情景描寫挑選出來。

（我的背後是公寓房間裡唯一的窗戶，外頭直到剛才都還持續下著猛烈的大雪，感覺現在雪片還在紛紛飄落）

（現在說這個有些唐突，我的房間是四疊大小的房間。雖然在這一帶就是常見的學生公寓，不過真的非常狹窄。入口處有一個像是土間的空間，房間也由此往裡頭延伸。踏進房間裡的印象就像是鰻魚的床鋪，入口處的對側就是唯一的窗戶）

這些部分的描寫是在表現池和莊裡面的房間構造。意思就是這可能是任何一個人的房間。由此可以知道犯人是池和莊的房客。

（我已經篩選出候選人了。如果是**他**的話，應該就滿足了所有的條件）

這裡的「他」，指的就是真戶崎吧。

（儘管是如此狹小的房間，右側那面牆還是從地面堆起了數量驚人的書籍、直達天花板。而且這些書不僅僅是一本一本往上疊起，甚至還一疊一疊往前堆。根本就像是聳立著兩層、三層的書本壁壘）

內容中寫到，踏進滋原和戶部房間後的左側，如果是房客面向入口而坐的場合就是右側，那裡有跟山一樣高的書堆。

福利元那裡雖然也是書山，但是不知道是位於哪一邊的牆壁。不過，房間裡的其他描寫也派上用場了。

（掛在牆上的骨董鐘，指針就要來到凌晨一點）

（掛在書山對側的時鐘，指針已在不知不覺間指向了凌晨兩點）

所以時鐘就是掛在擺書那面牆的對面那側。但是福利元的房間裡，一邊的牆壁是堆積如山的書本、另一邊則是堆積如山的錄影帶，或許就沒有掛這種骨董鐘的空間。這麼一來，福利元的嫌疑暫且減輕了。

（我是為了自身的愉悅，才會進行這種作為娛樂的殺人。

現在我面前的暖被桌上擺了一本書。是在推理懸疑題材相關的書籍中也赫赫有名的《Howard Haycraft : Murder for Pleasure》）

（當然，我非常理解它的內容是關於本格偵探小說的研究與評論。不過我是在幾年前於一間專營外文書籍買賣的舊書店、付了對學生而言絕對無法說是實惠的金額才買下它的。全都是因為它的書名被譯為《作為娛樂的殺人》）

與這些記述最為相符的就是戶部了，相差最大的則是福利元吧。這樣的話，福利元也離嫌疑犯的人選越來越遠了。滋原應該是位處中間吧。可是，這並非決定性的線索。

（從煽情的犯罪紀實到撰寫筆法相當客觀的犯罪紀錄，藏書涵蓋了許多以現實事件為題材的書籍。然而這些對我而言全都算是「故事」。這些實際發生過的事情確實能勾起某種興奮感，但絕非超越了架空幻想、不過也並非遜於架空幻想。我就只是把它們視為一個殺人故事來吸收罷了）

這種思維絕對不可能是滋原。原因在於他曾攻擊過推理和恐怖作品的架空性。

（明明剛剛才洗完澡，身體卻又冷了起來）

不喜歡洗澡的滋原應該不會寫出這樣的文字吧。因為現在又再追加了這一點，所以可以把滋原排除了。剩下的就是戶部。

（這麼說來，把久作的獵奇歌告訴我的不是別人，就是他）

戶部身為本格推理狂熱者，會對夢野久作的獵奇歌感興趣嗎？雖然這一點尚待商榷，不過至少相較於滋原和福利元，他可以說是還比較接近久作的領域。

（擺在窗邊的桌子，入冬之後就可以當成使用暖被桌時的靠背）

不過，這裡引起了我的注意。在滋原和福利元的房間裡，窗邊都擺了桌子。可是戶部好像是使用座椅子搭配暖被桌。

（關掉房內的燈，拉開窗簾、看向窗戶外頭，佇立在小巷弄旁的街燈散發著朦朧的光輝，讓靜謐中持續降雪的幻想風景隱隱約約地浮現出來。或許鎮上所有的住宅屋頂，已經半片黑瓦也不剩，悉數被改塗上了雪白吧）

然後是這段怎麼樣都不覺得會是從二樓看向外面的描寫。如果是從二樓往外看的話，鎮上家家戶戶的屋頂有沒有蓋上一層白雪什麼的，應該馬上就會知道才對。可是戶部的房間位於二樓，這就意味著——

「那三個人都不是犯人嗎？」

默默地聽我解釋的**那個**，在說了這句像是總結的話以後……

「啊哈哈哈哈哈哈哈哈！」

發出了比先前更加瘋狂的笑聲。

「辛苦了！真的辛苦你啦。」

雙手雙腳都被綁住了，但還是像毛毛蟲那樣咕咚咕咚地翻滾，並且持續發出不詳的叫喊聲。

真是奇怪……這是怎麼回事？我的前提弄錯了嗎？

前提……？

「對了。犯人就在池和莊的住戶裡面這個前提，根本就是錯誤的。」

「……」

那個的動作停止了。

「如果不是公寓裡的房客，那就是房東。只不過，要說是房東阿姨也太牽強了。剩下來的，就只有她那個讀高中的兒子。」

「……」

「〈作為娛樂的殺人〉是被丟在什麼樣的地方？一起被拿出來放的雜誌又是什麼類型呢？如果是公寓的垃圾放置場，房東一家人使用的可能性也很高。如果是高中生的話，應該比大學生還更仰賴那些情色類雜誌吧。而且畢竟是自己家裡經營的出租公寓，身為這一家的兒子就算知道那裡的格局也並不奇怪。」

「那麼，那個高中生和真戶崎之間又有什麼往來？再怎麼說，和真戶崎關係不錯的女大學生應該會察覺到那兩個人的關係吧。」

那個用近似揶揄的表情看著我。

「做不到！沒用的！三津田信三解不開這個謎，也絕對逃離不了《迷宮草子》的。」

再次邊嚷嚷邊在周遭滾動。明明膝蓋撞到火鉢好多次，但是卻沒有面露疼痛的表情。反而還更加激烈地滾動，身體也撞向各個地方。再這樣下去的話，信一郎的身體會吃不消的……

「對了，這個解釋也不可能。」

我使勁瞪向**那個**，總算是再次打起精神，繼續往下說。

「來看看其他的描寫吧。

（書籍大致上是以古今的偵探小說和怪奇幻想小說為首，再從犯罪學與異常心理學相關的出版品跨越到黑魔法的領域，廣義來說就是推理懸疑類型的書籍）

（對方跟我擁有很相似的嗜好，只有我們兩個的時候總是在談論一些既神祕又古怪的話題。但是大多數情況下我就只是扮演一個聽眾）

（某個地方傳出了聲響。是從玄關那裡傳來的嗎？豎起耳朵之後，就聽到了拖鞋踩過走廊的「啪噠啪噠」聲響。那個腳步聲正朝著這裡靠近……）

還有這樣的記述。」

「……」

「這就表示……」

「表示什麼？」

瞧不起人的聲音回應著我。

思考！思考……

這就表示——

「符合這些文章段落敘述的人物，就只有身為記述者的女大學生，或者是真戶崎本人而已。」

「……」

沒錯。這就是正統的消去法。

「只不過，如果是身為記述者的女大學生自己殺害真戶崎的話，就完全沒有留下這篇紀錄的必要性了。基於這個原因，最後剩下的就是真戶崎。」

「噢，你的意思是自殺嗎？」

「並不是這樣。真戶崎正是寫下〈作為娛樂的殺人〉的人，但實際執行的人是『我』。和好友對話時，符合『但是大多數情況下我就只是扮演一個聽眾』的那個人，從頭到尾就只可能是真戶崎吧。而且在原稿最後的部分還寫了這一段。

（如果現在他像平時一樣來訪，隔著暖被桌和我對坐、然後開始談天說地的話，事情又會怎麼發展呢？

我想自己肯定會帶著滿臉的笑容，這麼對他說道。

「你來啦。來得正好呢……」）

真戸崎真的實行這件事了。然後，他自己卻誤喝了原本想讓對方服下的毒物。」

「……」

「就某種意義而言，警方得出的自殺結論其實是正確的。換個角度來說，如果三個人裡頭的某人就是犯人的話，再怎麼樣警方應該都會察覺到才對。」

「真戸崎就是那個『我』？想毒殺來自己房間的『他』？如果做了這種事，後續又該怎麼收拾局面？」

那個依舊用鄙視的口吻對我的解釋提出反駁。

「打算讓人看起來就是場意外吧。」

「連毒殺都用上的話，要說是意外可就說不通了吧。」

「以他的立場來說或許就有可能。」

「立場……？」

「那個自我中心的女大學生不是寫了嗎？

（真戸崎學長感覺也沒有要回老家的樣子，和大家一起留在公寓。

「你不回去嗎？」我這麼問他。

「回去的話就會被叫去店裡幫忙。」他笑著回答。

他還說自己就像是不想繼承家裡的店才去了東京的橫溝正史。看來學長大概是要繼承家中自營業的兒子吧）

那麼，橫溝正史的老家是做什麼的呢？」

「……」

「如果是真正的飛鳥信一郎，應該就會知道的。」

「……」

「是神戶的藥房吧。」

「……」

「如果是真戶崎，就能告訴『他』這是感冒藥或維他命，然後讓對方吃下去。此外，還能裝作是『他』弄錯了才因此導致了意外事故。這樣的演出手法真戶崎是能辦到的，不是嗎？」

「那個『他』到底是誰？」

已經毫無半點笑意的聲音這麼問我。

「因為線索不夠所以無法斷定，但我認為福利元的態度是最可疑的。不過就結局來看，女大學生的『訊問』最後也以白忙一場劃下了句點。」

「……」

「但是對她來說，這不是一個很好的體驗嗎？」

「……」

「如果就這麼回到出租公寓，成天被疑神疑鬼的情緒給圍繞，搞不好就會因為這樣度過非常糟糕的學生生活。然後還有這一段——

（即使是如此疏離的雙親和兄弟們，僅僅度過了九個月左右的分開生活，似乎也讓我能夠從不同的角度來看待他們了。如果就這樣繼續過著大學生活的話……一想到這裡，時至今日還是會有某些讓我感到不寒而慄的地方）

她的心態已經出現這樣的轉變了。」

「……」

那個現在完全沒有任何動作。

「信一郎？」

我邊喊邊靠上前去。不過，我還是沒有靠得太近，先保持一段距離觀察一下情況。

那個——不，信一郎閉著眼睛，一動也不動。

「信一郎……」

我小心翼翼地伸出手，搖了搖他的肩膀，可是毫無反應。接著又把手擱在他的左胸口，微微的心臟跳動感便傳了過來。

沒事，還活著。

雖說有點猶豫，但我還是解開了綁住雙手的電線和雙腳的塑膠繩。我讓他仰躺下來，把弄亂的和服整理好，還拿了毛毯幫他蓋上。

在那之後，飛鳥信一郎一直到深夜都沒有醒過來。即使醒來了，他大概有一個小時左右似乎都處在無法思考的狀態。

我在這段時間讀了〈底片裡的毒殺者〉。雖然也試著去解謎，不過思考力好像已經到了極限了，所以徒勞無功。

等到信一郎這次沖了正常的咖啡，而我也能向他說明今晚的怪異現象時，時間已經來到了凌晨三點。

「我記得是傍晚接到你打來的電話。後來我想說你差不多要到了，所以就準備去沖咖啡……之後的事情我都沒有記憶了。」

因為碰到這種遭遇，會害怕也是理所當然的，但平常總是泰然自若的飛鳥信一郎現在也打從心底感到畏懼。因為我相當了解他這個人，所以也覺得他的樣子實在令人於心不忍。

即便如此，他還是向我問了今天晚上發生的事，雖然他一臉悲痛地跟我道歉，但等到話題進入解謎階段以後，信一郎還是說出了很有他風格的話。

「這件事不必想得那麼深吧。只要讀了『訊問』的內容，不就知道那三個人都不是犯人了。」
「為什麼？」
怎麼可能有這種事。我的語調也不禁強硬了起來。
「他們每個人說的內容都很表面，就是些空泛的東西罷了。完全感覺不到有構思〈作為娛樂的殺人〉的品味。」
「品、品味……嗎？」
「對。除了品味，沒有其他的了。」
現在這種一口斷定的模樣，完全就是原本的飛鳥信一郎。
「想得太過天真了啊。」
然而，在沉默了一段時間之後，他的臉色突然變得很難看。
「我是打算認真看待這本書的。不過，或許我對某些地方很樂在其中也說不定吧。」
我可是完全沒有那種餘裕，不過換成是他的話，應該是遊刃有餘吧。
「可是如果不認真處理的話，真的會沒命的……」
對於今晚的事情，或許他的反應要比我來得強吧。
「接下來的第四章就是折返點了呢。」
他的意思應該是總算盡可能來到半程的階段了吧。但這時信一郎突然顯得心不在焉，視線持續地環視房間。

「怎麼了嗎？」

「……」

「喂，信一郎？」

「啊啊……」

把室內都確認過後，他嘴裡喃喃自語。

「我覺得好像正被什麼東西給盯著瞧一樣……」

「……該、該不會是〈作為娛樂的殺人〉裡面的『我』……」

「不是，那不可能。因為你已經漂亮地破解謎團了。」

「這樣的話，到底是……」

「我不知道。」

他一邊說、一邊將左右手伸進和服的袖口、雙手抱在胸前，身體顫抖著。

那個不知道是什麼來頭的視線，是連飛鳥信一郎都不禁感到畏懼的禁忌之物嗎？一想到這裡，我的兩條手臂也立刻起了雞皮疙瘩。

「你明天能請假嗎？」

他突然這麼問道。

瑞昇文化 Not for Sale
© Shinzo Mitsuda 2010 / Kodansha

Illustration: Cola Chen

「我想應該沒問題。」

「那你就請假吧。」

「該、該不會是要一口氣解決吧?」

「不。」

信一郎搖了搖頭後說道。

「要去古本堂。」

第四章　「底片裡的毒殺者」

迴數回　一藍

距今十多年前，我在大學四年級的夏天去攀登朱雀連山的霞岳時，和一個老人一起在避難小屋過夜。當時他像是在講睡前故事那樣跟我說了一段親身經歷。就是後面我所記述的內容。

從各方面來說，相較於比較新手取向的霧岳或霙岳，霞岳的難度要高出許多，過去也發生過不少遇難事故。正因為是這樣的山，所以我便和大學的友人規劃了兩人一起攀登的計畫。實際上直到爬到三合目㊳左右都還算是順利，但是後來朋友在岩場失足、把腳踝給扭傷了。因為昨天下了一場雨，所以地面狀況非常不好，雖然我們兩個都很小心謹慎，但是當我聽到他「啊」地一聲喊叫並回過頭去的時候，就已經來不及了。

慶幸的是扭傷並不嚴重，但是也不得不放棄攀登了，於是我打算和他一起下山。但是他卻說難得來一趟，要我繼續登山的行程。雖然我嚴正拒絕、表示當然不能這樣，不過最後還是屈服於他的請求了。

我們兩人商量後的結果，就是我照原定計畫繼續登山，而他就回到山腳那裡的旅宿休息。然後到了明天早上，他就從下山路線的上古原那邊逆行往上爬，預計在登山坡度變陡之前的瀑布溪谷那一帶和下山的我會合。他認為如果休息到明天早上的話，這種程度他還有辦法爬。我一再地叮嚀他不要太勉強後，就在那裡和他分開行動了。

變成一個人後，我內心就開始感到不安。但是途中被關東那邊來的登山俱樂部團體趕上了，所以一直走到設置於山頂之前的登山小屋——朱雀莊為止都可以結伴行動。

起初我預約的時候，這一天的登山小屋就已經額滿了。保險起見我還是去問了一下，不過對方表示沒有人取消預約。於是我便按照原本的計畫，前往從山頂處往上古原那邊稍微走下去一段、被稱為狢之泉的湧泉附近。因為那裡有一間原本我和朋友預計留宿的避難小屋。

可是，一想到要孤身一人在入夜的山林中過夜，就覺得心情不太暢快。這也是因為看到了朱雀莊熱鬧的景象後，現在必須得分外忍耐的關係。我懷抱著鬱悶的情緒來到了避難小屋，卻發現已經有人先進去了，這讓我有些訝異。而且還是一個看上去年紀超過七十歲的老人，他已經開始準備晚餐了。

即使是素不相識的人，身處山中的時候，同伴意識也會因此變得非常強。我和老人只是簡單問候一下，隨即就融洽地聊開了。

老人說自己是從上古原那邊爬上來的，似乎很習慣在山裡準備餐食，他的雙手完全沒有多餘的動作。這種高齡還能來爬霰岳，看來應該是登山經驗很豐富的人吧。吃晚餐時我問了一下，才知道他果真擁有超過五十年以上的登山資歷。

山裡的夜晚會來得比較早，所以吃完飯也收拾好之後，我和老人就早早鑽進了睡袋，然後在感受到睡意之前天南地北地聊了起來

㊳日本登山用語。將一座山分為十等分，登山口一帶為一合目、山頂處為十合目。

在聊起各種話題的過程中，我說了自己小學時代在臨海學校[39]經歷過的恐怖遭遇。接著，老人也告訴我自己曾碰上一場殺人事件。就是我接下來記錄的這個故事。

◆

現在輪到我啦。

我活過的歲月是你的三倍以上，但不巧的是我並沒有什麼能特別拿出來跟別人分享的故事……原本應該是最為絢爛的青年時代，也因為戰爭這種愚蠢的行為而蕩然無存了，甚至連之後的人生也都亂了調。來到這個歲數卻還是一個人獨自來爬這種山，你就能知道我的人生過得並不正常。

欸，你說身體健康要比什麼都好嗎？

是啊。人類只要上了年紀，就會了解身體還能正常活動要比其他的事都還更加重要。嗯，因人而異，也是有即使垂垂老矣，卻還是渴求現世慾望的人。然而我的慾望卻漸漸消退，對於在那之前想做這個、在什麼時候想變成這樣之類的想法也變得極為淡薄。這種情況下，人們就會自然而然地把回憶當成糧食、藉此活下去。對我來說最快樂的記憶就在孩提時代了。當時應該是奶奶和外婆都還健在的時候吧……奇怪的是，到了現在，即使是那令人忌諱的戰爭體驗，也有某些地方成為了令人懷念的回憶。

什麼?記憶的美化作用……

或許是這樣吧。不過對我而言，我覺得那還是人類非常駭人的罪孽。我可以跟你說說孩提時代的故事或戰爭的經歷，不過大概都是一些自以為是的過往記憶，甚至在某些情況下還可能變成我在發牢騷……

看樣子你很喜歡恐怖的故事，所以那件事或許很適合也說不定呢。但說是這樣說，其實那並不是怪談，而是我所經歷的一場殺人事件。不知道你會不會排斥殺人的話題……

如果我提這個不會讓你感到難受的話，還請你務必要聽聽看。

你雖然年紀還輕，卻是個能顧慮他人感受的孩子呢。哎呀，我遇上了一個好人啊。

在那之後已經過了幾十年了。到了現在，我似乎也可以冷靜地去回顧那起事件了。不過是不是能照著順序講、還能不能連細微之處都記憶猶新，我就沒有把握了。或許你會聽得有點辛苦，嗯，不知道能否請你暫且忍忍、奉陪一下呢?

我家是自行開業醫師，是一間內科診所。在那一帶(嗯，具體的場所就不談了。但至少我可以告訴你是個曾遭遇空襲的地方)也是相當知名的醫師。當時人們對醫師這種職業都是抱持一種

㊴日本學校在夏季舉辦的團體活動，師生們會住在鄰近海邊的區域，從事在平日的校園生活中比較難經歷的活動教育。

近似畏怖的敬意的。我也是從懂事開始，就被人稱為井間谷診所的小少爺，當地的大人們對待我的態度和其他家的孩子完全不同。身為三男也是老么的我，天生就是個老實規矩的孩子，即使受到大家寵愛，我也不會任性妄為，更沒有因此頤指氣使、擺出傲慢的態度，雖然自己說這個很可笑，但我就是作為一個不諳世事的少爺，就這麼率真地長大了。

在同一個地區還有一間上榊醫院。它在我出生的兩年前左右設立，是一間以紅磚打造的氣派醫院。我們家代代都是典型的小鎮醫師，說是診所，其實也就是從大門到玄關之間鋪著礫石，再配置飛石[40]的木造平房建築。另一方面，上榊醫院就是很重視醫療設施機能性的結構，再加上還有近代化的設備、以頗有規模的病床數聞名的病房、以及接受過優良教育的醫師和護理師人材。那是我們當地第一間被稱為醫院的設施。

一般情況下，我家那種小診所根本無法抗衡，遲早都會自己倒閉的吧。可是拜長年開業的庇蔭所賜，已經在地方上穩穩扎根了。特別是某些長輩還會說什麼「不是井間谷醫師的話我就不看」之類的話，然後一如往常地到我們家來求診。

實際上，上榊醫院和我們家的關係倒是不淺。院長泉平先生和我的父親過去是在東京的醫科大學一起精進求學的同儕。畢業之後，父親回到家鄉，而泉平先生則是在東京的大學醫院服務。因此兩人也一度疏於往來。

又過了幾年，我們當地的望族上榊家招了泉平先生為贅婿。當時作為送給女婿的結婚賀禮而大興土木的就是上榊醫院。當然，不可能只因為這個原因就蓋了間醫院。主要是上榊家的老爺子一直希望能有一間當地的綜合醫院。

我記得曾經聽母親說起這件事。上榊家的老爺子曾多次建議我父親擴張診所的規模。或許他還提過自己要提供資金吧，可是父親完全沒有擴大自家診所版圖的野心。於是上榊家的老爺子就把自己的夢想託付給女婿泉平先生了。

當然，不管是上榊家還是泉平先生，他們完全都沒有要打垮我們家診所的意思。倒不如說因為父親又和泉平先生重拾過往交情，所以我們兩家也變得更加親近了。父親會把自己判斷難以在診所治療的患者介紹到上榊醫院去，所以在工作方面都有著各式各樣的交流。

泉平夫婦一直沒有懷上孩子，所以他們對我特別寵愛。托他們的福，即使我是個怕生的人，但只有鄰接上榊醫院的上榊家，我可以毫不畏懼地進出。

經過了那樣的幸福時光後，我最後也上了大學。兄長們遵循了父親的教誨，兩個人都去讀了東京的醫科大學。雖是如此，身為老么的我卻沒有被這類事情煩擾過。嗯，就算他們要我繼承家業，但我的腦袋可不如兄長們，所以這實在是不可能的事。於是我沒有多加思索，就去讀了某大學的文學院。

㊵彼此相隔一小段距離，設置於庭院或河川、池塘等處，作為通路的石塊。

我在大學結識了一個姓笠木的朋友。他想成為作家，所以才從鄉下來到這裡，目前在大學附近租房子住。他自稱是在社會學習，經常不去上課，然後四度溜達，是個很有趣的男人。

一有機會，我就會對他說：「想當作家的話，到東京去會比較好吧？」但是他那帶有文學青年氣息的端正面容，總是浮現出奇特的認真表情，然後這麼回答：「不，即使我現在去了東京，在還沒有寫出一部讓自己滿意的小說之前，就會落得被東京吞噬的下場了。」

因為我時常邀請在外租屋的笠木來家裡，所以後來他也自然而然地進出上榊家了。上榊家有個比我們大兩歲、姓矢尾的書生[41]。笠木跟矢尾都喜歡偵探小說和登山，兩人經常聊起這方面的話題。矢尾的腳有點不方便，所以好像已經沒辦法再去爬山了，不過還能和同好之人聊起這些，他應該也覺得很開心吧。

我嗎？雖然我是進了文學院，不過並不是對小說有特別的喜好。只是因為我沒有成為醫師的腦袋，所以就想選擇門檻比較低的學院罷了。真要說的話，我對登山也沒有興趣。儘管如此，他們倆談話中關於偵探小說的話題還是比登山的話題更有意思。從這層意義來說，我就是那種現在經常被用來形容年輕人的……對，毫無目標的青年。想要成為作家、乍看之下會讓人覺得靠不住的笠木感覺還比較實在。

然而，實際上偵探小說等娛樂書籍在那個時候幾乎都被禁止發行了。或許正因為是那樣的局勢，所以他們兩個才會更沉浸在被禁止的話題裡面吧。當時的時代，確實就是朝著巨大漩渦那漆黑的中心、以持續增加的速度筆直前進。我們感受到它的陰影，但是卻什麼也做不了。倒不如選擇逆向行進，逃避那日漸擴張的影子。就某種意義來說，身處於那樣的時代，我們也算是過著相當安穩的日子。直到民子（たみこ）的到來。

民子是泉平先生遠親的女兒，因為雙親接連在意外事故中過世，所以就被上榊家收為養女。年約十八歲，氣質出眾，擁有好人家淑女的氣息。不過與外貌的穩重相反，骨子裡性格有些好強，但實際上是個感情深厚的女性。

現在回想起來，泉平夫婦最後還是沒能擁有孩子，所以就收了民子當養女，打算為她招個當醫師的入贅女婿來繼承上榊醫院吧。如果是她的話，不管是賢慧的妻子還是賢能的院長夫人，想必都能勝任。

我這麼描述，你的腦海中應該就會浮現符合這種形貌的女性吧，不過那個身影恐怕會和真正的民子截然不同。就算外貌相似，若不是親眼目睹她本人，而且不是親眼見過她的男人的話，絕對是無法理解那種氛圍的。那並非是因為她在我們面前展現了華麗的打扮、誇張的動作或意味深長的言行舉止。倒不如說她其實什麼也沒做。

啊啊，對了。問題是出在將民子納入眼簾的我們這一邊。

㊶此指日本明治、大正時期從地方前往都市升學，寄宿於認識的人或有力人士家裡的高中生或大學生。他們在閒暇時會協助主人家處理雜務以代替寄宿所產生的相關開銷。而這些書生未來可能有機會進入政治或其他體系，因此某些情況下也帶有藉此博得名聲並投資未來人脈潛力股的意義。

民子這個女人是會讓男人率先奉獻、擁有如此秀麗氣質與冶豔美色的結合體。該說是被隱沒了嗎？就連本人也完全沒有意識到自己的魅力（說是魔力或許還更加適合）所在。剛來到上榊家時，反倒還能看到她那不諳世事的鄉下人氣息和自卑的樣子。她有生以來第一次獲得了自己的崇拜者，於是那股從外觀難以想像、蘊藏在內心的激烈熱情就一口氣湧出表面了……

人類是會隨著環境而改變的，至於什麼能帶來更加劇烈的變化，或許就是男女情愛了吧。戀愛這種東西，確實是能讓人完全改變的奇妙存在呀……

哎，我好像扯遠了。要好好談一下最重要的部分，也就是關於民子的那些崇拜者。

圍繞著民子的男人總共有五個。首先是我、笠木、矢尾等三人，另外還有上榊醫院的志島（しじま）醫師，最後是患者中杉（なかすぎ），合計五人。笠木是我大學的朋友、矢尾是上榊家的書生，這些剛才都已經提過了。所以我就來說說後面的那兩個人。

志島是泉平先生醫大的後輩。他是上榊醫院裡最受院長寵愛、未來被寄予重望的年輕醫師。中杉則是當時在幾年內迅速成長的某軍需公司的大人物（即便如此，年紀還很輕），他差不多是在民子來到上榊家的時候，因為某種內臟疾病而住院治療。

但志島和中杉是怎麼認識民子的我就不清楚了。不過五個男人和她相識的時間點應該都差不了多少，然後在對她一見傾心之後，也知道了她身邊其他四個人的存在。我認為在那個時間點還沒有脫穎而出、更接近民子的人。

就像先前所說的，因為我會自由地出入上榊家，所以可以毫無顧忌地見到民子。

至於笠木胃不好的時候會到我家來拿藥，所以和民子相遇之後，他就用「一次拿所有的藥我怕會搞丟，希望能分次給我」這個理由，幾乎每天都往我家跑，同時也頻繁地去上榊家露臉。我也沒打算便宜了這個情敵，但笠木是我大學入學以來的友人，而且即便沒有我，機敏的他應該也能毫無畏懼地出入上榊家吧。於是我也很乾脆地心想，既然如此，倒不如一起過去拜訪還比較好。

矢尾因為是借宿在那裡的書生，所以幾乎可以說是和她同住在一個屋簷下吧。志島醫師很受泉平先生的愛護，因此也時常被找去上榊家。也就是說，他和民子碰面的機會也相當多。

問題在於中杉。因為立場只是醫院的住院患者，所以是我們幾個裡面和民子距離最遠的。其實包含我在內的四人也對這個事實感到鬆了一口氣。原因在於他仰仗自家公司是從事跟軍方有關的工作，所以是個個性張揚且傲慢的男人。唯有這個傢伙不能把民子交給他。雖然我們彼此都沒有說出口，但想必每個人都暗自下了這樣的決定吧。

可是啊，中杉卻在出院的隔天就厚顏無恥地來到上榊家拜訪民子，然後突然就提出了結婚的請求。別說民子這個當事人了，就連泉平夫婦都感到驚惶。最後好像用無法立即回覆這個理由暫且敷衍過去了。這實在不太妙啊。因為後來中杉就成天往上榊家跑，而且每次都會帶著當時很難入手的東西或高價的禮物上門，當成給民子的伴手禮。

我和其他三個人也對此感到憂心。即便如此，我們幾個什麼都做不到。也因為這樣導致心緒像是被抓撓般紛亂不已、一直被難以言喻的焦慮給持續折磨著。

那天是中杉開始每天上門的一週之後，我們五個人一起被邀請到上榊家去了……

上榊醫院位於手轉通這條設有銀行和郵局的大街上，在那一帶相當醒目。上榊家的宅邸就位於醫院後方，明明距離人來人往的鬧區沒有很遠，卻總是瀰漫著靜謐安穩的氣氛。我們被帶去的是一個名為「偏屋洋室」、位於最深處的房間，這裡和主屋以走廊連結，如同字面上的意義，就是一處偏屋。即使在這座宅邸之中，偏屋也顯得格外寧靜。簡直像是唯有待在偏屋的附近才能感受到清澈的空氣在流動，是個洋溢某處避暑勝地風韻的場所。

那天泉平先生只有一開始和大家碰了個面，之後就是只剩民子和五個男人的奇特茶會。就連中杉也沒辦法在其他四個人面前向民子獻殷勤，看起來心情相當差。話雖如此，我們或多或少還是會感到困惑，畢竟這樣的聚會還是第一次呢。即便是這種情況，笠木還是想試著炒熱氣氛，而且也能看到志島不光是民子、也會和其他四個男人攀談的用心之處，跟我和矢尾相比真的很了不起。然而最後還是沒能提振氣氛，就這樣結束了……

只不過，那只是個開端而已。之後每個星期六的下午到傍晚，我們都會在上榊家的偏屋和民子一起度過。

之後和笠木聊了一下，我才理解那是泉平先生為了牽制中杉而策劃的聚會。泉平先生表面上什麼也沒說，但對於當時軍部的政策似乎抱持著不滿。所以他對於中杉這樣的人物應該是無法忍受的吧。而民子也對他的求婚感到困擾。然而考量到當時的局勢，和中杉這樣的人為敵簡直就是形同自殺的行為。於是他便把中杉扔進一群對民子抱持好感的男人之中，藉此壓制他的氣勢。

換做是其他的情況，眾人或許會因為自己被當成一顆棋子而感到憤怒吧，不過因為既能牽制中杉、又能安排定期和民子見面的活動，不如說每個人都坦率地感到欣喜。

笠木還像是開玩笑似地表達佩服：「這個比喻或許有點可笑啦，泉平先生把中杉這棵樹，放到由我、你、矢尾先生和志島醫師等其他樹木聚集的林子裡，也就是所謂的藏木於林。」

可是啊，我們也不能盡是感到高興。把中杉這棵樹藏到我們這片樹林中，就表示我們每個人也都被藏到其他四個人形成的樹林裡面了。這麼一來，如果每棵樹不把枝葉伸展得更高更廣、不開出罕見的花朵、不結出美味的果實，在整片樹林中就無法嶄露頭角，也就沒辦法獲得民子的關注。事情也就演變成這樣的局面。

如果這種定期聚會持續下去的話，能夠自由出入上榊家的我、寄宿在那裡的矢尾、以及就在宅邸旁工作的志島等三人原本擁有的優勢——容易見到民子——也就幾乎蕩然無存了。矢尾畢竟還是住在同一個家，所以再怎麼說都是比較有機會的，但是泉平先生就好像是顧及與其他四人之間的公平性那樣，似乎也不太讓他接近民子。不過在星期六的下午，他也不會交辦事情讓矢尾去做就是了。

起初是為了應付中杉才舉行的聚會，但泉平先生好像不知道在什麼時候意識到這是能用來幫民子挑選丈夫的場合。正因為世間就是那樣的世道，比起替民子找個當醫師的丈夫來繼承上榊醫院，還不如讓她跟真正喜歡的人在一起，無論對象是誰都好。或許泉平先生就因為這樣而改變了想法。不，這無非只是笠木和我認為「莫非是如此吧」的推測。

就這樣，每個星期六的聚會也常態化了。有個部分非常有意思，應該可以說是男性陣容的每個人對民子所扮演的角色吧，到後來就自然而然地定了下來。簡直就像是一齣戲裡的登場人物那樣。

我從一開始就很不適應這樣的聚會。但只加上笠木和矢尾的話，三個人也沒問題。即使再加入志島、甚至是中杉也在，只要笠木他們也一起的話或許就沒什麼大礙。不過實際的情況就是民子也在，而且全體男性都是她的崇拜者……嗯。我只要看到她那聰慧的面貌和天真無邪的笑容就很滿足了。想讓她回頭看我一眼，不過就是夢中之夢罷了。來到這個歲數後我也逐漸明白，對於愛幻想的我而言，現實中的戀愛打從一開始根本就是不可能的。

唔，我的事情就別提了，來說說其他四個人吧。他們幾個肯定都是真心希望民子能成為自己的人。對於她的想法，也因應每個人的個性、立場、地位等不同，轉化為各自的愛情表現並顯露出來。

笠木儀表堂堂、能言善道，是個非常開朗清新的青年。泉平夫婦對他也很滿意，就連在一眾競爭對手之間也很有人望。民子或許也不覺得這個人僅僅只是還可以的程度吧。從這層意義來說，他的可能性是最高的。只不過，因為還是學生，而且有種毫無定性的氣質，所以考量到結婚這種現實面的問題時或許就會讓人有所猶豫了吧。

不必多說，討厭笠木的就只有中杉而已。他總是一有機會就打斷笠木說話，意圖妨礙他。但我認為中杉應該不會對任何男性抱持好感吧。就如同我們之中也沒有一個人喜歡中杉一樣。

中杉年紀最長，大概是三十五歲左右。這個男人絕對不能說是醜陋，但因為驕矜自大，總是一副看不起人的態度，所以時常能從他的表情中窺探到傲慢。那並不是一張能湧現親和力的臉，他應該也很清楚別人對自己抱持的感想吧。即便如此，他也不修正自己的性格，反倒是對那些人發怒、採取更加旁若無人的態度，是個無可救藥的傢伙。至少對泉平夫婦，他還是做足了應該有的禮數。可是看在我們這幾個人的眼裡，那就是表裏不一的恭維而已。坦白說，我覺得民子會討厭的應該也只有他吧。

然而諷刺的是，他身為軍需公司要角的社會地位，在當時可是擁有僅次於軍人的力量。換成某些場合或許還高於軍人也說不定。所以單憑一句「討厭」是無法解決事情的。中杉也非常了解自己的影響力，所以即使被大家嫌棄，他還是無動於衷地在上榊家出入。對於民子，他也運用自己的特權、一如往常地獻上各式各樣的禮物。他本人應該也不覺得能憑藉人格魅力就獲得民子的芳心，所以才想徹底運用禮物海戰術來進攻吧。

因為職業的關係，志島是個安靜穩重的人，年紀是三十歲上下，但言談舉止看上去就是相當老成的人物。因為是泉平先生的愛徒，所以作為醫師的實力肯定也相當不錯。他對我和笠木說話時的語氣也很彬彬有禮。可以說是能被稱為紳士的品格高尚之人。聚會的時候也是一樣，不只是民子，他總是會關注所有的人，簡直就像是招待方的關心方式呢。

或許泉平先生內心也希望志島能夠和民子結婚，然後繼承上榊醫院吧。不過他也覺得關於這種事，其實兩位當事人的想法最為重要。這在那個時候可是極為革新的思維啊。但即便是志島，因為他是那種想確實確認過民子的想法後再打算的悠然自得個性，所以事情完全沒有具體的進展。

從矢尾平時侃侃而談的樣子實在很難想像，他竟然會在民子的面前變得不發一語。即便民子向他搭話，他也是語無倫次，根本無法好好對話。看來在戀愛這方面，這個男人似乎比我還要晚熟呢。或許矢尾覺得自己那不方便的腳會是個負面條件吧。不過，我認為他對於民子的傾慕是最為強烈的。可是情感並沒有伴隨著具體的行動，這讓那種念想越來越劇烈，當時甚至嚴重到本人都不知道該怎麼辦的地步。

這五個男人的組合，到了每個星期六都會聚集在上榊家的偏屋洋室。懷抱著各自的心思，圍繞著民子談笑風生。現在再去回想，那個時候的日子或許是唯一能稱之為「我們的青春」的時期也說不定呢。在無論怎麼想，都覺得應該不會有光明未來的那個時代裡，只有和民子一同度過的時間才帶有奇特的酸甜感，像是在春天的陽光下打盹般舒適，就是如此幸福至極的時光。不光是我，當時的五個人肯定都懷抱著同樣的心情。

但是某個人在那一天——明明是如此心滿意足的狀態——不，正是因為每個人都只考慮自己的事，反倒陷入了飢渴難耐的狀態，才因而引發了那起事件吧。

◆

老人應該是口渴了，他暫停話題，把水壺靠到嘴邊。那是從這間小屋附近的狢之泉那裡汲取的湧泉水。

我的睡袋枕邊就只有一盞凝聚光芒的煤氣燈，燈火正微微地搖曳著，小屋裡充斥著漆黑又濃厚的黑暗。

在一片漆黑之中，可以聽見那深沉、強烈、急促、並持續反覆的老人呼吸聲。不過，我完全不知道他現在是什麼表情。與其說是說話說到疲憊了，那樣的氣息更像是情緒在說話的過程中隨之亢奮的感覺。

等到呼吸逐漸恢復平穩後，老人向我致歉。「老人家說話，前情提要可不能太長了。」接著於黑暗之中，開始再次說起那過往時日與過往人們的故事。

◆

來說說事件吧。我想你應該已經了解圍繞著民子的五個人之間的關係了，接下來我就單刀直入地針對事件說下去吧。

那一天、那個星期六，我們跟往常一樣聚集在上榊家的偏屋洋室。表面上大家都和平時沒有什麼不同。但有鑑於當時的世間局勢，心情也不免隨之黯淡，所以每個人應該都希望至少在來到這裡的時候能暫時忘記現實吧。但是在看不清前方、甚至反倒看見前景一片黑暗的那個時期，近似焦慮的某種讓人急躁的情感，無論怎麼去掩飾，都依然會在每個人的心中若隱若現吧。

那一天，照慣例是從眾人一同享用中杉帶來的伴手禮開始的。當時只有中杉帶來的東西才說得上是唯一能在聚會中拿出來款待的餐食。雖然很窩囊，但我還是很期待中杉帶來的禮物。

那個星期六，中杉帶了咖啡豆過來，而且還附上砂糖和牛奶。無論是上榊家還是我家，過去就已經有喝咖啡的習慣了。但那個時候別說是咖啡豆，就連砂糖都很難入手。所以我發自內心地感到開心。

民子道謝後就從中杉手上接過了袋子，然後走到吧檯那裡依照人數磨了豆子，接著開始沖咖啡。我忘記說明了，偏屋的深處有個像是西洋酒吧中那種小巧但氣派的吧檯，民子經常在那裡幫我們準備各種飲料。

無法用言語形容的芳香立刻飄了過來。很久沒有聞到咖啡的香氣了，無論是誰都沉默不語，就像是被麻醉般沉醉其中。

就在要把沖好的咖啡分給大家時，笠木說「我就不必了」。剛才我也提過他的胃不太好，而且是必須持續來我家診所回診的程度，所以像是咖啡之類的刺激物基本上是要忌口的。但是中杉似乎無法接受，他用駭人的表情瞪著笠木，就像是在說「你是不喝我帶來的東西嗎」。

民子把咖啡分送給其他四人之後，就轉向笠木問道：「要不要幫你準備其他的飲料？」但笠木露出他那爽朗的微笑婉謝：「不用費心了。」那個瞬間，民子好像被他的笑容給迷住了，但隨即又慌了起來，像是難為情似地依序看向其他四個人，然後開口：「今天我從父親那裡拿到了他珍藏的東西，等一下請大家一起享用吧。」

這時中杉的表情變得更加險惡了。民子對笠木另眼看待可不是什麼有趣的事，而且平時總是用自己帶來的伴手禮來當作聚會的餐點，但今天上榊家竟然也準備了。在那個物資不足的世道，能夠向上榊家提供豐富物資的特權，正是中杉最強的賣點。或許當下他覺得這一點開始動搖了。

不知道有沒有注意到民子、笠木、中杉等人的樣子，志島獨自坐在窗邊的椅子上喝著咖啡，然後說：「味道滿苦的呢。」因為他沒有加入砂糖或牛奶，所以感覺才特別強烈吧。

另一方面，坐在靠近偏屋出入口的沙發上的矢尾也喃喃自語：「這太苦了，喝不太下去。」然後繼續往裡頭放方糖。

順帶一提，中杉和志島一樣都沒有加砂糖或牛奶。我和民子則是放了一顆方糖，然後加入適量的牛奶。

婉謝咖啡的笠木不知道有沒有注意到中杉那險惡的眼神，他開玩笑似地把方糖放進嘴裡，接著依然用那爽朗的語氣向大家開啟了話題。然後志島和民子會回應他，我和矢尾主要是跟著附和，而中杉則是眉頭深鎖。完全就是相當熟悉的情景。

等大家都喝完咖啡之後，像是鎖定了笠木的話題到了一個段落的瞬間，中杉隨即一臉得意地高聲談起了當時的戰況。那個瞬間，每個人都皺起了眉頭。就算要說是在逃避現實也無妨，每個星期六的聚會不管對我們還是對民子來說，都是能暫時忘記世間黑暗的重要時光。而這一切都被他那令人不悅的演說給破壞得蕩然無存。但是中杉完全不在意，繼續口沫橫飛地說個不停。雖然只有志島還會有禮地接話，但內心肯定是想讓他住口的吧。

想要堵住中杉那張大吹大擂的嘴，就只有民子的一句話才能辦到吧。這個時候，她就在中杉說得過頭、正喘氣歇息的時候打岔：「那麼，現在就來品嚐父親給我的東西吧。」接著在絕妙的時機從吧檯那邊取出了一瓶紅酒。中杉似乎對此大感訝異。看到他吃驚的表情，矢尾等人也露骨地露出覺得這很有趣的神情。

民子一拿起紅酒，笠木就迅速地繞到吧檯另一頭說道：「讓我來吧。」自告奮勇要負責開瓶的工作。而且他在拔軟木塞的同時，也不忘展現自己的紅酒知識，還真是個機靈的男人啊。只不過志島對紅酒似乎也有些心得，所以過程中就轉變成志島一個人的舞台了。即使是這樣，志島也完全不會給人討厭的感覺。和這兩個人為敵，嗯，矢尾跟我可以說是打從開局就毫無勝算了吧。但中杉絕對不會這麼想，他正一臉不悅地看著笠木和志島的一舉一動。

雖說被志島奪走了談話的主導權，但是笠木可是花了超出必要的時間，去享受待在民子身旁轉開紅酒軟木塞的特權。「啵」地一聲響起、軟木塞被拔開後，民子便開心地向他道謝。笠木以微笑回應她，然後回到自己座位的身影，看起來就是令人稱羨的滿足啊。

話說，當天每個人都坐在偏屋的哪裡呢，我覺得先提一下相關的位置會比較妥當。

房間的中央有沙發和桌子等接待用的家具組。細長的桌子擺成東西向，在它的南北兩側各有一張橫長形的三人座沙發。西側只配置一張單人座沙發。偏屋唯一的門就位在西側的那面牆壁，吧檯則是設置在相當於房間深處的東側。最後就是北側的窗邊有張小圓桌和木頭椅子。

雖然並不是由誰決定的，但是每個人都總是坐在相同的場所。首先北側的沙發正中間是中杉。南側的沙發靠入口那邊是笠木，同一張沙發靠近吧檯這邊的是我。坐在西側單人沙發上的是矢尾、志島人在北側的窗邊。大家通常都是坐著的。民子則是多半待在吧檯那裡。

民子在六只玻璃杯中倒入紅酒，然後一杯留在自己面前，其他五杯放在托盤上從吧檯端了出來。吧檯的缺口處（就是出入口）位於北側，所以民子先朝著志島所在的窗邊小圓桌走過去。

不必多說，志島立刻起身說道：「接下來就我來送吧。」然後伸出了手，準備接下托盤。但是民子卻婉謝：「沒關係的，我來就好。」就在這個時候，空襲警報響起了。

矢尾表示「我去主屋那邊看看情況」，然後就走出了偏屋。這個時候我們也聚集到北側的窗戶旁邊。志島臉上掛著「情況如何？」的表情看向中杉，但後者只是默默地盯著外頭。這個地區還沒遇過真正的空襲。而且說起空襲警報，其實誤報的情況也不少。講句不適切的話，大家應該都對空襲警報感到半信半疑吧。

總之我們先關上窗戶並拉起了窗簾，然後回到會客區那邊。這時志島在中杉坐的北側沙發靠門的那一邊坐下，而民子竟然來到了我的旁邊。我想了一下，北側沙發上中杉的左邊，還有南側沙發相當於中杉正對面的位子都是空著的，看來兩個位子她都不想坐吧。至於單人沙發則是矢尾的位子。

即便如此我還是很開心。直到現在我都還記得當時為了民子，我向笠木那裡擠過去、騰出了一個人的座位，歡欣雀躍地迎接她。

雖然笠木和志島正說著一些無關緊要的話題，但是半個字也沒進到我的耳朵裡。因為我就只是一個勁地把所有的精神都集中在坐在我右邊的民子身上。該怎麼說呢……朝著民子的右臉頰突然變得火燙。其實我真的很想把臉轉向她那邊，但是卻怎麼也辦不到。光是用視線的一隅捕捉她的身影，就已經讓我耗費所有的心力了。我心裡祈求著，真希望警報就這樣一直響下去。就算這時發生空襲把偏屋炸飛、我也因此死在這裡，或許那也依然是我的夙願。

矢尾終於回來了。好像真的是誤報的樣子，於是眾人又回到自己原本待的地方，我感到相當失落。但是今天能夠坐在民子的身旁也讓我內心狂喜不已。

把紅酒遞給每個人後，大家就一同高喊乾杯。笠木多次舉起了拿在左手的杯子，儘管身處戰爭時期，他還是用好幾國的語言重複喊了好幾次的乾杯（也包含英語這個敵國語言）。

志島和笠木繼續他們的紅酒講座，而矢尾也罕見地參與了。民子感覺也很高興的樣子，就連中杉看起來都顯得有些輕鬆愜意。

就在這個時候，笠木突然露出了很痛苦的表情。他僵硬的雙手手指像是耙子那樣彎曲、抓撓著自己的胸膛，就這樣從沙發上滾了下來。

民子發出尖叫，志島馬上朝笠木跑去。中杉彎下了腰，而矢尾則是衝向了主屋。至於我只是一臉茫然地俯視著以古怪的姿勢躺在地上的好友身體。

在那之後，泉平院長就飛奔而來。隨後現身的夫人也亂了調、接著連警察也趕到了，引起了一陣大騷動。我直接說結果吧，笠木是被毒死的。警方好像同時評估自殺和他殺兩個方向，但無論哪一種似乎都不可能。

首先是自殺，笠木完全沒有自殺的動機。確實，那個時期正處於看不見未來的黑暗世道之中，而且對一個立志成為作家的文藝青年來說，會因為特有的厭世觀而選擇死亡或許也不是什麼不自然的事情。話是這麼說，但換成笠木的場合根本就不可能。關於民子的事情，他也是這群人裡面最有機會的，所以也不能把失戀這個原因列入評估。笠木他完全不存在自己尋死的理由。

至於要說是他殺，這一點也不可能。假使笠木的死因是被人殺害，那麼就是我們之中的某個人下毒的。但已經知道無論是誰都不可能做到。

那天他在偏屋喝下的就只有紅酒而已。因為咖啡對胃不好，所以他沒有喝。因此想要下毒的話，除了紅酒之外就沒有其他的選擇。順帶一提，他那一杯喝得非常乾淨，也沒有檢驗出毒物的成分。也就是說，無法斷定紅酒裡面被投了毒。只不過回顧當天的狀況，排除紅酒後也沒有其他方法能讓他喝下毒藥。儘管任誰都不可能毒殺笠木，但我還是照著順序說吧。

關鍵的那瓶紅酒是泉平先生給民子的東西，當時是軟木塞還沒打開的未開封狀態。然後民子把酒放在吧檯的內側，等到大家喝完咖啡以後才拿出來，接著交給笠木，由他來把軟木塞拔掉。根據民子的說法，紅酒的瓶子也沒有任何異常的地方。

民子在六只玻璃杯中倒入紅酒。要說第一個有機會下毒的無疑就是民子了。這時笠木已經回到了自己的座位，所以他自己下毒的可能性也不存在。最重要的，如果真是這種情況，那就是自殺了。而且感覺他也不會特地在分配杯子之前就下毒。

民子是有機會的，因為她是分配杯子的人。然而要說她的嫌疑是不是就因此提高，事情倒也沒有那麼單純。因為就在她準備分配杯子的時候，空襲警報響了。

警報響起的前一刻，民子正將擺了五只玻璃杯的托盤送往志島所在的小圓桌那裡。接著就在警報鳴響的同時，她把托盤放在小圓桌的上面。要說在那之後都發生了什麼，就是所有的人都聚集到小圓桌所在地的北側窗戶旁。這個時候不管是誰都有往杯子裡投毒的機會。不對，除了前往主屋的矢尾以外。

這麼一來就可以知道不只是民子，其他的人也有機會。之後的焦點就聚焦在如何分配杯子這件事……但是問題從這裡開始也堆得跟山一樣高。

矢尾從主屋回來後，大家就得知了警報是誤報。於是大家都重新回到原本的座位上，而民子端起放在小圓桌上的托盤，再次開始分送杯子。

一開始是志島自己拿了一杯。他就坐在北側的窗邊，這也是理所當然的。之後民子來到矢尾這邊，直接把一個杯子遞給他。接著端著剩下的三杯，轉向中杉。這時中杉很罕見地表示「接下來讓我來吧」，然後從她手上接下了托盤。他是想偶爾展現一下紳士風範呢？還是不想看到民子在自己的面前將酒遞給笠木？中杉的真意我並不清楚。不過，因為他藉故留住了民子，所以或許主要是想和她說說話、獨占這一段時間吧。

但是眼前還有要分配的酒，所以民子也沒辦法從容地和他談話。看到她困擾地應答，志島和笠木也跑來幫她解圍。只是中杉似乎對此相當在意，好像還起了一點小口角。等到民子一喊「大家一起乾杯吧」，狀況才終於平息。

中杉不情不願地放走民子，嘴裡「喏」了一聲、粗魯地把托盤推向笠木和我。我先拿了一杯，接著是笠木，最後的一杯被中杉拿到自己的面前。之後大家高喊乾杯，過了一會兒笠木就面露痛苦的神色。

稍微做個整理，下毒的機會應該有三次。第一次是民子往杯子裡倒酒的時候。第二次是警報響起後，到前往主屋的矢尾回來為止，這段時間內擺著杯子的托盤就擱在窗邊的小圓桌上。只不過，不管是哪個人在哪個地方下毒，想要把那一杯精準地拿給笠木，打從一開始就很清楚是辦不到的吧。

問題在於第三次，就是托盤在中杉身邊的時候。那個狀況並不只是托盤從民子手裡交到中杉手裡那麼單純。很明顯，托盤有一段時間都在中杉那裡。而且那段時間，他還因為民子的事情跟志島還有笠木發生了爭執。也就是說，他有充分的機會在大家將注意力從托盤上移開的時候下毒。不用多說，動機自然是存在的。當然這點對我們全部的人而言都適用，只是從對笠木懷抱著足以萌生殺意的憎恨這一點來判斷，中杉無疑是最有力的嫌犯。

然而，若是要說中杉能不能把下毒的那個杯子拿給笠木，這一點確實是無法做到的。

中杉把托盤推向我們的時候，上面還有三個杯子，幾乎是橫向排成一列。不過從中杉的角度看過去的左側（我這一邊）有一個、右側（笠木那一邊）有兩個，看起來就像是分開擺放的。

從這個狀況來看，幾乎可以預想到我會拿走左側那個獨自擺一邊的杯子。因為它位於從我這邊看過去的右側，所以一般來說直接伸手去拿那杯也是很自然的。如果特地伸手去拿左側距離較遠的兩杯之一，這也太奇怪了。杯中的紅酒量都是均等的，就算真的有差異好了，我也不可能在民子面前做出這麼丟人的舉動。別說是我，我想不管換成誰都是如此吧。

總之，中杉也不知道笠木會從剩下的兩個杯子中挑走哪一杯。如果中杉真的下毒了，那麼他就是在賭那二分之一的機率。這個機率到底是高還是低，還真的很難判斷呢……

即使如此，在我們幾個人裡面還是存在懷疑中杉的氛圍。然而警方立刻就把這個案子當成自殺案處理了，理由是笠木收到了赤紙㊷。這點連我都非常驚訝，因為他好像早就申請休學了，然後就收到了召集令。以作家為志願的他因為有幻想的毛病，所以無法忍受戰爭這種殘酷的現實，在精神耗弱的情況下選擇了結自己的生命。警方似乎是這麼判斷的。

結果，那一天就成為我們最後的聚會。笠木的死當然是最直接的原因，但是戰局的惡化讓這優雅的聚會無法繼續舉辦，卻也是不爭的事實。

志島作為軍醫出征到南方，最後戰死沙場。上榊醫院在不知道是第幾次的空襲中遭遇了全面性的轟炸，民子和泉平夫婦也因此都被燒死了。唯有因為腳的問題而免除兵役的矢尾奇蹟似地逃過一劫，但是在那之後就不知去向了。到最後，只有中杉跟我得以生還。我也曾遠赴前線，但是謝天謝地、最後還是活著歸來了。無論是志島戰死、民子被燒死、矢尾失蹤等事情，都是我回到

㊷大日本帝國時期的軍隊召集令俗稱，因紙張多使用紅色系而得名。實際上因應召集目的的不同，還會使用其他顏色。

一片荒蕪的日本後才聽說的。

中杉在戰後做起了黑市生意，實力和威望不管是戰前還是戰時都沒有什麼變化。不過終戰後四、五年左右的夏天，在手轉通往目地町的橋下發現了他的遺體，是被刺殺身亡的。聽傳聞是被捲入了黑市同行的糾紛，但最後還是沒找到犯人，讓這起案件成為了懸案。

時至今日，我只要像這樣闔上眼皮，浮現出來的就是上榊家偏屋洋室的聚會。那裡的每一個時刻，都是我的青春啊。在那片風景裡頭有民子，笠木也在、志島也在、矢尾也在、還有中杉也在。

就好像沖印照片時、烙印在感光紙上那黑白顛倒的底片畫面一樣，聚集在那間偏屋中的每一個人的面容，還有他們的樣子，都清晰地烙印在我的腦海裡。

只要像這樣閉上雙眼啊——

民子啊……

——就在那裡呢。

◆

才剛覺得安靜下來，老人似乎就已經入睡了。

其實一開始我並沒有那麼仔細地聽。不過，當話題進展到事件的部分就勾起了我的興趣。但讓我困擾的是這故事和小說不同，事件最後並沒有被解決。我也想試著自己推理看看，但怎麼想都覺得資料好像不夠。明天再跟老人問一下吧……心裡想著想著，我也進入了夢鄉。

隔天早上我睜開眼睛時，已經不見老人的身影。沒有留下任何的痕跡，老人就這麼消失了。雖說在山裡不要留下垃圾乃是常識，但人的蹤跡有辦法消除到這種地步嗎？這個疑問讓我大惑不解。

那個老人真的待過這裡嗎……我心裡突然這麼想著。據說待在山中或海上的時候，就會發生人類難以想像的事情。我仔細想了一下，就算是再怎麼經驗老到好了，到了那種年紀還有辦法登山嗎？

不過，如果真是如此，那麼那個老人究竟是什麼人呢……

過了十多年後的今天我也依然確信，我在那個清晨的避難小屋中不由得渾身發抖，並不只是因為早晨冷空氣的緣故。

作為那個奇妙的夜晚並不是我的幻覺的證據，我在這裡把老人說的故事給記錄了下來。

星期四

一覺醒來，時間已經過了十點了。因為就寢的時候已經是清晨，所以並不能說是獲取了充分的睡眠。

編輯部的上班時間是十點，所以我連忙撥了電話給公司。雖然我原本想裝病，但是如果公司那邊因為急事又打去家裡，那可就麻煩了。所以我就以私事為由請了假。後來我又躺了回去，一眨眼的功夫就睡著了。應該是太過疲倦的關係，再次醒來的時候已經過了中午。

昨晚我在飛鳥家的偏屋留宿。因為即使信一郎已經完全恢復了，但我還是有點擔心他。雖然此言不假，不過實際上還有其他的理由。最主要的原因就是我不想在半夜回家⋯⋯

在此之前，每次我們聊到渾然忘我的時候，我大多也會住在偏屋。然後第二天肯定是中午左右才會起床，所以也時常被叫去主屋吃早午餐。所以今天信一郎也跟往常一樣邀我到主屋去，但是我有些猶豫了。從星期一開始我就每天都來，而且今天是平日，原本我應該要到公司去的，這怎麼想都會讓人覺得很奇怪不是嗎？我這麼說了以後，信一郎也再三告訴我沒關係的。於是我就戰戰競競地露面，這才知道一切都是我在杞人憂天。

「哎呀，你來啦？」

信一郎的母親就只說了這麼一句。下一個瞬間，她已經開始準備我們的餐點了。

「今天是公司的創立紀念日，所以放假嗎？」

因為我依舊什麼都沒有說明，所以最後奶奶她給了我一個很好的理由。

「啊，嗯……」

我說得含糊不清，這時伯母也迅速地把料理擺在桌上。

「奶奶，接下來就麻煩您了。你們慢用喔。」

轉瞬之間就完成兩人份早餐兼中餐的伯母，因為還有東西要買，所以對我和奶奶打了聲招呼後就匆匆忙忙地出門了。

「看吧。」

信一郎浮現了像是在說「沒必要擔心啦」的苦笑。

我們倆在奶奶的伺候下吃飯。「三津田先生，就算討厭蔬菜，也不可以不吃喔。」她的態度幾乎就像是在對待小孩那樣。我確實不喜歡蔬菜，但是成年以後也開始會吃了。只不過看在奶奶的眼裡，我無論長到幾歲都還是挑三揀四的三津田小弟弟吧。

用餐完畢，我委婉地躲開了奶奶「吃個橘子吧、來顆饅頭吧」的勸誘，回到了偏屋。

仔細想想，我們只在週末去過古本堂。《古本堂通信》上寫著公休日是星期一，所以除此之外的平日都會營業。不過還是不知道開店的時間。所以我們預計在傍晚離開飛鳥家，在那之前打算先解決〈底片裡的毒殺者〉。

信一郎在文几前，我則是火鉢旁邊，各自在座椅子上就座後，他就立刻切入了正題。

「是誰毒殺笠木的？」

「你的意思是他並不是自殺，而是他殺嗎？」

回想起昨晚在偏屋裡的怪異狀況，心裡就覺得不太舒服。但是現在必須要集中精神，專注於新的謎團才行。

「考量到事件發生時的狀況，就如同警方的判斷、認為笠木是自殺不是很自然嗎？」

這是我坦率的意見。

「我們正在讀——不幸讀到的這本《迷宮草子》，絕對不是只寫下問題篇的推理作品。不過就是把撰寫者的親身體驗，或是從別人那裡聽來的不可思議事件記錄下來而已。因此，或許裡面也會收錄完全沒有事件性的故事。不，或許也存在原本就是全部出自作者創作的可能性。」

「畢竟是同人誌嘛。」

「不過，即使從截至目前為止的那些難以置信的體驗來思考，就會了解到批判收錄在這本書中的故事構成，其實是很沒有意義的。」

「這個嘛，嗯……」

「也就是說，我們認定這裡面所寫的故事全部都是某種事件，至少是以事件發生作為前提，所以必須解開它們的謎團。即使勉強，也必須要為其加上某種解釋對吧。」
因為有偵探存在，所以才有事件發生，不是嗎？感覺我們已經迷失在這種本格推理的相反論點之中了。明明有名偵探，為什麼還會發生連續殺人事件呢？就像是這種大家所熟悉的矛盾。
接著信一郎又說道。
「有一種讓真正的名偵探登場的推理作品寫作法喔。」
「那是怎樣的作品？」
「在事件發生之前，名偵探就已經揪出了犯人，然後以『你打算殺害某某人。就在這個時間、就在這個場所、用了這樣的手法』這種形式推理出犯人接下來預定執行的犯罪計畫，讓它在事發之前就被揭露。如果犯人籌劃的是連續殺人，就是『第二個被害者是某某人、第三個被害者是某某人、那個時候用的詭計是這樣。但是在那種場合，就會留下這樣的證據喔』之類的。被害者自不用說、就連犯人也會被拯救，偵探因而獲得眾人的感謝。」
我不知道他說的話有多少程度是認真的，但如果還能像這樣詼諧地開口，看來已經完全恢復了，應該沒有問題了吧。
「嗯，不過不會有人這麼寫的。」
「為什麼？」
雖然我有預料到這個情況，但還是姑且從旁附和。

「因為作為推理小說來閱讀就一點都不有趣了。內容缺乏讀者想在推理作品中尋求的情感宣洩。那種書誰也不會想讀的，換言之就是賣不掉。明知道這一點卻還這麼寫的人，真的是了不起的挑戰者啊。」

名偵探小說的話題結束之際，信一郎就做了個總結，然後又說道。

「我們依序來檢視一下笠木毒殺事件吧。」

首先他將事件的狀況從最初開始總結整理，然後向我說明那些內容。

「接下來，就是進逼事件核心的方法了。我認為還是要把焦點放在『該怎麼做才能在紅酒中下毒』這個混入毒物的方法。」

「笠木放到口中的東西就只有紅酒吧。」

「不，這個說法不對——」

「他不是婉謝咖啡了嗎？」

「其他人在喝咖啡的時候，他放了顆方糖到嘴裡。」

「啊……」

「只不過，老人、矢尾、民子也都加了方糖，所以應該可以判斷那裡面沒有摻入毒物吧。但我也不認為笠木用手指拿起的方糖就這麼偶然是被下毒的那顆。」

「要用毒物殺人的犯人，也不會採取這麼不確定的方法吧。」

信一郎點點頭，把話題拉回將毒物摻入紅酒的話題。

「就像老人也曾說過的，能在紅酒裡下毒的機會有三次。第一次是民子將紅酒倒入杯子裡的時候、第二次是把放了杯子的托盤擱在窗邊小圓桌上的時候、第三次是托盤就在中杉手邊的時候。第一次的情況有機會的只有民子、第二次是除了矢尾以外的所有人、第三次就只有中杉。」

「嗯。」

「接著我們來看看動機吧。首先，民子大概是和笠木互相傾慕，所以毒害愛慕的人，這個可能性是相當低的。然後除了矢尾之外的男性，大家都是情敵，所以全部的人都有動機。中杉也是一樣的。也就是說，在這三次機會當中，中杉竟然有兩次相符。」

「所以他就是犯人嗎？」

「中杉的嫌疑終究就是可能性的問題罷了。」

「可是要怎麼做？」

「就是這樣。排在『摻入毒物的機會』之後的，就屬『要怎麼把下毒的玻璃杯交給笠木』最為重要。假設在第二次機會的場合，那群男人中有人下毒，這時再反過來思考看看。不會選到那杯毒紅酒的會是誰？」

「這個嘛——是志島嗎？因為當民子重新開始分送紅酒的時候，他是第一個挑選的。」

「有摻入毒物的機會，而且還能讓自己不要喝到那杯紅酒的，就只有志島而已。」

「但是，他沒辦法把那杯最關鍵的毒紅酒拿給笠木啊。」

「嗯嗯，他做不到的。所以問題就在於第三次機會了。中杉有下毒的立場，可是他有可能讓笠木拿到那一杯嗎？」

「有可能嗎？」

很顯然我就是完全沒有動腦去想、只像鸚鵡那樣重複他的話。要說解謎，光是昨天晚上那一次就夠折騰的了。

「托盤上還留下了三個玻璃杯。中杉隨手將托盤推到老人和笠木的面前。所以選擇杯子時，終究還是憑藉老人和笠木的自由意志。而最後剩下的那一杯，就自動變成中杉的了。」

「下毒的紅酒留到最後被自己拿到的機率是三分之一嗎？」

「不，就像老人說過的，托盤上有一個玻璃杯離其他的杯子比較遠，但那是最方便老人去拿的位置。所以我覺得中杉應該能輕易地預測到他會把手伸向那個杯子。」

「還剩下兩杯……」

「小圓桌上原本有五個杯子，現在縮減到只剩兩個了。機率提升到二分之一。」

「可是這樣還是要二選一不是嗎？只要選錯就會讓自己喝下毒紅酒。中杉有那種膽量嗎？」

「不，機率還要更高。」

「這話怎麼說？」

「如果中杉是在自己這邊看過去的右側杯子裡下毒的話？」

「中杉的右側？」

「從笠木那邊看過去就是左側。」

「欸？」

「就是笠木的慣用手那一側。」

「他是左撇子嗎？」

「內容有提到乾杯的時候，笠木用左手拿著杯子、高舉了好幾次。他是不是左撇子，只要有參加星期六的聚會就能知道了。」

「話是這麼說沒錯。」

「中杉的考量是這樣，推到自己面前的托盤上有兩個杯子並列的場合，立刻拿起自己的慣用手這邊的杯子是很自然的事。因此就在笠木看過去的左側杯子下毒了。當然這不是百分之百準確，不過笠木選擇左邊那杯的機率比較高，這一點你應該也沒有異議吧。」

「這點我認同，不過萬一笠木拿的是右邊的那杯……」

「到了那個時候，中杉就打算找個理由不喝那杯紅酒。因為先前就有笠木婉謝咖啡的前例，所以這應該也不是什麼會引起別人注意的舉動。」

信一郎這麼說完就從座椅子上站起來，幾乎就在同一個時間，緣廊那邊突然傳來了「咚咚」

的聲響。

「哪位？」

「打擾了。」

和信一郎疑惑的聲音互為對照，那是個開朗中又似乎帶了點羞澀的聲音。接著緣廊那一邊的毛玻璃門被打開了。

「明日香……」

站在那裡的是信一郎的妹妹飛鳥明日香。因為靠走廊這邊的紙門是開的，所以冷冽又清新的空氣就直接從院子那邊流竄而來。

「我說你啊，不是叫你暫時別到偏屋來嗎？」

信一郎的表情頓時變得很嚴肅。

「我是來跟信先生打招呼的啊。」

明日香這麼推托之後，就端著擺了抹茶和饅頭的托盤進到房間裡。

「歡迎您，哥哥總是受您照顧了。」

她三指觸地㊸、頭也垂得低低的，這讓我不知該如何是好。

「沒、沒這回事，我才是備受關照。」

好好一個成年人竟然語無倫次起來。

所謂的「信先生」，是我第一次見到明日香時，她把「信三」讀成「信先生[44]」而衍生出類似綽號之類的稱謂。

「你怎麼沒在學校？」

話說回來，離放學時間好像還早呢。

「最後一堂課竟然要在這麼冷的天氣去外面寫生。然後老師說畫完的人就可以先離開了。」

「真是的……」

信一郎嘆了一口氣後說道。

「你明明是來跟這傢伙打招呼的，為什麼托盤上的抹茶和饅頭都各有三份？」

托盤上確實擺了三人份的東西。

「你各拿一個，然後回主屋去。」

信一郎刻意做了個可怕的表情瞪著明日香。之所以會禁止她出入偏屋，肯定是不想把妹妹捲進圍繞著《迷宮草子》發生的那些駭人現象吧。

然而，明日香卻說出了令人意想不到的話。

「哥哥，還有其他人有機會在杯子裡下毒喔。」

㊸日本的座禮，亦即正座時以三指觸地的正式行禮。

㊹三津田信三最後的「三」在日文中的讀音是「ぞ」（ZO），而明日香念成另外一種讀音「さん」（SAN），而這個字同時也有男女通用尊稱的意涵，因此衍生了這個綽號。

「……」

信一郎和我都一句話也說不出來。

該、該不會……

「你、你看了那本書嗎……」

信一郎詢問的聲音在顫抖著。

「唔嗯。」

只不過，明日香天真無邪地搖搖頭否認。

「真的嗎……真的沒有看嗎！你老實說喔！你沒有讀對吧！」

明日香好像被氣勢洶洶的兄長給嚇壞了。接著，她的臉上浮現了快要哭出來的表情。

「我沒有讀過喔……真的……沒有讀過。」

「這樣啊……」

精疲力竭的信一郎再次坐回座椅子上。我也將方才屏住的氣息給一口氣吐了出來。

太好了……

「那為什麼你會知道那種事？」

信一郎好像也暫且放下了心中的大石，但他還是繼續向明日香追問。

「我在庭院聽到你們說的話……因為那好像是很有意思的推理話題，所以不知不覺就……」

信一郎把笠木毒殺事件彙整給我聽的時候，好像偶然被明日香給聽見了。

你怎麼看——信一郎只用眼神問我。究竟《迷宮草子》的怪異現象會不會也降臨在只聽了內容的人身上呢？

我不曉得——我也只能搖搖頭。應該不必特地去跟他說明「這個動作絕對不是否定的意思」吧。

「對不起。」

明日香的頭垂得低低的，用嗚咽的嗓音道歉。看來可能是我們兩個面面相覷的表情太過嚴肅了，所以雖然不知道原因何在，但還是受到了打擊。

就在我覺得有些憐惜、準備向她說點什麼的時候……

「可是，哥哥和信先生也太狡猾了。」

她低垂著頭這麼說道。

「平常都會陪我玩的……可是這個禮拜開始，你們兩個一直關在偏屋裡……只有我被排除在外……這樣太過分了啦。竟然只有我不能加入……」

最後就哭了起來。

「不、不是這樣啦。明日香……我們並沒有要排擠你的意思。我跟你說，你哥哥和我啊……」

在一臉稚氣的明日香面前——不用過幾年肯定會變成美少女的——我即使語無倫次，但也想盡可能解釋清楚。然而也不能提到太過具體的部分。只有把她捲進來這件事是絕對要避免的。還是說，她已經被捲進來了呢……

「所以明日香，你說還有其他有機會下毒的人，到底是誰呢？」

信一郎開口問她，彷彿剛才的對話都完全沒發生過。

「喂、喂！信一郎！」

我忍不住喊了出來，同時往他那邊看過去。但是，他的神情卻像是被迫做出了嚴苛的選擇，最後終於下定決心的樣子。

難道他是想讓明日香只參與這個故事嗎……

「就是那個姓矢尾的人喔。」

什麼也不知道的明日香，一臉憂心地看著焦急到喊出聲的我，然後依然用嗚咽的嗓音老老實實地回答。

「矢尾去了主屋，在第二次機會的時候，男性陣容裡也只有他一個人被排除了不是嗎？」

信一郎提出質疑。

「嗯，雖然是這樣沒錯，但這不表示他就沒有機會。」

雙目依舊帶著淚水，但即便如此，明日香的臉上還是浮現了可愛的微笑。

「繼續說吧。」

信一郎催促她。

「空襲警報鳴響後，矢尾先生就去了主屋，民子小姐和其他幾位男性都聚集在北側的窗戶旁邊。這個時候，民子小姐把托盤放在小圓桌上。當所有人都坐在沙發那邊時，矢尾先生回來了，並且通知大家那是誤報。之後就開始分配紅酒了對吧。」

「確實沒錯，那矢尾不就沒有機會下毒了？」

若是信一郎做出了決斷，那麼我也只能全面協助了。

「不對，他有機會。大家坐在沙發上等待矢尾先生回來的時候，那個托盤還放在小圓桌上，所以矢尾先生可以從北側的窗邊往杯子裡下毒。」

「啊……」

我忍不住喊了出來。

「或許窗子是關起來的沒錯，但是也可能沒上鎖，不是嗎？而且窗簾也是拉上的吧。我認為這時即使打開窗戶也可以在不讓室內的人注意到的情況下對杯子下毒。」

「唔嗯。」

看向信一郎那邊，他的表情還是很可怕。不過雙頰看起來已經有些和緩了。是我多心了嗎？

「不過明日香，矢尾應該沒辦法知道放了玻璃杯的托盤就擺在窗邊的小圓桌上吧。」

「我想他只是碰巧看到了。從母屋回來的矢尾先生一定是動了要惡作劇的念頭吧。所以在進入偏屋之前，就偷偷地從窗戶窺看室內的狀況。」

「嗯——惡作劇的念頭，這該怎麼說呢。因為矢尾的性格陰鬱，所以他或許真的有可能悄悄地偷窺呢。只不過，矢尾到底是怎麼把放入毒物的杯子拿給笠木的？」

「我不清楚。」

「欸？」

「這個我就不知道了。」

一直默默聽著的信一郎這時對妹妹說道。

「好，明日香，只有今天而已，你可以待在這裡。」

「真的嗎？謝謝。」

用手帕拭去淚水後，雀躍的明日香把身子滑向了火缽旁邊。

「那麼，關於中杉就是犯人的論點，你是怎麼看的？」

信一郎就這麼繼續追問，即使是自己的妹妹也毫不留情。

「我認為哥哥的說明並沒有奇怪的地方，但是有一點讓我很在意。」

「是什麼？」

「那一天，中杉先生為什麼要帶著毒藥呢……就是這個問題。」

「比起跟三津田討論，或許你還更能派上用場呢。」

這句話的音量幾乎快要聽不到了，而信一郎在這句問題發言之後又接著問。

「所以那是怎麼一回事？」

「中杉先生並不知道那天會有紅酒吧。這樣的話，他為什麼要準備毒藥？」

「還有中杉自己帶來的咖啡不是嗎？」

「但是笠木先生沒有喝。」

「笠木會不會喝咖啡，中杉是不可能知道的。中杉帶咖啡過來的這件事，也可以判斷是要找機會在笠木的咖啡裡下毒。然而笠木沒有喝咖啡，所以他便臨時藉由突然降臨的機會、也就是把毒下在紅酒裡面。也可以這麼解釋。」

「他已經被逼到走投無路的局面了嗎？」

「嗯？」

「民子小姐和笠木先生之間的氣氛很不錯吧。所以如果是矢尾先生的話倒還能理解。可是，像中杉先生那種自信滿滿的人會用下毒這種手段嗎？假設他想在咖啡裡面下毒，結果告吹了才把目標換成紅酒，但是他在那種容易招人懷疑的情況下還這麼做，是因為被逼急了嗎……我是這個意思。」

「噢，那麼你想說的是真正的犯人另有其人囉？」

信一郎一臉興致盎然地問她。

「嗯。」

「明、明日香，所以那個人是誰？」

「民子小姐。」

「民、民子！」

把明日香捲進怪異現象的憂心，也在這個瞬間從我內心灰飛煙滅了。

「可、可是，明日香，民子能在杯子裡下毒的機會，就只有一開始的那一次而已——」

「不、不，如果要在第二次下毒的話還是辦得到喔。」

「啊？」

是這樣啊。因為民子有第一次的機會，所以我就下意識地認為第二次的機會沒有必要。但是那個時候她也待在小圓桌旁邊，應該還是有辦法下毒的。

「可是，為什麼民子不在第一次，而是在第二次的機會下毒呢？」

我已經沒有單純奉陪明日香的想法了，現在我也認真地尋求她的意見。

「不是這樣喔。民子小姐下毒的時機，是第一次的時候喔。」

「欸，但是……」

「我只是想修正信先生『民子小姐的機會只有第一次』的說法。」

「呵呵。」

信一郎終於笑了出來——但也是諷刺般的笑容。當然，明日香完全沒有要嘲笑我的意思。

「明日香，你的意思是民子是在把紅酒倒入杯子裡的時候偷偷把毒物放進去的嗎？」

「嗯，就是這樣。」

「那她又是怎麼把那杯毒酒拿給笠木的？」

把五個玻璃杯放到托盤上以後，民子幾乎沒有任何動作。志島那杯是他自己拿的，只有矢尾是民子選好後遞給他的，但是那一杯當然沒有放入毒物。剩下的三個杯子就交到了中杉的手上。民子應該完全沒有在過程中動手腳的餘地。

「民子小姐什麼也沒做喔。」

「什麼都沒做？」

「嗯。民子小姐她，就只有下毒而已。」

「你說……只有下毒，明日香……所以那杯下毒的紅酒是怎麼送到笠木手上的？那個杯子是他自己選的，你應該不會說那只是偶然吧？」

「對，是偶然。」

「明日香，你說偶然……是嗎？」

這實在是……果然孩子就是孩子啊——

我的情緒立刻跌到谷底。因為她是信一郎的妹妹，我還想說搞不好能有什麼……不過，現在還是要溫柔地回應她。

「如果民子犯案的作為就是希望下毒的酒杯會偶然來到笠木的手上，這實在不太可能啊。」

「啊，信先生弄錯了。」

明日香面露笑容。

「笠木先生拿的那個杯子，只是在偶然的情況下到了他的手中喔。」

「欸，可是裡面有下毒吧？」

「嗯。」

「那麼機率就變成五分之一了。」

「不對喔，機率是百分之百！」

「百分之百？」

「因為民子小姐在所有人的杯子裡都下了毒。」

「什、什麼！」

和驚訝的我相反，信一郎正一臉開心地看著明日香。

「嗯，這麼一來，就能準確地讓有毒的杯子去到笠木先生那裡了吧。」

「去到那裡……不是也可能跑到別人那裡去嗎？」

「啊，那不成問題。」

什麼叫不成問題啊？果然還是個孩子——

「因為其他人都喝了摻有解毒劑的咖啡了。」

「……」

「志島先生喝了咖啡後曾說過味道很苦，矢尾先生還覺得苦到喝不下去，他們兩個都這麼說過對吧。這會不會是因為咖啡裡被摻了其他的成分呢？」

「就是解毒劑……」

「嗯。然後我覺得民子小姐應該知道笠木先生不會喝咖啡。那是跟愛慕之人的健康有關的訊息，知道這些也是理所當然的吧。」

真不愧是信一郎的妹妹啊，真是後生可畏。我正感到欽佩，突然又連忙喊停。

「明日香，這很奇怪啊。民子喜歡笠木吧，她為什麼要殺害自己愛的男人？」

「那個老爺爺有說過喔。民子小姐擁有好人家淑女的氣息。不過與外貌的穩重相反，骨子裡性格有些好強，但實際上是個感情深厚的女性。然後因為得到了一群自己的崇拜者，所以內心激烈的熱情就捲起了漩渦。還有，戀愛會讓一個人完全改變。老爺爺是這麼描述的。」

「……」

「也就是說，民子深愛著笠木，所以才殺了他。你是這個意思嗎？」

這時信一郎插嘴了。

「因為愛，所以才下殺手？」

「民子小姐她啊，一定是得知笠木先生收到赤紙的消息了。」

明日香掛著略顯哀戚的表情這麼說道。

「如果喜歡的人要被戰爭給奪走的話，那麼就用自己的手來了結吧……她是這麼想的嗎？」

「嗯。像笠木先生那樣的人是無法上戰場的，他絕對沒有辦法忍受。民子小姐是不是這麼思考的呢？」

原本明日香的表情還帶有些微陰鬱，但立刻又轉為開朗的表情。

「哥哥的中杉先生犯人論點，還有我的民子小姐犯人論點，哪一個才是正確答案呢？信先生你怎麼看？」

情感上我是想全面支持明日香的，但是如果考量到解釋內容的現實性，應該還是選擇信一郎的說法吧。

不過，這並不是我能決定的事情。在這之後會發生什麼怪事，或者不會發生，視其結果便能不由分說地得知真相了。

「明日香。」

就在我正準備對兩個人的推理做出判定之前，信一郎開了口。

「你剛剛說過，中杉原先並不知道會有紅酒這件事對吧。可是同樣的問題民子身上也有。她應該也不會知道中杉會帶著咖啡參加當天的聚會。」

「啊。」

明日香輕聲驚呼。

「嘿嘿嘿。」

然後邊笑邊用手拍了拍頭。

白白長了歲數的我，看到她這樣的舉止也不由得看得入迷了。看樣子我似乎是被那出色的推理和可愛反應之間的反差感給迷住了。

「那麼，哥哥和我就是平手囉。」

而且她還能說出這樣的話，真的是信一郎的妹妹沒錯。就某些意義來說，真的讓我相當佩服。

「這樣啊。」

臉上浮現一如既往的微笑，信一郎意味深長地回應。

「因為不管是哥哥的推理還是我的推理都有漏洞嘛。」

「我說你啊，就別提什麼推理的漏洞了。我都感到難為情了。」

看向信一郎，就知道他是真心感到羞愧。他還有這種餘裕啊。

「而且啊，你所說的推理漏洞，是關於中杉犯人論點和民子犯人論點的部分吧？」

「是啊。所以……欸？」

看著一臉困惑的明日香，信一郎又笑了起來。

「哥哥，難道……」

「信一郎，你……」

明日香的聲音和我的聲音重疊了。

「該不會想說真正的犯人另有其人吧……」

信一郎完全不在意我們兩個的反應，就直接說了起來。

「確實，中杉他有強烈的動機，也有機會。民子也擁有她特有的特殊動機，也存在予以執行的方法。只不過，笠木在上榊家的偏屋裡被毒死——就只是因為這個事實，所以我們就因此認定事件要因全部都位於這間偏屋裡頭，不是嗎？」

「咦……」

「可是……」

「也就是說，毒物是從外面被帶進來的。」

「什麼時候？」明日香問道。

「是誰啊？」我接著詢問。

「事件當天的早上，井間谷先生拿來的。」

井間谷……？

這個人到底是誰啊？
就在我頻頻側頭、大惑不解的時候。
「老爺爺！」
明日香喊了出來。
老爺爺？啊……
「那個說故事的老人！」
完全不在意興奮的我們，信一郎又繼續說下去。
「因為跟笠木交情最好，反倒因此更容易萌生殺意的人是誰呢？對民子懷抱熱烈的戀愛情愫、方便入手毒物、還能讓笠木把毒物給喝下去的人又是誰呢？舉個例子，像是把笠木平時來井間谷診所領的藥，替換成毒物之類的。」
「可是如果是這樣的話，笠木就是在上午把藥吃下去的，那他應該已經死了……」
「是用了什麼手法嗎？」
「我不清楚那個時候膠囊藥物問世了沒有，會是用了不會立刻在胃裡面融解的方法讓他服下的嗎？或者是將在胃裡面混合後才會產生毒性的不同藥物、分別在早上還有前往上榊家之前讓笠木服用的？無論如何，井間谷的盤算就是笠木在上榊家的偏屋吃下中杉帶來的食物或飲料，然後這時就毒發了。我認為他是計算過時間後再把藥給笠木的。」

「為了讓嫌疑落到中杉頭上嗎？」

「這也意味著葬送了主要的情敵，同時也除掉了大冷門的情敵。真是如同字面意義的一石二鳥。」

「可是哥哥啊，這跟中杉先生和民子小姐犯人論點的間接證據一樣，都缺少了最關鍵的證據呢。」

與其說是揶揄，感覺明日香的口吻聽起來是真的相當遺憾。

「是啊。這不過就是一種解釋而已。」

信一郎這麼說，同時好像也在留意怪異現象的動態。

「可是啊，還有一件事讓我有點在意。」

「是什麼？」

「他說自己是個毫無目標的青年，對於笠木和矢野的偵探小說話題倒是還好，但是關於登山的話題他好像就不感興趣。然而這個人卻在上了年紀以後開始登山，我在思考這其中的原因。」

明日香的身子突然顫抖起來。

「為了……供養嗎？」

信一郎從座椅子上站起來，但是並沒有回答這個問題。反而是我說出了自己的想法。

「待在避難小屋的隔天早上，老人就消失了，或許是因為無意間向素昧平生的外人透露了自己的犯行，突然對此感到恐懼的關係吧。」
「嗯，應該是吧。」
我看著大力點頭的明日香，內心正被一股不安給折騰。解謎到底有沒有成功呢……
「明日香，你的想法很不錯呢。」
信一郎在妹妹的身旁單膝跪地，用手輕輕撫著她的頭，然後說道。
「好了，今天就先回去吧。」
從緣廊走進庭院的明日香，突然轉過來揮手。
「信先生，下次見囉。」
我也用相同的動作回應，然後壓低音量問信一郎。
「你覺得撐過去了嗎？」
「不知道。」
他的表情立刻變得嚴肅起來。
「關於明日香的事，總之也只能先拜託奶奶了。」
「你要告訴她嗎?連《迷宮草子》的事也說？」
「沒有。眼下絕對要避免的就是連奶奶都給捲進來。沒問題的，奶奶她不會問什麼理由。不過我只要拜託奶奶，如果明日香的樣子變得很奇怪的話就要立刻通知我。這樣她應該就會理解了。」

信一郎一前往主屋，我就從胸前的口袋拿出奶奶給我的御守。我還沒跟他提過，我們之所以能撐過昨晚的怪異現象就是多虧御守的庇蔭。

然而，當視線落在手中的御守時，我差點就忍不住要叫出來。奶奶給的這個御守，表面浮現了類似黴菌的詭異髒污，簡直就跟長了蕁麻疹一樣到處都是。就像是要讓御守腐爛那樣……

「嗚哇！」

因為不小心鬆手而飛出去的御守，就這麼掉進火缽裡頭，轉瞬之間就燒起來了。奔騰的火焰竄升到三十公分左右的高度，這幅情景看起來就像是在燒護摩火㊺一般。白煙升起之後，只留下了御守形狀的灰。

我目瞪口呆地看著這一切，在火焰消退後便自然而然地雙手合掌。接著用火箸把御守的灰，和火缽裡面的灰混合在一起。

等到信一郎從主屋回來之後，我們就動身前往古本堂。

㊺在護摩壇點火，往火中投入供品和護摩木、祈求息災、除障或增益。原本是密教的儀式，但也有部分神道體系的神社會施行。

是托了明日香的福，才能盡早解決〈底片裡的毒殺者〉嗎？還是因為她被牽連的關係，所以時間才往後延了？這實在很難判斷，不過我們兩個離開飛鳥家的時候，已經是比預定晚了不少的傍晚五點前。

從飛鳥家所在的竹暮町到杏羅町要花上將近一個小時。因為我們預想打烊時間會不會是六點，所以飛鳥信一郎和我就加快腳步走下坡道。

如果真的要引發什麼怪異現象，應該早就開始了吧。所以我們也判斷〈底片裡的毒殺者〉應該是順利地過關了。

這時我提起了奶奶給的御守。

「如果鈴鐺沒響的話，你會被我殺掉嗎？可是絞殺的話，跟〈作為娛樂的殺人〉並不相符啊。」

信一郎表現出很像是他會有的反應。

「是成為我們的替身了嗎……」

不過，一提到剛才發生的事，他好像想到了什麼，就這樣陷入思考。

「可是，好奇怪啊。」

「哪裡？」

「如果御守成為替身的話，就表示有某些怪異現象發生了。」

「是這樣沒錯。」

「可是，怪事並沒有發生。」

「或許其實就在我們兩個人沒有察覺的地方，悄悄地——」

「這就沒道理了。《迷宮草子》的怪異現象就**只會**發生在那本書的讀者身邊。如果是在我們完全不知情的地方發生，根本一點意義也沒有。」

「的確呢……也就是說，這是因為我們成功解開〈底片裡的毒殺者〉的謎團了吧……」

「如果怪異現象沒有發生，為什麼御守會出現這樣的異變呢？這不是很矛盾嗎？」

「唔嗯……真要說的話，《迷宮草子》是什麼？為什麼怪異會降臨在閱讀者身上？如果沒有揭露收錄故事的真相又會如何？這些全部都是謎。不，說得更明確一點，就是根本無法理解。即使要在這樣的東西上頭尋求整合性也……」

「我覺得這個說法沒錯。」

信一郎用一臉認真的表情，暫且肯定了我的意見。

「不過現在的我們，不管願意還是不願意，都已經站到**對手**的土俵上了。一回過神，就已經被迫站在那裡。」

「如果是土俵，至少還有相撲的規則。但是這種超自然現象的事件……」

「——假如從一開始就認定沒有，那就像是不戰而敗喔。星期二的晚上，不過就日期來說已經是星期三了，我們有針對《迷宮草子》進行討論吧。」

「我們已經無法回頭了，只能像這樣繼續解謎——你是要確認這個嗎？」

「這不就是確確實實的規則嗎？」

「這個……」

「我認為和我們的生命息息相關的**這場遊戲**，在解決《迷宮草子》各篇中提到的事件的同時，也必須探索遊戲本身的規則。」

「遊戲……死亡的閱讀遊戲嗎……」

「沒錯。」

信一郎臉上雖然浮現苦笑，但立刻正色。

「所以御守的變化應該也存在某種理由。」

「怪異現象沒有發生。解謎應該也成功了。什麼問題也沒有吧。」

「和之前三篇不同的地方，只有一個。」

「是什麼？」

「明日香的存在。」

「啊……原來如此。明日香啊……」

「話是這麼說，明日香對解謎也有所貢獻。所以，雖然到最後我們無法判斷哪個犯人推論才是正確的，但她的推理派上用場也是事實。」

「意思就是，明日香的亂入對我們有利囉。欸，該不會……所以《迷宮草子》才想要阻止她嗎……」

「這很有可能。或許御守是成了明日香的替身也說不定。即使是這樣，你的御守為什麼……留下了這樣的謎。如果是你自己認知到我妹妹正遭遇危險了，那倒還能理解。問題就在於並非如此。」

「那種事情，直到現在我都完全沒有想過。」

「這件事有必要謹記在心啊。就跟《迷宮草子》七位作者的名字之謎一起。」

「對啊。關於那些名字你又怎麼看？」

「我還沒有頭緒。其實我一開始思考的時候，就對另一種標記方式感到在意。然後就在我沉浸於那種解釋的時候，發現了一件非常巧合的事。」

「怎樣的事情？」

但是信一郎只回答「你很快就會知道了」而已。之後他又連說了好幾聲「快一點」，於是我們就這樣默默地加快了腳步、朝著杏羅町而去。

就在迎接逢魔時刻的尾聲時，我們抵達了杏羅町。整個城鎮都被深棕色給包覆，當我們繞過道路的轉角時，伸長的影子一下前、一下後，就像是在玩捉迷藏那樣出現，接著又消失。在持續看著影子出現又消失的反覆進行後，就覺得影子才是實體，而我們或許才是影子。影子明明持續往前延伸，但是自己卻像是生根般停留在原地。這樣的錯覺囚禁了我們。

突然，一種令人生厭的想法掠過腦海。像這樣帶著《迷宮草子》的怪異踏入杏羅這個城鎮，這麼做真的好嗎……如同前面的記述，總覺得這裡的時間流動和現實不同。就這個意義來說，是能感受到怪異的場域。把其他的怪異帶入這樣的空間裡，真的能平安無事嗎……

信一郎好像也感覺到了什麼，打從踏入城鎮以後，他就異常地在意起周遭。問他怎麼了，他就一臉不安地告訴我。

「總覺得好像有什麼在看我們的氣息……」

我趕緊環顧四周。但是什麼也沒看見，也沒有任何一個人。

不，不能因此斷定。從那個轉角的對側、那家店的玻璃門的暗處、那戶人家的格子窗內側，打從剛才開始，或許就有**某種東西**正在窺伺著。到處都能感受到那樣的氣息。

然而，就在我把自己的想法告訴信一郎之後……

「……我覺得不是。不是這個城鎮，是其他的……」

說到這裡，他就陷入了沉默。

「喂、喂……」

對當時的我來說，相較於杏羅的街道，信一郎的反應還更加可怕。儘管如此，他還是很快就把自己給帶回了現實。這種切換的速度真的相當出色。

「我們在這裡分開走吧。各自從不同的入口進去古本堂會比較好吧。」

我想店長應該不至於逃走，不過最好還是採取一些應對措施。商量後的結果，就是我從杏羅町米道這一側的入口、他從杏羅町家中那一側的入口各自進入。這一帶跟米道的距離比較遠，所以和信一郎分開後，我就開始小跑步。

每次轉過巷弄的轉角，影子還是一樣忽前忽後，一邊前後移動、一邊緊跟著我。也就是說，我果然才是主人、影子是附屬的——那些傢伙沒有實體，而這裡也不是那些傢伙的城鎮。

——回過神來，古本堂的招牌就在眼前出現。

已經有幾個禮拜沒來這裡了呢？大概是兩、三週左右吧，應該還沒有超過一個月。不過我還是覺得已經有很長一段時間沒有造訪這裡了。是因為這個緣故嗎？感覺這裡和記憶中的風景有某些地方不同。明明是自己熟悉的景緻，但是卻顯現出微妙的差異性。我感受到這樣的不協調感。

啊啊，就是這裡啊——總覺得浮現這個念頭的內心深處傳來了「不對、不對」的聲音，相當微弱，卻還是能聽見。就像是走進了平時常光顧也很熟悉的餐廳入口，才發現那實際上是怪物的嘴巴……就像是得知這些以後，萌生了戰慄又相當不吉利的預感。

只不過，現在不能拖拖拉拉的。我再次看向招牌，然後踏進了巷子。

視野在瞬間整個暗了下來。我閉上眼睛、然後張開——重複了好幾次，一直等到眼睛習慣昏暗為止。隱約可以看到埋進泥土路的正方形磚排成兩列，像是經歷過地震那樣凹凸起伏、前後歪斜地朝著前方延伸。在露出泥土的兩側，茂密的雜草長成了一列。雜草和毫無美觀可言的鋪路石組成了像是通往古本堂的路標。位於盡頭的拉門微微地透出光亮，看來是趕上了。

我緩緩地前進。一邊走、一邊抬頭望向天空，讓人感到不祥的深紅色急速地變淡，更加令人忌憚的暗黑色包覆了整座城鎮。我覺得自己正身處在一個很不得了的地方，連雙腳好像都要僵住了。現在已經能看到出現在眼前的拉門，但自己的腳明明就在前進，可是身體卻很想盡可能遠離那道拉門而向後仰。然而，腳卻不知為何一步、一步地往前邁出去。然後，我就站到了古本堂位於米道這一邊的入口前面。

我把左耳貼在門板上探聽裡面的情況。靜悄悄的，什麼聲音都沒有。信一郎應該已經走到家中那一頭的入口了吧。即便如此還是感受不到半點氣息，是因為他在等我進去嗎？想到這裡，已經沒有退路了。跟從星期一就開始襲來的怪異現象相比，拉開這扇拉門根本就不算什麼。但想是這麼想，不知為何還是會感到害怕。或許有某種更勝於先前怪異的東西就在這扇門的另一頭。我感受到這樣的不安。那是毫無根據、荒謬的不安……

站在拉門前面，我感覺自己現在正站在一條分界線上。只不過，不管轉向這條分界線的哪一邊，最後都一定會和怪異現象對峙。比起留在怪異存在的這邊，不如往另一頭跨出去，至少也算是向前邁進了吧。雖然不知道那邊會有什麼東西在等待自己，但只要想到有發現一丁點解決對策的可能性，就覺得應該要繼續往前。我再次鼓舞自己，把手擱到拉門上，然後將門打開。

店裡面跟室外一樣昏暗。舊書特有的氣味撲鼻而來。若是平時就會覺得很舒適的空氣，突然就變得令人直打哆嗦。帶有霉味的舊書臭味瞬間就包圍了我，還從衣服的空隙鑽了進來，接著彷彿爬上了全身皮膚表面。那種感覺走遍了整個身體，讓我不禁因為惡寒而渾身發抖。

我忍著往店鋪內的深處定睛望去，只有那裡點著朦朧的燈光，浮現出一個人影。古本堂的店主神地的上半身，就出現在兼做櫃檯的桌子另一邊。

應該是感覺到了視線，他突然把頭抬起、認出是我之後……

「啊啊……」

他邊出聲邊站了起來，然後繞過桌子往我這邊——實際上是要朝著另外一側的店內動如脫兔似地跑去。

「啊！」

雖然喊出聲了，但是我卻完全沒有動作。即使心想這樣下去就要讓他逃掉了，不過卻還是呆站在原地。

喀啦喀啦。拉門被打開的聲音在店內另一側響起，在神地「啊！」地一聲驚呼之後，幾乎就同時聽到信一郎「您要去哪裡啊？」的詢問。

真是懷念——同時也覺得不可思議——聽到友人聲音的我趕緊朝著家中那一邊的店內空間跑去。

在通路約一半路程的地方，出現了神地被人從入口處逼退而裹足不前的背影。站在他對面的就是信一郎。

「沒問題吧？」

為了讓我安心，信一郎露出了微笑。

「嗯嗯，不好意思。」

或許是明白自己已經被夾擊了，神地的雙肩立刻垂了下來。

「您為什麼要逃走呢？」

信一郎問他。並不是質問的語氣，而是讓人感覺有些淡然。

「沒、沒有，說什麼逃走啊。」

神地這麼說，但後半段的音量也逐漸減弱。

「您是要外出囉？」

「有、有點事情……」

他以很難聽清楚的嘟囔聲回應。

「您應該已經猜到我們是為了什麼事來貴店叨擾了吧？」

信一郎依然恭敬有禮地確認。

「不……」

神地雖然嘴裡否認，但話語卻軟弱無力，而且就像是要把視線從信一郎身上移開那樣、把頭轉向了別的地方。

「我覺得您應該不會不知道才對。」

「不……」

「就是關於我們在您這裡買下的《迷宮草子》——」

然而信一郎的話都還沒有說完……

「不知道！」

截至目前的回應好像都像是偽裝那樣，此刻神地用非常激動的語氣放聲大喊。

「我什麼都不知道！」

「請您冷靜點。」

「跟我沒有關係！」

「麻煩稍微聽我們說……」

「請你們離開！我什麼都不知道！也一點關係也沒有！」
或許是扯高嗓子讓他壯大膽量了吧，這次他直視信一郎的眼睛、說得斬釘截鐵。
「一點關係也沒有——雖然您這麼說，但實際上真是如此嗎？」
平靜地接下了對方的視線後，信一郎又繼續說道。
「順帶一提，我的意思並不是因為在貴店買了這本書，您才與這件事有所關聯的。」
或許是囑咐過自己無論對方說什麼都不要再回應，神地這時也堅決地把嘴鎖得緊緊的。
但即便如此，信一郎也絲毫不以為意。
「我的想法是這本書和您有所關聯。」
神地像是要保護自己那樣將雙手環抱在胸前。
「並不是作為舊書店的店主和《迷宮草子》有所牽連——不對，實際上也是有這層關係的——神地先生您本人會不會和那本書之間存在著密切的關係呢？我是這麼認為的。」
「……」
「討論那本書的時候，同時也會討論到關於您的事情。」
「……」
起初神地應該覺得會被我們言詞威脅一下吧。至少我是這麼想的。不過似乎是變得有些不安了，神地原本抱在胸前、一動也不動的雙手架式開始出現微微的崩塌。我察覺到這個動靜後，也擺出一副我們可不是在虛張聲勢的姿態。

「《迷宮草子》的出版方寫的是『迷宮社』。」

恐怕信一郎也感受到神地的微妙變化了。但是，他佯裝毫不知情，繼續說了下去。

「同人誌的刊物名稱是《迷宮草子》，出版方是『迷宮社』，您不覺得這操作得有點過頭了嗎？」

「……」

「目前我準備要挑戰七個作者名字的謎團，不過還是先從迷宮社開始著手。這是為什麼呢？因為當我注意到『迷宮社』這個呈現方式時，腦海中就浮現了『古本堂』這個名字。」

「……」

「至於為什麼會和您的店有所連結？如果把迷宮社三個字分開，就是『迷』、『宮』、『社』對吧。」

信一郎這時像是在確認，停頓了一下才繼續。

「繼續分解每個漢字的話，『迷』就分出了『米』和『辶』。『米』維持原樣，而『辶』就是『道』的意思，於是就形成了『米道』。接著是『宮』，可分出『宀』和『呂』。『宀』表示家，『呂』則是表示『人體內的脊椎骨』，所以帶有『家之中』的涵義。所以就推演出『家中』了。最後的『社』分出『ネ』和『土』。『ネ』就是『神』、『土』就是『地』，這裡出現了『神地』。也就是說，『迷宮社』這三個字可以解讀出『米道』、『家中』、『神地』這些詞彙。」
後方散發出朦朧亮光的檯燈瞬間閃爍了兩、三次，然後突然熄了。
「噫……」
當兼做櫃台的桌子上面的照明一消逝，神地的身體瞬間就蜷縮了一下。但是，在這輕微的動作之後就陷入了一片鴉雀無聲。
黑暗重重地壓在我們三個人頭上。宛如變成一塊巨大漆黑的布，讓人感受到被黑暗包裹住的閉塞感。
「神地先生……」
信一郎的聲音劃開了寂靜與黑暗。
「胡說八道。」
神地那微弱的聲音持續地響起。
「你是想說那本書是我特地製作的嗎？」
「……」
「荒謬透頂了……」
「……」
「你這是在找我麻煩。哪有這麼便宜行事的解釋啊。」

雖然說出口的話義正辭嚴，但也不免讓人感覺他是想藉由自己說出的言論來讓自己接受。

「是沒錯。」

應該是算準了這個時機，信一郎直率地回應。

「然而就是能這麼解讀它。迷宮社這個名字，能解讀出『米道』與『家中』的『神地』，這是不爭的事實。或許這可能是不具意義的巧合，但也不能改變可以這麼解釋的事實。接下來就是還能從這裡頭讀取出什麼東西。或者是什麼都不提取、就這樣擱著不管。」

「……」

「神地先生。」

「我、這跟我……總之跟我一點關係都沒有……」

「……」

「和我毫無關係……」

「神地先生。」

「……」

「您讀了那本書嗎？」

「噫欸欸欸……」

宛如潛伏在森林陰暗處的野獸咆嘯聲響起後，神地撞開我、往店內的深處狂奔。

就在我以為他又要逃走的時候，燈突然亮了起來。

我也被信一郎從身後推著往深處前進，在那張兼做櫃台的桌子後面浮現了新的燈光。桌子的另一側可以看到一個小小的廚房，它的右手邊是看似通往廁所的門、門的左邊有個三疊大小的小和室，就是那裡的電燈被打開了。

房間裡是堆積如山的舊書。裡頭只能勉強空出能供一個人坐下的空間。神地就宛如要被埋在舊書堆那樣坐在那裡。

「神地先生……」

神地絲毫沒有注意到信一郎在喊他的感覺，也沒有把臉轉向隔著桌子看向他的我們，就開始像是喃喃自語似地說了起來。他的樣子彷彿放棄了一切，看起來令人覺得毛骨悚然。

「蠹魚亭的老爹……把那本書讓給我的人……」

看來這個「蠹魚亭」的老爹或許就是信一郎所說的那個A氏吧。

「前幾天他聯絡我，說他弄清楚了。原本光是老爹他調查到的部分，就已經知道在幫人處理藏書的時候，有四個藏書家的收藏裡面都出現了那本書。而且，四個人裡頭已經有兩人下落不明了。到這裡都是我收那本書的時候就知道的事。不過剩下兩個人到底怎麼了，據說也都查清楚了，所以他就跟我聯絡……」

神地說話的感覺聽起來就像是已經死心的殺人犯正在結結巴巴地描述自已的犯行。這也讓我更加不寒而慄了。

「其中一個人同樣不知去向了。不過，聽說他的狀況很奇怪。那一天家人全部都外出了，所以他就把收藏拿出來曝曬。這家的藏書家主人除了書籍之外，好像也對骨董感興趣。至於曝曬也是他的一種每年例行活動。到了傍晚準備要把收藏都放回去的時候，主人突然匆忙地一個人進了倉庫，當時他的手上空無一物。他的妻子覺得很奇怪，喊了聲『老公……』後就跟著走進倉庫。然後就看到擺在倉庫最深處的長型櫃的蓋子剛剛闔上。」

「……」

「都這麼大的人了，還在玩什麼躲貓貓。妻子雖然覺得錯愕，但因為丈夫平時就會有些幼稚的言行舉止，所以她就直接走到長型櫃的前面說道：『好，我找到你了。』然後就把蓋子打開……結果人不在裡面。於是她立刻大聲嚷嚷起來，家裡的人也全都飛奔到倉庫這邊了。在說明事情經過之後，大家認為是她看錯了，這肯定是主人在惡作劇，實際上他應該是躲在別的地方。然後眾人就在倉庫裡到處找，可是都不見人影。這段期間傭人都一直待在倉庫的入口處，並沒有人進出。也就是說，這家的主人從倉庫裡、不對，應該說是從長型櫃裡面消失了。後來長男又再去檢查了長型櫃裡面，據說只看到裡頭獨獨留下一顆父親鑲在嘴裡的門牙假牙。」

我瞬間感受到一股寒意。明明從飛鳥家來到古本堂這裡，還有進到店裡面以後我都不怎麼覺得冷……但現在已經冷到骨子裡了。就像是在寒冬一口氣將冰水送入喉嚨那樣，是足以讓人渾身發抖的寒氣。讓人訝異的是，不知不覺中，我們三個人都開始呼出了白氣。

「第二個人……」

不知道是渾然無感呢，還是某些地方被麻痺了，神地依舊淡然地繼續往下說。

「……是沒有失蹤。而是到別的地方療養去了。不過，是為了什麼而療養就不清楚了。周遭的傳聞是說他精神出現了異常……原本想方設法找到療養的地點、打算去拜訪一下，沒想到療養院就因為火災而燒到全毀。起火點據說就是剛入院的這個藏書家的房間。因為他不抽菸，所以也只能說是原因不明的起火。但是在燒毀的現場，就只有那個人的遺體找不到。雖然警方也曾評估過收藏家自己縱火後逃跑的可能性，但是完全無法掌握他從療養院離開的蹤跡，於是這個事件就成了死局。」

他在這裡停頓了一會兒。

「結果，第四個人也可以視為下落不明啊。」

直到最後這句帶諷刺的話語，神地才終於顯露出類似情感的東西。

「然後……」

只不過又立刻回到面無表情的模樣。

「先前把那本書賣給你之後，我心裡還是很在意，所以就試著連絡蠹魚亭的老爹。其實我沒有這個義務的，但還是想告知他一下我把那本書賣掉了。可是聯繫不上。無論打了多少通電話都沒有人接。我很擔心，所以就跑一趟他在大阪的店鋪看看。讓我吃驚的是裡頭一個人都沒有，可是門卻沒有上鎖。老爹不在、店員也不見人影。仔細一看就發現店裡有被人翻找過的痕跡，我還心想該不會是被人搶了吧，但**事實根本就不是這樣**，這一點我心裡最清楚了。沒錯，我很清楚。」

每當稍微顯露出自己的情感時，神地就會閉口不言。信一郎沒有插話，而我也沒在這時插嘴。

「透過店裡的景象和老爹人不在的這些事實，看起來就像是潛進來偷東西的小偷被發現了，於是馬上改為搶劫。在處理好店主之後，再開始在店裡面翻箱倒櫃。可是，事實並不是這樣。其實是老爹他突然消失了，所以店裡才變成空無一人的狀態。後來發現這個狀況的客人們就趁機偷了東西。肯定是這樣的。」

神地輕輕嘆了口氣。

「老爹看了那本書。他讀過了，所以肯定……」

他雙手抱著頭，用絕望的語調說道。

「您也讀了對吧。」

信一郎問他，但神地沒有回應。

「看到哪裡了呢？」

即使繼續問他，神地也只是不情願似地搖晃著腦袋，什麼都沒有回答。

「身邊有發生什麼奇特的怪事，或者是詭異的現象嗎？」

信一郎把我們從星期一開始就碰到的怪異現象一五一十地告訴他，還同時說明了解決的策略，告訴他如果一起面對的話或許會有什麼辦法的。但是無論怎麼向他搭話，神地都完全沒有回應。

即便如此，信一郎還是想繼續說服神地。不過，最後神地那可以用頑強來形容的沉默似乎也讓他放棄了。

「打擾了。」

信一郎低頭致意後，就催促我往家中那一側的出入口走。

神地依舊待在那個三疊的和室裡抱著自己的頭、身子往下彎去，臉都沒有抬起來過。

我懷抱「終於可以離開這裡了」的安心感，以及「感覺漏聽了某些重要訊息」的焦躁感，跟在信一郎的身後走在通道上。

當我們穿過一片漆黑的店內、來到家中側的入口時……

「一個……禮拜」

微弱至極的聲音，從後方傳了過來。

轉過頭一看，神地正從三疊房間裡探出了頭，往我們這邊看。就在我們感到疑惑的瞬間，神地猛然把頭給縮了回去。

「您說一個禮拜……一個禮拜是什麼意思？」

因為信一郎趕緊轉回去，於是我也跟著往店內的深處跑。

「神地先生……」

我們邊喊邊往三疊房間裡頭看，一個人也沒有。

那座舊書堆成的山有部分崩塌了，直到剛才神地都還坐著的地方，現在只有幾本書散落在那裡。

就我們所知，這已經是第六個人了……

（接續下卷）

TITLE

作者不詳 推理作家的讀本（上卷）

STAFF

出版	瑞昇文化事業股份有限公司
作者	三津田信三
譯者	黑燕尾
封面繪師	Cola Chen
創辦人 / 董事長	駱東墻
CEO / 行銷	陳冠偉
總編輯	郭湘齡
責任編輯	徐承義
文字編輯	張聿雯
美術編輯	謝彥如
國際版權	駱念德　張聿雯
排版	謝彥如
製版	明宏彩色照相製版有限公司
印刷	桂林彩色印刷股份有限公司 紘億彩色印刷有限公司
法律顧問	立勤國際法律事務所　黃沛聲律師
戶名	瑞昇文化事業股份有限公司
劃撥帳號	19598343
地址	新北市中和區景平路464巷2弄1-4號
電話	(02)2945-3191
傳真	(02)2945-3190
網址	www.rising-books.com.tw
Mail	deepblue@rising-books.com.tw
初版日期	2023年7月

國家圖書館出版品預行編目資料

作者不詳:推理作家的讀本 / 三津田信三作 ; 黑燕尾譯. -- 初版. -- 新北市 : 瑞昇文化事業股份有限公司, 2023.07
上、下冊 ;　14.8x21公分
譯自 : 作者不詳 : ミステリ作家の読む本

ISBN 978-986-401-643-3(全套 : 平裝)

861.57　　112009159

國內著作權保障，請勿翻印 ／ 如有破損或裝訂錯誤請寄回更換

≪SAKUSHA FUSHOU MISUTERI-SAKKA NO YOMU HON(JOU)≫
©Shinzou Mitsuda 2010
All rights reserved.
Original Japanese edition published by KODANSHA LTD.
Complex Chinese publishing rights arranged with KODANSHA LTD.
through Keio Cultural Enterprise Co., Ltd.
本書由日本講談社正式授權，版權所有，未經日本講談社書面同意，
不得以任何方式作全面或局部翻印、仿製或轉載。

讀小說
Reading Novel